신주쿠역 폭발사건

신주쿠역 폭발사건

김은미 지음

제8요일

차례

0. 201X, 신주쿠역 _009
1. 199X, 코헤이 _015
2. 199X, 윤하 _033
3. 1936~, 복순과 아사코 _049
4. 201X, 윤하 _077
5. 201X, 코헤이 _085
6. 1943~, 동주 _121
7. 201X, 애국회 _145
8. 1945~, 복순 _183
9. 201X, 일미회 _209
10. 201X, 코헤이 _221
11. 201X, 폭발사고 _237
12. 201X, 윤하 _263

0
201X,
신주쿠역

빛을 잃어버린 공기가 사방을 어둠으로 물들일 때 신주쿠역은 가장 고요해진다. 300만 명이 오가던 통로에도 인적이 끊기고 역사驛舍는 침묵에 빠진다. 신주쿠역은 일본 도쿄 신도심과 서쪽 지역을 잇는 터미널역으로 동, 서, 남으로 출입구가 나뉘어 있으며 역 안에는 수많은 연결 통로가 뻗어 있다. 신주쿠역 통로를 지나 지상으로 나가는 출구는 총합 200개가 넘는다. 그 수많은 출구 중 서쪽 출입구 쪽 지상철도 아래에 유독 어두컴컴한 공간이 도사리고 있었다. 어두운 철길 아래는 대낮에도 사람들이 잘 다니지 않았다. 그곳을 지키는 것은 누군가에게 버려져 언제 폐기물이 될지 모르는 물건들과 오랫동안 내버려둔 자전거들뿐이다.

어둠과 침묵뿐인 그곳에 언제부터인지 모르지만 하얀 종이봉투

하나가 놓여 있었다. 종이봉투는 몇 시간 전 누군가에 의해 그곳에 버려졌다. 그리고 어둠이 주변을 고요하게 만드는 사이에도 봉투는 그 자리를 지켰다. 봉투 안에는 공책 너비 정도의 종이상자가 들어 있었고 상자 안에는 어디에서나 볼 수 있는 평범한 배관 파이프가 들어 있었다. 양쪽이 단단히 밀봉된 파이프 안쪽에는 작은 타이머가 들어 있었는데 타이머에서는 아주 작고 희미한 소리가 들렸다. 타이머의 시간은 규칙적으로 정확하게 변했다.

 타이머의 숫자가 제로가 된 순간, 파이프 내부가 급격히 팽창하면서 압력을 견디지 못하고 굉음과 함께 폭발했다. 흰 연기가 사방으로 치솟고 불꽃이 일어났다. 불꽃은 옆에 쌓여 있던 물건들로 옮겨붙었다. 폭발 위력은 작았지만 폭음이 컸던 탓에 얼마 지나지 않아 경찰차와 소방차가 모두 철길 아래로 출동했다. 경찰과 소방관들이 사건 현장을 지켰고 그 주위로 구경꾼들이 모여들었다. 어둠과 침묵뿐이었던 철길 아래로 몇 분 만에 여러 사람들이 모여들었다.

 옮겨붙은 불길은 더는 번지지 못하고 사그라졌지만 파이프 배관이 담겨 있었던 종이봉투는 형체를 알 수 없이 타버렸다. 경찰들은 폭발이 일어난 장소에서 타다 남은 종이와 파이프 조각들을 찾아냈다.

 신주쿠역 폭발사고는 그날 아침 뉴스 타이틀을 차지했다. 깔끔한 정장을 차려입은 뉴스 진행자는 흥분한 어조로 지난밤 폭발사건을 보도하면서 현장의 잔해들을 화면으로 보여주었다. 목격자들의 인터뷰도 이어졌다. 진행자와 패널들은 사건을 일으킨 범인을 유추하며 심히 걱정스럽다는 말을 반복했다. 모두 놀라고 경악스러워했지만 범인이 누구인지 왜 그런 사건이 일어났는지 짐작하지 못했다. 수많은 사람이 철길 아래를 지나다녔지만 그들 중 누가 폭발사고를 일으키려 했는지 알 수 없었다. 폭발사고의 유일한 목격자는 CCTV였다. CCTV는 철길 아래에 종이봉투를 놓고 사라진 남자의 뒷모습을 지켜보고 있었다. 경찰들은 그 작은 단서로 CCTV 속 남자를 찾기 시작했다.

  종이봉투를 철길 아래 버려두고 사라진 남자는 얼마 지나지 않아 경찰에 체포되었다. 오십 대 중반의 나이에 일정한 직업이 없는 이였다. 경찰들의 취조에 그는 그저 사례를 받고 한 일이라고 진술했다. 누군가 그에게 돈을 주고 그 일을 부탁했다고. 그에게 돈을 준 이에 대해 경찰들이 캐묻자 그는 이렇게 대답했다.

  "그걸 어떻게 압니까? 나도 처음 본 사람인데."라고.

  난감한 경찰들은 그 남자에게서 종이봉투를 건넨 범인의 인상착의를 알아냈다. 군청색 모자를 쓰고 검은 마스크를 쓴 범인의 모습을.

1
199X, 코헤이

코헤이는 친구들과 헤어져 밤거리를 혼자 걸었다. 저층 건물들이 이어져 있는 골목길은 쓰레기 하나 없이 깨끗했다. 인적이 끊긴 늦은 시간이기도 했지만 코헤이가 사는 동네는 낮에도 지나다니는 사람들이 별로 없었다. 도쿄 외곽에 사는 대부분의 사람은 아침 일찍 전철을 타고 출근하면 저녁이 되어서야 이 도시로 돌아왔다.

코헤이는 태어나고 자란 이 도시를 떠난 적이 없었다. 어린 시절 집 주변은 코헤이가 알고 있는 세상 전부였다. 조용한 동네였고 별다른 사건도 없었다. 이곳에서 코헤이는 부모님이 원하던 대로 아무 탈 없이 자랐다. 중학생이 될 때까지. 부모님은 코헤이가 다른 이들의 눈에 띄는 것을 극도로 싫어해 언제나 조용히 살아야 한다고 잔소리를 하셨다. 친구들과 똑같은 피부색에 똑같은 일본어를 쓰고 살아가는데도 불구하고 왜 자신만 그렇게 살아야 하는지 코헤이는 그 이유를 이해하지 못했다. 부모님이 자신을 억압했던 이유를 서서히 깨닫게 된 것은 중학교에 입학하면서부터였다. 같은 반 아이 하나가 다른 아이들에게 코헤이에 대한 소문을 퍼트린 것이다.
"저 녀석 자이니치*야."라고.
그 이후로 모든 것이 바뀌었다. 코헤이의 겉모습에 투명한 막이 하나 생겼다. 그 막은 보이지는 않았지만 모든 이들이 그것을 의식했다. 반 아이들은 대체로 친절했고 괴롭히지도 않았다. 그러나 그게 다였다. 그들은 코헤이와 일정한 거리감을 유지했다. 코헤이는 관계 속으로 들어갈 수 없었다. 테두리 밖에서 맴도는 외부인이었다. 그런 코헤이에게 말을 걸어온 아이가 한 명 있었다. 코헤이는 언제나 점심시간이면 운동장 벤치에서 음악을 듣곤 했는데 녀석이 불쑥 다가와 코헤이의 이어폰을 빼앗아 들었다. 녀석의 이름은 료타. 코헤이처럼 그도 재일조선인이라고 했다.
"너 우리 모임에 나오지 않을래?"
료타는 대뜸 자신의 무리에 들어오지 않겠냐고 제안했다.
"글쎄, 생각 좀 해보고."

* 일본에 살고 있는 한국인 또는 조선인을 지칭하는 말

코헤이는 뜸을 들였다. 료타는 그런 코헤이를 다그치지 않았다. 어쨌든 선택은 개인의 자유니까. 료타가 말한 모임이란 그 지역에 사는 재일조선인 아이들의 모임을 뜻하는 것이었다. 재일조선인 아이들은 학교에서는 절대 자신의 신분을 밝히지 않았지만 외부에서는 비슷한 처지인 아이들끼리 만나 모임을 가졌다. 코헤이도 그런 아이들의 모임이 있다는 것을 알고는 있었지만 일부러 그 무리에 끼어들고 싶지는 않았다. 자신은 그 아이들과 다르다고 생각했다. 자신은 자이니치지만 일본인에 더 가깝다고. 자신을 낳아준 어머니는 재일조선인 후예지만 아버지는 일본인이니까. 아버지는 마츠모토 가의 유일한 후계자고 자신이 그 정통성을 이어받았다고 생각했다. 그러니 부모 모두가 재일조선인인 아이들과 자신은 레벨이 다르다고 여겼다.

코헤이가 선뜻 합류하지 않자 료타는 몇 번 더 제안을 해왔다. 왜 그런 모임에 참여해야 하는지 이해가 가지 않았지만 료타의 성의를 더 거절하지 못한 코헤이는 '우리'라는 모임에 나가게 되었다.

모임은 켄이라는 아이의 집에서 이루어졌다. 중학생들의 사조직이라면 으레 불량스러운 분위기를 풍길 거라고 예상했지만 켄의 집에 들어선 순간 코헤이는 자신이 얼마나 편협한 생각에 빠져 있었는지 깨닫게 되었다. 그 모임은 그저 순수한 모임이었다. 어디에도 속하지 못한 아이들이 저희끼리 무리를 이룬. 퇴폐적인 음악을 들으며 술을 마시거나 담배를 피우는 아이는 없었다. 오토바이를 타는 아이도 없었다. 켄의 집 거실에 모인 아이들은 코헤이가 들어 보지 못한 생소한 음악을 듣고 있긴 했지만 그 음악이 그리 이상하게 여겨지지는 않았다.

아이들은 거실에 모여 앉아 카드게임을 하고 있었다. 그리고 그들과 동떨어진 소파에서 한 남학생이 책을 읽고 있었다. 책을 읽고 있던 남학생이 먼저 료타에게 말을 걸어왔다.

"어이, 료타. 그 녀석은 누구야?"

"전에 말했던 같은 학교 친구."

"네가 코헤이구나. 반갑다. 난 켄이야."

켄은 여유 있게 웃으며 말을 이어갔다.

"우리 모임은 2주에 한 번씩이야. 달리 하는 것도 없고 나오라고 강요하지도 않아. 그러니까 부담 없이 놀러 와도 돼."

코헤이는 켄의 손에 들려 있는 책을 흘깃 쳐다보았지만 책의 제목을 읽을 수 없었다. 코헤이가 알지 못하는 글이었다. 일본어도 아니고 영어도 아닌 글자였다. 켄이 읽고 있었던 책은 한국작가가 쓴 소설이었다. 코헤이는 한글을 읽을 수 없었다. 읽고 싶다는 생각을 하지도 않았다. 그 노래와 글들은 남아메리카나 아프리카 같은 먼 이국의 언어와 다르지 않았으니까.

켄의 아버지는 한국에서 태어나고 자란 후 일본으로 이민 온 뉴커머였다. 미국에서 유학생활을 하던 켄의 아버지는 그곳에서 일본인인 켄의 어머니를 만나 결혼을 했고 계속 미국에서 살다 6년 전 일본에 정착했다. 그러니까 켄은 미국에서 태어나 초등학생 무렵 일본에 오게 된 것이다. 켄은 한국인도 일본인도 아닌 미국 시민권자였다. 같은 자이니치였지만 켄은 과거사에 얽매인 자이니치와 달랐다. 그에게는 당당함이 있었고 부채의식이 없었다.

 켄은 한국의 친척 집에도 매년 방문하는데 그때마다 한국 사촌들이 가요 테이프나 책을 선물해주었다. 그렇게 선물 받은 테이프를 친구들과 같이 듣기 시작한 것이 이 모임의 시작이라고 했다. 나중엔 코헤이도 켄의 집에서 한국가요 테이프를 빌려 듣게 되었다. 이전까지 코헤이가 들었던 노래들은 주로 일본 록 음악이었다. 두 나라의 음악은 비슷한 것 같으면서 같지 않았다. 가끔 한국 가요에서 알아들을 수 있는 말이 나오긴 했지만 전체적인 의미를 이해하기는 힘들었다. 코헤이의 엄마는 재일조선인이었지만 한국어를 쓰지 않았고 쓸 수 있는 말도 그리 많지 않았다. 그러니 코헤이가 알아듣지 못하는 것은 당연했다. 알아듣지 못해도 마음에 드는 노래들은 반복해서 들었다. 켄은 코헤이가 좋아하는 노래를 녹음해서 선물해주곤 했다. 녀석은 누군가에게 선물하는 걸 좋아했고 아이들은 그런 켄을 좋아했다. 코헤이도 처음엔 켄의 집을 찾아가는 것이 어색했지만 몇 번 모임에 나간 후 자연스럽게 아이들과 어울리게 되었다.

 '우리'는 강제성이 없는 모임이었기에 꾸준히 나오던 아이들이 어느 날부터 나오지 않는 경우도 있었다. 두세 명 정도밖에 모이지 않는 날들도 있었다. 아이들이 적어지거나 갑자기 많아지기도 했지만 모임이 없어지지는 않았다. 코헤이는 매번 모임에 나가지는 않았지만 꾸준히 참석했다. 아이들과 모여 학교생활에 대한 불만을 토로하고 부모님 험담을 하다 보면 어느새 저절로 웃게 되었다.

켄의 집은 자유스러운 분위기가 있었고 켄의 부모님은 켄의 일에 일일이 간섭하는 스타일이 아니었다. 켄의 말로는 두 분 모두 자기 일이 너무 바빠 아들에게 관심을 쏟을 여력이 없어서라고 했지만 코헤이는 그저 그런 부모를 가진 켄이 부럽기만 했다. 코헤이의 아버지는 코헤이의 행동 하나하나를 항상 주시하고 있었고 잘못된 점은 반드시 지적했다. 그리고 그 행동을 고칠 때까지 아버지의 잔소리는 끝나지 않았다. 그런 엄격한 아버지와 마찰이 있었음에도 코헤이가 중학교 시절을 무사히 보낼 수 있었던 건 '우리'라는 모임이 있었기 때문에 가능했을지도 모른다. 비슷한 처지의 아이들과 연대감을 가지고 어딘가에 소속되어 있다는 안도감이 코헤이의 불만을 어느 정도 해소시켜 주었다.

그렇게 켄의 집을 드나들며 중학생 시절을 보낸 코헤이는 후추시내 도립고등학교에 진학했다. 고등학생이 된 이후 모임에 나가는 횟수는 점차 줄어들었다. 학교생활이 바쁘기도 했지만 개인적인 시간을 갖고 싶다는 욕구가 늘어났기 때문이다. 코헤이의 귀가가 다른 날보다 늦었던 건 고등학교에 입학한 후 아주 오랜만에 '우리'의 모임에 참석했기 때문이었다.

역 근처 M 버거에서 한동안 만나지 못했던 친구들을 다시 만났다. 아이들 대부분 지역 내 고등학교를 다니고 있었다. 켄은 한국에서 새로운 음악 CD와 잡지를 가져왔고 아이들은 그 음악을 들으며 각자의 학교생활에 대해 떠들었다. 대화를 하는 것만으로도 숨통이 트였다. 거리낄 것 없이 말할 수 있는 상대가 있다는 점 때문에 안도가 되었다. 타인에게 무언가를 숨기면서 말을 한다는 것은 꽤 피곤한 일이니까. '우리' 안에서는 비밀이 없었다.

한참을 웃고 떠들던 중에 켄이 코헤이에게 웃음기를 쏙 뺀 얼굴로 조용히 말했다.

"저기, 창가에 앉아 있는 남자, 아까부터 이쪽을 흘깃거리며 보고 있어."

코헤이가 고개를 돌려 남자의 모습을 확인하려고 하자 켄이 만류했다.

"보지 마. 우리가 의식하고 있다는 걸 알게 돼."

"어떻게 생겼어?"

"검은 외투를 입고 있고 야구모자로 얼굴을 가리고 있어."

"누굴까?"

켄과 코헤이의 대화에 료타가 끼어들었다.

"글쎄?"

켄은 난감한 표정으로 어깨를 으쓱거렸다. 검은 옷의 사내는 아이들이 자신 쪽을 흘깃거리자 자리에서 일어나 매장을 나갔다. 코헤이는 곁눈질로 사내의 모습을 쫓았다. 길을 걷던 남자는 길 건너편 쪽으로 건너갔다. 그리고 어떤 건물 안으로 사라져버렸다. 사내의 모습은 사라졌지만 코헤이는 그의 시선이 아직도 이곳을 지켜보고 있는 것 같은 착각이 들었다.

늦은 밤. 친구들과 헤어져 역 앞에서 버스를 탔다. 집 근처 정류장에서 내린 코헤이는 익숙하게 어두운 골목길을 걸었다. 코헤이의 발걸음은 마츠모토 의원 앞에 멈추었다. 외양은 가정집이었지만 건물 입구에 마츠모토 의원이라는 작은 목재간판이 걸려 있다. 코헤이는 머뭇거림 없이 건물 안으로 들어갔다. 병원으로 사용되는 1층을 지나 2층으로 올라가자 살림집이 나왔다. 코헤이가 부모님과 함께 살고 있는 곳이다.

다른 날과 달리 그날은 늦은 밤인데도 불구하고 아버지가 거실 소파에서 코헤이를 기다리고 있었다. 작은 스탠드 불만 켜져 있는 어두운 거실에서 홀로 앉아 있는 아버지의 모습은 낯설고 어색했다. 친구들과 어울려 노느라 들떠 있던 코헤이의 기분까지 저절로 숙연해질 정도로. 아버지는 코헤이를 나무라지 않았다. 대신 불쑥 노란 서류 봉투를 코헤이에게 내밀며 시간 날 때 살펴보라는 말만 남기고 침실로 들어가셨다. 봉투 안에는 오래된 낡은 사진 두 장과 한 장의 편지가 들어 있었다. 몇십 년 전에 찍었을 법한 흑백 사진은 가장자리가 낡아 너덜너덜해져 있었고 구겨진 자국도 선명했다. 세월의 흔적이 고스란히 묻어 있는 사진에는 젊은 연인이 다정하게 앉아 있었다. 차분한 인상의 젊은이와 앳된 소녀였다. 그리고 다른 한 장의 사진에는 앳된 소녀가 젊은 여인의 모습으로 아이와 함께 렌즈 쪽을 응시하고 있었다. 아이는 열 살 정도 되어 보였고 동글동글한 얼굴형에 순한 인상이었다. 그에 비해 여자는 갸름한 얼굴형에 이목구비가 또렷했다. 아이와 엄마는 둘 다 초롱초롱한 눈빛을 가지고 있었다. 다정한 두 사람의 모습은 누가 봐도 젊은 엄마와 철없는 아이가 함께 찍은 사진으로 보였다.

코헤이는 사진을 보고 또 봤지만 사진 속 그들이 도대체 누구인지 알 수 없었다. 젊은 부부도 그들의 어린아이도. 가까운 친척일지도 모른다는 생각이 들긴 했지만 그들에 대하여 들은 내용이 전혀 없었다. 사진과 함께 들어 있던 편지만이 그 사진의 주인공들을 설명해주었다. 길지 않은 편지에는 이런 내용이 쓰여 있었다.

준영에게
보고 싶은 준영아. 그동안 잘 지내고 있었니?
세월이 흘러 너도 한 가정을 꾸리고 아들을 키우고 있구나.
나는 언제나 너의 행복을 빌고 있었는데 그 소원이 이루어진 것 같아 기쁘단다. 이제 나에게 남아 있는 한 가지 소원은 네 앞에 당당히 나서는 것이란다.

네 앞에 나설 수 없는 이유를 네가 알아낸다면 우리는 언젠가 함께할 수 있겠지.
네가 그 비밀을 풀어준다면 그때 우리 다시 만나자꾸나.
사랑하는 아들아. 아무쪼록 무사히 잘 지내길 바란다.
너희 가족들도.

강복순.

코헤이는 편지와 사진이 들어 있는 봉투를 자신에게 준 아버지의 행동이 이상하게 여겨졌지만 졸음이 쏟아지는 탓에 서류봉투를 책상 서랍 안에 던져 넣고 바로 침대에 누워버렸다.

그날 밤, 처음으로 코헤이에게 꿈이 찾아왔다. 그 꿈은 다른 꿈과 달랐다. 한 장면 한 장면이 모두 또렷했다. 잠에서 깬 순간 사라지는 그런 꿈이 아니었다. 영화의 한 장면처럼 아니 실제로 벌어지는 일을 옆에서 지켜보는 것처럼 보고 듣는 것이 모두 생생하게 느껴졌다.

꿈속에서 부모님의 자동차와 똑같은 은빛 중형차가 산 중턱을 달리고 있었다. 도로 옆은 경사가 가파른 절벽이었다. 커브가 심하게 꺾인 구간임에도 은빛 차는 속도를 줄이지 않았다. 빠르게 달리는 은색 차 뒤를 검은색 SUV 차량이 쫓고 있었다. 가속도가 붙은 은색 차량은 계속되는 커브길에 중심을 잃고 휘청거렸다. 몇 번의 위험한 고비를 넘기며 달리던 은빛 차가 다시 시작된 급커브에 난간을 들이받고 멈추어 섰다. 추락을 면한 은색 차량은 종이처럼 구겨진 난간 구조물에 아슬아슬하게 걸쳐 있었다. 위태롭게 매달려 있는 차량의 앞 좌석에는 두 사람이 타고 있었다. 운전석에 앉아 있는 중년 남성은 이마에 피를 흘리며 신음하고 있었고 계속 같은 말을 반복하며 중얼거렸다.

"미안하다. 코헤이. 미안하다. 코헤이."

조수석에는 한 여성이 타고 있었는데 그녀의 고개는 힘없이 축 늘어져 있었다. 마지막 사력을 다해 가늘게 눈을 뜬 그녀는 안타까운 시선으로 먼 곳을 바라보았다. 아주 짧은 순간 동안. 그 여인은 곧 힘겹게 뜨고 있던 눈을 감았고 다시 움직이지 않았다. 꿈이었지만 코헤이는 그녀의 마지막을 바라보며 극렬한 슬픔을 느꼈다. 꿈속에서 그는 힘겹게 소리 질렀다.

"죽으면 안 돼!"라고

눈물을 흘리며 잠에서 깨어났다. 꿈이지만 너무도 선명한 슬픔에 가슴이 저렸다. 젖어 있는 눈가를 훔치고 방을 나서자 좁은 부엌에서 어머니가 부산스럽게 아침을 준비하고 있었다.

"코헤이, 빨리 아침 먹어. 또 늦었다고 허둥대지 말고."

어머니는 살아있었고 일상은 그대로였다. 지난밤, 꾸었던 꿈은 그저 꿈에 불과했다. 식탁에 앉아 바삭하게 구운 식빵과 계란 프라이를 먹고 나자 의식 속에 남아 있던 꿈에 대한 잔상이 점차 희미해졌다. 꿈속에서 슬프게 울었던 일이 멋쩍게 느껴졌다. 그날 부모님은 먼 곳에 사는 아버지의 친척 집을 방문하기 위해 여행을 떠나야 했다. 어머니의 말에 따르면 그 친척과 오래도록 소식이 끊겨 만나지 못했었는데 얼마 전에 다시 연락이 되었다고 한다. 어머니도 그 친척이 아버지와 어떤 관계인지 그 사람이 정확히 누구인지 알지 못했다. 어머니가 몇 번이나 친척에 관해 물었지만 아버지는 끝까지 입을 열지 않았다. 누구인지도 모르는 그 친척을 만나기 위해 아버지는 갑자기 병원 일을 쉬겠다고 고집을 부렸고 어머니는 그런 아버지와 언쟁을 벌여야 했다. 긴 말싸움 끝에도 아버지는 고집을 꺾지 않았고 결국 어머니와 함께 그 친척을 만나러 가기로 한 것이다. 아버지의 갑작스러운 행동이 불만이었던 어머니는 아버지에 대한 불평을 한참 쏟아내고 나자 이번에는 코헤이에게 잔소리를 하기 시작했다. 엄마와 아빠가 없는 동안에도 늦잠자지 마라. 전기 코드는 반드시 뽑아 놔라. 식사는 거르지 말고 꼬박꼬박 챙겨 먹어라 등등. 집을 비우는 시간은 겨우 이틀이었지만 한 달 이상 집에 돌아오지 않을 것처럼 잔소리를 했다.

"문단속 철저히 하고 불도 확실히 끄고 잠을 자야 해. 알았지?"

소소한 잔소리가 끊임없이 이어졌다. 그 잔소리를 피하려고 코헤이는 서둘러 집을 나섰다.

학교 일과는 다른 날과 다름없었다. 지루한 수업시간을 겨우 버티다 쉬는 시간마다 싱거운 장난을 쳤다. 방과 후에는 농구부 활동으로 시간을 보냈고 저녁은 편의점에서 사 온 도시락으로 때웠다. 부모님이 여행을 갈 때면 코헤이는 혼자 도시락을 먹었다. 친구들과 함께 와자지껄하게 놀면서 보낼 수도 있지만 그런 것도 처음 몇 번만 재미있을 뿐이다. 이제는 혼자 있는 쪽이 편했다. 보고 싶었던 영화를 몰아 보거나 실컷 게임을 하는 편이 좋았다. 지난겨울 결혼기념일에 부모님이 온천을 가셨을 때도 코헤이는 혼자서 일박 이 일을 보냈다. 그러는 편이 번거롭지 않고 좋았다.

　이번에도 여느 때와 다름없이 코헤이는 소파에 앉아 도시락을 먹으며 좋아하는 영화를 봤다. 도시락을 거의 다 비웠을 즈음 코헤이는 문득 줄곧 보고 있던 영화 내용이 하나도 기억나지 않는다는 사실을 깨달았다. 입으로 음식을 씹고 있었지만 맛이 있는지 없는지 무슨 맛인지 전혀 알 수가 없었다. 어떤 일에도 집중할 수 없었고 연신 시계만 눈에 들어왔다. 원인을 알 수 없는 불안감이 엄습해왔다. 정체를 알 수 없는 불길한 예감이 어디에서 밀려온 것인지 엄지손톱을 깨물며 생각을 더듬었다. 눈을 감고 머릿속을 맴도는 잡념과 기억들을 하나하나 점검해봤다. 그러다 새벽녘에 꾼 꿈이 섬광처럼 반짝이며 떠올랐다. 그래, 지난밤에 꾼 꿈 때문이야. 그 기억이 남아 불안한 것뿐이야. 지금쯤 부모님은 친척집에 도착해 예의를 차리며 저녁을 먹고 있을 거야. 코헤이는 스스로를 안정시키기 위해 같은 말을 반복했다.

　그때였다. 정적을 깨고 우렁찬 전화벨 소리가 울린 것은. 코헤이가 전화를 받자 상대가 조심스럽게 물었다.

"마츠모토 댁인가요?"

"네, 그렇습니다."

전화를 건 이는 경찰이었다. 그는 마츠모토 부부가 산길 도로에서 사고를 당해 병원으로 이송되었다고 말해주었다. 부모님의 상태에 대해 경찰이 이야기해주었지만 어느 지점부터 코헤이는 그의 말을 알아듣지 못했다. 모든 말들이 뭉개져 윙윙거리는 소리로 들렸다. 전화를 끊고 나서야 정신을 차릴 수 있었다. 코헤이는 서둘러 부모님이 계신 병원으로 찾아갔지만 이미 두 분은 살아날 가망이 전혀 없는 상태였다. 몇 시간 후 두 분은 돌아가셨고 코헤이는 순식간에 고아가 되었다. 영화를 보며 도시락을 먹던 그날.

사고는 갑작스러웠고 부모님은 순식간에 목숨을 잃었다. 뉴스에서나 보던 일들이 코헤이에게 일어난 것이다.

부모님의 죽음 이후 코헤이는 한 번도 해본 적이 없는 일들을 해나가야 했다. 부모님의 장례식을 치러야 했고 보험처리와 상속 문제도 해결해야 했다. 외가 쪽 친척들의 도움으로 어찌어찌 일을 처리하고 나니 코헤이는 마츠모토 의원 이층집에 홀로 남겨졌다.

부모님의 사고는 과속으로 추정되었다. 규정 속도를 철저하게 지키던 부모님이 평소와 다르게 커브길에서 왜 과속을 해야 했는지 경찰은 조사하지 않았다. 부모님이 떠나기 전날 코헤이가 꾼 꿈은 사고경위와 놀랍도록 일치했다. 꿈에서 부모님은 검은색 차량에 쫓기고 있었다. 어쩌면 누군가에게 쫓기고 있었을지도 모른다. 하지만 코헤이는 꿈에서 보았던 검은색 차에 대해 경찰에게 말할 수 없었다. 경찰은 분명 코헤이가 부모님의 죽음으로 머리가 이상해져 헛소리한다고 여길 것이 분명했다. 꿈에 대해 떠드는 것은 무의미한 일이었다.

깊은 밤, 불도 켜지 않은 방에서 코헤이는 오래도록 한자리에 앉아 멍하니 벽을 쳐다보았다. 가끔 고개를 돌려 창밖을 바라보기도 했다. 시간이 멈춰 아무것도 하지 않았으면 좋겠다는 그런 마음이었다. 손가락 하나도 움직이고 싶지 않았다. 밤새 이어지는 정적에 짓눌려 조용히 숨만 쉬었다. 해가 뜨면 거실 창으로 햇살이 길게 들어왔다. 어둠이 사라진 집 안은 밤의 정적보다 더 적막하게 느껴졌다. 빨리 아침을 먹으라는 어머니의 잔소리도 없었고 아버지가 조간신문을 넘기는 소리도 들리지 않았다. 창으로 들어오는 햇빛에 텅 빈 집안 모습이 드러났다. 아무도 없는 집에 머물고 싶지 않아 코헤이는 이른 시각 가방을 메고 학교로 향했다. 쉬는 시간 아이들이 조잘거리며 장난을 치는 사이 코헤이는 책상에 앉아 멍하니 창밖만 바라보았다. 그 외에는 하고 싶은 일이 없었다. 친하게 지내던 친구들이 간혹 같이 놀자며 말을 걸어왔지만 그럴수록 코헤이는 정신이 아득해져 책상에서 일어나지 못했다.

열일곱 살은 고아가 되기에 어정쩡한 나이였다. 시설에 들어가기에는 나이가 많았고 홀로 살기에는 어린 나이였다. 외가 쪽 친척들 중 자신의 집으로 와서 살자는 이도 있었지만 코헤이는 그 제안을 모두 거절했다. 그냥 집에 머물고 싶었다. 아무도 없는 집이지만 떠나고 싶지 않았다. 긴 밤의 정적과 한낮의 고독을 모두 견뎌야 하더라도.

  시간은 기억을 망각시키고 감각을 둔하게 만든다. 2학년으로 진급할 즈음 코헤이는 부모님을 잃은 충격을 어느 정도 극복하고 있었다. 성실히 학교생활을 했으며 학업에도 열심이었다. 문제는 전혀 찾아볼 수 없었다. 사고 이전의 활달하고 장난기 많았던 모습은 사라지고 없었지만.

  코헤이는 전혀 다른 아이가 되었다. 친구들과도 점점 멀어졌고 대화도 나누지 않았다. 갈라파고스 섬처럼 홀로 떨어져 있었다. 다들 코헤이의 사정을 알았기에 그를 어쩌지 못했다. 시간이 지나자 선생님과 친구들도 변해버린 코헤이의 모습을 당연시 하게 되었다. 코헤이는 말없이 맨 뒤에 앉아 있는 아이가 되었다. 방과 후 활동도 그만두었고 아이들과의 교류도 점차 없어졌다. 코헤이는 그렇게 스스로 외톨이가 되어갔다.

2
199X,
윤하

열여덟 살 겨울, 윤하는 학교 친구들과 함께 일본의 한 도립고 등학교를 방문했다. 두 학교는 매년 연례행사로 상대방 학교를 방문하는 교류 활동을 지속해오고 있었다. 이번엔 한국학교 학생들이 일본 쪽 학교를 방문할 차례였다. 교류행사 중 한국에서 온 국제교류 동아리 학생들은 '하나'라는 노래를 불렀다. '하나'는 일본어로 꽃이란 뜻이었다. 작은 강당 맨 앞에 서서 한국 학생들은 합창을 했고 일본 학생들과 두 학교 선생님들은 서너 개의 큰 테이블에 앉아 밀크티를 마시며 공연을 지켜봤다. 동아리 회원이었던 윤하도 다른 학생들과 함께 그 노래를 불렀다. 일본어로 된 가사를 열심히 떠올리면서.

입안에 남아 있는 밀크티의 여운을 느끼며 동아리 학생들과 합창을 하던 그 10여 분 동안 윤하는 많은 이들의 시선을 감내해야 했다. 맨 앞줄에서 노래한 탓에 공연을 보는 이들의 시선이 그녀의 주변으로 쏠렸다. 자신을 바라보는 시선에 윤하는 더 긴장하며 노래를 불렀다. 합창단으로 향하는 많은 사람의 시선이 모였다 흩어지기를 반복했다. 그런데 유독 한 아이만이 윤하에게서 시선을 떼지 않았다. 합창이 형편없어서였는지 단순히 윤하가 마음에 들지 않았는지 그 이유는 알 수 없었지만 그 남학생은 보지 말아야 할 존재를 본 것 같은 괴로움을 얼굴 전체에 드러내며 윤하를 바라보고 있었다. 꺼림칙한 표정으로 자신을 바라보는 시선을 의식하자 윤하는 노래를 제대로 부를 수 없었다. 가사도 떠오르지 않았고 음도 제대로 나오지 않았다. 윤하는 다른 친구들이 부르는 소리를 따라 하며 입만 벙긋거렸다.

저 아이는 누구지? 왜 나를 저런 눈으로 보고 있는 걸까?

여러 가지 물음이 번갈아가며 윤하의 머릿속을 어지럽혔다. 난생처음 본 남자아이가 창백한 얼굴로 귀신을 본 것처럼 자신을 노려보고 있으니 당혹스러웠다. 빨리 합창이 끝나 그 시선에서 벗어나고 싶었다. 10여 분 남짓의 공연시간이 잔뜩 늘어놓은 고무줄처럼 길게 느껴졌다. 느린 시간 속에서 노래는 어느덧 후렴구에 다다르고 마지막 음과 함께 합창이 끝났다. 윤하는 합창을 부른 아이들 무리에 섞여 자리로 돌아왔다. 옆에 앉은 짝꿍 미츠코가 영어와 일본어를 섞어가며 공연에 대한 감상을 조잘조잘 떠들었다.

윤하는 미츠코와의 대화를 마무리 짓고 고개를 슬쩍 옆으로 돌려 주위를 살폈다. 불길한 시선으로 자신을 바라보던 그 남학생을 찾기 위해. 어쩌면 긴장한 탓에 그녀가 헛것을 본 것일 수도 있다. 윤하는 맨 왼쪽 테이블에 앉아 있었기에 조금만 고개를 돌리면 오른쪽에 앉아 있는 아이들을 쉽게 살펴볼 수 있었다.

 합창이 끝난 후 일본 학생 대표로 한 여학생이 기모노를 입고 전통춤을 추었다. 느리면서 절도 있는 손동작들이 인상 깊었지만 윤하의 시선은 무대 쪽이 아닌 오른쪽 테이블로 향했다. 여학생들 사이에 앉아 있는 남학생을 한 명씩 주의 깊게 살폈다. 자신을 바라본 이가 누구였는지 확인하기 위해. 불쾌한 시선을 다시 마주하고 싶지 않은 마음보다 그 아이가 누구인지 알고 싶다는 호기심이 더 강렬했다.

 윤하가 앉아 있는 곳에서 한 테이블 건너에 그 남학생이 아이들과 약간의 거리를 두고 혼자 앉아 있었다. 작은 얼굴에 살집이 없는 몸이라 유독 말라 보였다. 창백한 얼굴에 검은 눈동자가 유달리 눈에 띄었다. 여학생들의 관심을 끌 외모를 가지고 있었지만 이상하게도 그의 옆에 앉아 있는 여학생들은 그 아이를 전혀 신경 쓰지 않았다. 그의 존재 자체가 자신에게는 전혀 무의미하다는 듯이. 그의 시선은 앞쪽을 향하고 있었지만 공연에 집중을 하는 것 같지는 않았다. 춤을 보고 있다기보다 그 너머의 무언가를 보고 있는 것처럼 시선이 멀었다. 그 아이가 자신을 주시하는 시선을 느낀 듯 고개를 살짝 움직였다. 남학생의 시선이 윤하 쪽으로 향했다. 시선이 스쳐 지나간 순간 윤하는 서둘러 고개를 돌렸다. 어느 정도 떨어진 거리였음에도 그 아이가 눈앞에 있는 것 같은 느낌이었다. 눈동자가 말을 걸고 있었다. 혐오하는 시선이 아니었다. 놀라움과 당혹감에 어쩔 줄 모르는 아이의 눈빛이었다. 어째서 그런 눈으로 자신을 바라보는 것인지 그 아이에게 묻고 싶었다. 공연이 진행 중이지만 않았다면 윤하는 성큼성큼 다가가 큰 소리로 물었을 것이다. 왜 자신을 그렇게 바라보냐고. 하지만 공연은 음악과 함께 계속 이어지고 있었고 공연이 끝난 후에도 행사가 남아 있었다. 돌출행동으로 문제를 일으킬 상황이 아니었다. 한국도 아닌 일본이다. 윤하는 참을성을 가지고 행사가 끝나기를 기다려야 했다.

지루한 시간을 버티는 사이 행사가 마무리되었다. 두 학교의 자매결연이 지속되길 바란다는 인솔 선생님의 답사를 끝으로. 답답한 시간이 끝나자 아이들은 갑자기 소란스러워졌고 일제히 자리에서 일어나 삼삼오오 무리를 지어 강당 밖으로 나갔다. 한꺼번에 많은 인원이 움직이는 통에 강당 안이 혼란스러워졌다. 어수선한 강당을 벗어난 윤하도 미츠코와 함께 복도에 서서 인솔 선생님의 지시를 기다렸다.

웅성거리는 복도에서 잠시 서성거리는 사이 한 일본인 여학생이 미츠코에게 다가와 몇 마디 대화를 나누고는 작은 쪽지를 건넸다. 그 여학생이 가버리자 미츠코는 쪽지를 펴보지도 않고 어깨를 으쓱하며 윤하에게 그 메모지를 내밀었다. 너한테 전해주라는데, 라는 표정으로. 쪽지에는 한글로 이렇게 쓰여 있었다.

　당장 돌아가!

　한글을 처음 배운 유치원생이 쓴 것처럼 글씨체가 삐뚤빼뚤했다. 글씨체가 유치하기도 했지만 그 내용은 더 황당했다. 옆에서 미츠코가 무슨 내용이냐고 궁금해하면서 물었지만 윤하는 별거 아니라는 말로 얼버무릴 수밖에 없었다. 쪽지에 적힌 내용을 말하고 싶지 않았다. 한국에 대한 반감을 가진 누군가 그런 쪽지를 자신에게 전해준 것이라 여겼기에. 무시하면 그만이었다. 다만 마음속에 걸리는 것이 하나 있었다. 그 남학생이었다. 혹시 그 아이가 이 글을 써서 보냈을 수도 있다. 만약 그 아이가 쓴 것이라면 이야기는 달라졌다. 한국 학생들에 대한 반감이 아니라 윤하 개인에 대한 반감일 테니. 윤하는 주위를 둘러보았다. 낯선 얼굴들 사이에서 그 아이의 얼굴을 찾았다. 삼삼오오 모여 수다를 떨고 있는 여학생들과 서로를 툭툭 건드리며 장난을 치는 남학생들 속에서. 고작 몇 분 정도밖에 본 적 없는 그 아이의 얼굴을 떠올리며 찾고 또 찾았다. 하지만 윤하가 찾으려는 얼굴은 그 공간에 없었다.
　인솔교사들이 아이들을 부르자 두서없이 흩어져 있던 아이들이 한곳으로 모이기 시작했다. 이제 아이들은 각자의 숙소로 떠나야 했다. 지난밤에는 도쿄 시내 유스호스텔에서 하룻밤을 보냈지만 오늘은 각자의 짝꿍 집에서 잠을 자야 했다. 아이들을 직접 감독하지 못한다는 생각에 선생님들의 잔소리가 길어졌다. 일본인 친구의 집에 머문다는 기대감에 그 걱정스러운 잔소리를 귀담아듣는 학생들은 없었지만.

미츠코의 집은 2층으로 된 아담한 단독주택이었다. 3대가 함께 거주하는 집은 그 겉모양에서부터 세월의 흔적이 느껴졌다. 오래된 집이었음에도 집 안 구석 어디도 지저분하거나 어수선하지 않았다. 윤하는 작은 응접실에서 가족들을 소개받고 다과를 대접받았다. 미츠코의 부모님들은 세심하게 윤하를 살펴주셨다. 하지만 이국의 가정집이라는 낯선 환경이 윤하를 긴장시켰다. 어른들과 함께한 시간 동안 윤하는 여러모로 예의에 벗어나지 않는 행동을 하기 위해 노력해야 했다. 다과가 끝나고 미츠코의 방에서 미츠코의 여동생과 만화책을 뒤적거릴 때 비로소 윤하는 굳은 표정을 풀 수 있었다. 미츠코의 여동생 치바는 윤하에게 자신이 가장 좋아하는 마법소녀 만화책을 권했다. 만화 속 그림을 보면서 세 여자아이들은 웃고 떠들었다. 아이들과 즐거운 시간을 보내자 어느덧 밤이 찾아왔다.

잠자리는 2층에 있는 손님용 다다미방이었다. 두꺼운 이불을 덮고 눕자 윤하는 문득 그 남자아이가 떠올랐다. 그 아이에 대해 미츠코에게 물어봐야겠다고 생각만 하고 잠자리에 들 때까지 아무것도 묻지 못한 사실도. 미츠코는 자리에 눕자마자 피곤했는지 금세 잠이 들어버렸다. 윤하도 몰려오는 잠에 눈꺼풀이 무거웠다. 그녀의 호기심은 연기처럼 사라지고 깊은 잠이 그녀를 사로잡았다. 사방이 고요해지고 두 여자아이의 작은 숨소리가 규칙적으로 이어졌다.

어둠은 그렇게 납작하게 숨죽이며 새벽을 기다리고 있었다. 언제나처럼.

자정을 넘어선 시각. 갑자기 어둠 속에서 거친 소음이 들려왔다. 그 사나운 소음은 짐승의 울음소리보다 더 우렁차고 무시무시했다. 여행의 피로로 죽은 듯이 잠을 자던 윤하를 괴롭힐 정도로. 어디서 들려오는지 알 수 없는 그 소리는 윤하가 여태껏 들어왔던 어떤 소리와도 비슷하지 않았다.

크르르. 크르르.

고통과 괴로움에 온몸을 비틀며 울부짖는 짐승의 울음소리 같았다. 그렇게 짐승이 울부짖고 나면 사방이 흔들리고 물건들이 떨어졌다. 바닥에 떨어진 물건들이 이리저리 흩어지고 기울어진 벽들이 비명을 질렀다. 그 소란스러움에 윤하는 어둠 속에서 눈을 떴다. 그녀의 눈앞에 커다란 유리등이 가느다란 전선에 매달려 시계추처럼 흔들리고 있었다. 윤하가 누워 있는 방도 커다란 소음과 함께 비틀어졌다. 벽이 기울자 천장과 바닥도 따라 기울었다.

천장에 위태롭게 매달려 있던 등이 우지끈 소리와 함께 윤하의 얼굴 위로 떨어지다 멈췄다. 얼굴 위를 아슬아슬하게 스치는 유리 등을 피하고자 윤하는 몸을 움직이려 했지만 가위에 눌린 몸이 움직여지지 않았다. 의식은 분명 깨어 있는데 팔과 다리에 힘이 들어가지 않았다. 한 번 더 짐승이 울부짖고 집이 요동친다면 윤하의 머리 위에서 시계추처럼 흔들리던 등은 더 이상 버티지 못하고 그녀의 얼굴로 떨어질 것이다. 윤하는 자신의 얼굴 위로 떨어질지도 모를 등을 바라보며 몸을 움직이려 애를 썼다. 구해달라고 소리도 질렀다. 입을 벌리고 살려달라 외쳤다. 분명 그렇게 하고 싶었다. 하지만 윤하의 입안에서는 어떤 소리도 나오지 않았다.

"윤하! 하야쿠!"

문밖에서 미츠코가 필사적으로 윤하에게 소리쳤다. 빨리 피하라는 미츠코의 급박한 외침에 윤하도 답을 하고 싶었지만 벙어리처럼 아무 말도 할 수가 없었다. 미츠코는 덜컹거리는 문틀을 붙들며 겨우 몸을 지탱하고 있었다. 미츠코에게 도와달라고 말하고 싶었지만 윤하는 몸 안에 영혼이 갇힌 것처럼 그 어떤 소리도 낼 수 없었다.

다시 바닥이 요동치며 기울기 시작했다. 복도에 있는 미츠코도 몸을 가누지 못하고 겨우 기둥에 매달려 있었다. 미츠코의 부모님은 연로하신 조부모님과 치바를 대피시키는 것만으로도 정신이 없는 상태였다. 다시 굉음이 울리고 집 안이 심하게 좌우로 흔들렸다. 전보다 더 크고 강하게 벽과 바닥이 뒤틀렸다. 이제 마지막이다. 머리 위로 커다란 유리등이 떨어질 것이다. 윤하의 상상처럼 격하게 흔들리던 유리등은 그 요동치는 움직임을 이기지 못하고 아래로 곤두박질쳤다. 윤하는 본능적으로 눈을 감았다. 그것이 그녀가 자신을 위해 할 수 있는 유일한 일이었으므로.

분명 가느다란 전선은 유리등의 무게를 견디지 못하고 끊어졌다. 윤하는 눈을 감기 직전 그 모습을 목격했다. 전선이 끊어지자마자 유리등은 바닥에 떨어져 산산조각이 났다. 부서지는 소리도 정확히 들었다. 그런데도 그녀는 멀쩡했다. 등이 떨어지는 찰나 자신을 떠민 힘과 함께 벽에 부딪혀 머리가 아픈 것을 제외하면 다친 곳은 없었다. 마지막이라고 생각한 그때 어떤 강한 힘이 그녀의 몸을 사정없이 밀쳤다. 그 알 수 없는 힘은 윤하와 함께 요동치는 바닥을 굴러 벽에 부딪혔다. 머리가 지끈거렸다. 손으로 얼굴을 문질러 보았다. 어디에서도 피는 흐르지 않았다. 마취가 풀린 것처럼 몸이 움직여졌다. 윤하는 누워 있던 몸을 일으켜 자신을 밀쳐낸 이의 얼굴을 살폈다. 찡그린 얼굴로 신음을 내뱉는 그 아이는 행사 때 자신을 노려보던 그 남학생이었다.

"돌아가라고 했잖아."

그 아이가 통증으로 앓는 소리를 내며 중얼거렸다. 그 아이의 팔에 붉은 얼룩이 점점 크게 번지고 있었다.

"여기서 나가야 해."

그 남학생이 벌떡 일어나 윤하의 팔을 잡아당겼다. 바닥이 덜덜 떨리고 있었다. 두 사람은 기어서 겨우 문으로 다가갔다. 복도에서 울고 있던 미츠코와 함께 계단을 내려왔다. 덜컹거리는 나무계단을 손발로 움켜잡고 한 계단씩 천천히 내려왔다. 1분도 걸리지 않는 거리를 지나기 위해 10여 분의 시간이 소요됐다. 1층으로 내려오자 아이들을 찾으러 집 안으로 들어온 미츠코의 부모님을 만날 수 있었다. 미츠코의 가족들은 모두 안도의 한숨을 쉬며 다행이라는 말만 반복했다. 윤하는 안도감에 긴장이 풀려 땅바닥에 주저앉았다. 땅이 비틀리며 내는 비명 소리가 멀리서 들려왔다. 불안했던 마음이 진정되고 나자 윤하는 자신을 구해준 그 남학생이 다쳤다는 생각이 뒤늦게 떠올랐다. 주위를 둘러보며 그 아이의 얼굴을 찾았다. 하지만 마당에는 미츠코의 가족과 그녀 외에 아무도 없었다. 그 남학생은 이미 그곳을 떠나고 없었다. 집 안에서 나오자마자 어딘가로 사라진 것이다. 미츠코도 분명 집 밖으로 나올 때까지 그 아이와 함께였다는 것을 기억하고 있었다. 유리 파편이 박힌 팔에서 피가 흐르고 있었을 텐데 그 아이는 아무 말도 하지 않고 가버렸다. 여진으로 땅이 때때로 흔들렸지만 그 힘은 조금씩 약해지고 있었다. 추위에 오들오들 떨며 미츠코의 가족과 윤하는 긴 어둠을 견뎠다. 굉음이 사라지면서 먼 하늘에 동이 트고 있었다.

지난밤 찾아온 괴물은 지진이었다. 깊이 잠든 이들을 두려움에 떨게 했던 굉음은 갈라진 지층의 비명이었다. 난생처음 겪은 자연의 일격에 윤하는 악몽을 꾼 기분이었다. 다음날 진행될 일정은 모두 취소되었고 인솔교사들의 부름에 아이들은 모두 학교로 모였다. 학생들의 안전을 확인한 선생님들은 걱정이 태산이었다. 더 이상 일정을 진행하는 것은 무리였다. 아이들을 데리고 돌아가야 했지만 예약된 비행기가 비행을 할 수 있을지 알 수 없는 상황이었다. 20여 명의 아이들과 교사들은 일본 학교 측의 배려로 소강당에 머물렀다. 차가운 강당에서 무기력한 시간을 보내야 했다. 누구도 말을 하지 않았다. 쉴 새 없이 조잘거리던 여학생들도 겁먹은 얼굴로 울먹이기만 했다. 모두 설마라는 생각을 하고 있었다. 아무리 지진이 잦은 나라라지만 여행 중 그런 일을 겪을 거라고 전혀 예상하지 못했던 것이다. 그러나 결국 설마 하는 일이 일어났고 모든 일정은 없던 일이 되었다. 그렇게 무기력한 시간을 보내다 국제 교류단은 임시방편으로 배정된 비행기를 타고 한국으로 돌아가게 되었다.

  윤하는 부모님을 다시 만나고 친구들과 학교에 다니는 평범한 일상으로 돌아왔다. 지진이 발생했던 그날의 공포는 무서운 영화 한 편을 본 것처럼 먼 기억이 되어 서서히 잊혀갔다. 가까운 이들의 걱정과 눈물도 서서히 잦아들었다. 현실로 돌아온 것이다. 다시 집과 학교를 오가는 일상이 반복되었다. 윤하의 일상도 다른 아이들과 다르지 않았다. 그녀는 곧 수험생이 될 예정이었으므로 다른 건 생각할 겨를이 없었다. 시험점수에 전전긍긍하며 일 년을 보내고 대학에 입학했다. 바라던 과에 합격하지는 못했지만 추가합격으로 인문학부에 합격했다.

죽지 않고 살아서 대학을 다닐 수 있게 되어 다행이라고 생각했다. 합격통지를 받고 잠시 그 남학생을 떠올렸다. 그녀의 목숨을 살려준 생명의 은인을.

한국으로 돌아온 윤하는 미츠코에게 그 아이에 대해 물었던 적이 있었다. 미츠코는 간략하게 마츠모토 코헤이라는 그 아이의 이름과 이메일을 답장에 적어 보내주었다. 이유는 알 수 없었지만 미츠코는 그 남학생에 대해 자세히 말하고 싶어 하지 않았다. 그 아이와 같은 테이블에 앉아 있던 다른 여학생들처럼 미츠코도 그 아이와 상관하려 하지 않았다. 그 아이에 대해 물을 때마다 미츠코는 과묵했고 곤혹스러워했다. 그나마 그에 대한 정보를 윤하에게 알려준 것은 그에게 고마움을 가지고 있었기 때문일 것이다. 그 아이에 대해 미츠코는 이렇게 말했었다.

그 아이는 우리와 달라. 어느 순간 그렇게 됐어. 라고.

다르다. 그것은 학급이나 무리에서 동떨어진 존재가 되었다는 뜻이었다. 그 까닭이 무엇인지 미츠코는 설명해주지 않았다. 그 아이는 알 수 없는 존재였지만 윤하는 그에게 감사 인사를 해야 했다. 그녀는 그에게 메일을 보냈다. 자신을 구해준 것을 고마워하고 있다고.

그 아이는 윤하의 메일에 답장을 보내주었다. 단 두 줄의 글로.

고마워하지 않아도 됩니다. 대신 다시 이곳에 오지 마십시오.
죽고 싶지 않다면.

극존칭에 딱딱한 어투로 쓰인 냉랭한 답장이었다. 윤하는 그 무미건조한 답장을 받고 그에 대한 고마움이 모두 사라져버렸다. 오라고 해도 가고 싶지 않을 정도로. 그렇게 첫 메일을 서로 주고받았다. 다시 서로에게 연락하지 않을 것이라 생각했지만 이상하게도 새해가 다가올 무렵 그 아이는 윤하에게 우편으로 연하장을 보냈다. 그 후 서너 번 정도 안부를 묻는 내용의 짧은 글을 주고받았다. 가까이에 있지 않기에. 얼굴을 마주할 일이 없기에. 마음이 허전하거나 고민이 생겨 머리가 복잡할 때 윤하는 그에게 메일을 쓰게 됐다. 물론 답장에는 위로의 말이 쌀 한 톨 정도도 들어가 있지 않았지만 자신의 고민을 누군가에게 털어놓을 수 있다는 사실 자체가 그녀에게 위로가 되었다. 그녀에게 어떤 상황이 닥쳐도 그는 먼 곳에서 그녀의 메일을 받았다. 그리고 답해준다. 그 사실이 윤하에게는 마법의 주문처럼 효과가 있었다. 그는 항상 그녀가 건강하게 잘 지내고 있는지 물었다. 단 한 번도 자신의 이야기는 하지 않으면서. 그의 연하장을 받으면 윤하는 매년 자신의 근황이 담긴 사진 한 장을 그에게 보냈다. 매년 오던 연하장과 답장이 몇 년 동안 이어졌다. 그리고 시간이 지나면서 서로의 안부를 묻는 일은 점점 뜸해졌다.

3
1936~,
복순과 아사코

먼 기억은 들판에서 시작되었다.

복순은 흙투성이 헝겊을 둘둘 만 두 손으로 옥수숫대를 가득 안고 있었다. 더 이상 작은 가슴으로 품을 수 없을 만큼 많은 양을. 보통학교에 다니는 오빠를 따라 복순은 들판에 널려 있는 옥수숫대를 모았다. 옥수숫대는 복순네 가족이 영하 이삼십 도를 넘나드는 겨울의 강추위를 견딜 수 있게 해주는 유일한 땔감이었다. 이제 아홉 살인 복순은 다른 집 아이들처럼 옥수숫대를 모으기 위해 온종일 들판을 헤매야 했다. 성안에 사는 청국인들은 겨우내 값싼 석탄으로 추위를 이기지만 조선인 부락에 모여 사는 이들은 싼 석탄조차 살 여력이 없어 옥수숫대나 수수 뿌리를 모아 겨울을 견뎠다. 부모들은 종일 농사일로 바쁘기에 땔감을 모으는 일은 대부분

아이들의 몫이었다.

　서늘한 바람이 복순의 이마를 스치고 지나갔다. 옥수숫대를 안고 가느라 작은 걸음이 점점 느려졌다. 복순의 오빠 복철은 이미 저만치 앞질러 조선인 부락으로 향하고 있었다. 뒤처진 복순은 가쁜 숨을 몰아쉬기 위해 잠시 걸음을 멈췄다. 멀리 지평선 위로 주홍빛 하늘이 보였다. 홍시처럼 붉은 하늘 아래로 초원이 끝도 없이 이어져 있었다. 구름이 가득한 하늘 위를 간혹 검은 새들이 무리 지어 날아다녔다. 복순의 걸음이 한없이 멀어지자 멀리서 복철이 복순을 재촉했다.

　"빨리 안 오면 마적이 잡아간다."

　오빠의 외침에 복순은 정신이 번쩍 들었다. 복철의 말은 괜한 말이 아니었다. 최근 마적들이 조선인 마을 아이들을 잡아다가 판다는 소문이 이 부근에 파다하게 퍼져 있었기 때문이다. 복순은 서둘러 오빠의 뒤를 쫓았다. 걸음을 재촉하다 돌부리에 넘어지고 말았다. 철퍼덕 소리와 함께 복순이 안고 있던 옥수숫대가 땅바닥에 흩어졌다. 해는 지평선 아래로 넘어가고 어둠은 서서히 들판에 내려앉고 있었다. 하늘을 날아가던 까마귀가 재수 없게 복순의 머리 위에서 까악까악 소리를 내며 운다. 여기 조선인 아이가 있다고 알려주는 것처럼. 복순은 덜컥 겁이 나서 땅바닥에 떨어진 옥수숫대를 버리고 냅다 오빠가 있는 곳으로 뛰었다.

　"같이 가. 나두고 가지 마."

훌쩍훌쩍 눈물과 콧물을 흘리면서.

저녁으로 옥수수와 수수를 넣고 끓인 죽을 먹으면서 복순은 어미의 꾸중을 들어야 했다. 콧물을 훌쩍이면서도 복순은 그릇에 담겨 있는 멀건 죽을 남김없이 먹었다. 그래야 내일 또 들판에 나가 땔감을 주워 올 힘이 날 테니. 눈물이 얼룩진 얼굴로 복순은 잠이 들었다. 내일은 꼭 오빠보다 더 많이 옥수숫대를 주워 올 것이라 다짐하면서.

복순이 기억하고 있는 고향은 남만주였지만 그녀가 태어난 진짜 고향은 평안북도 의주였다. 태어난 곳은 조선 땅이었지만 그곳에 대해 복순이 기억하고 있는 것은 그리 많지 않았다. 단편적으로 희미하게 남아 있는 잔상이 전부였다. 그곳은 물이 많았다. 크고 넓은 물줄기가 동네에 흘렀던 것을 기억한다. 그리고 오빠의 뒤꽁무니를 쫓아 걸어 다니던 논두렁과 초록빛 들판이 있었다. 그곳에서 복순의 가족은 복순이 다섯 살이 될 때까지 살았다고 한다. 힘든 농사일이었지만 그럭저럭 집안 식구들이 한 해 먹고살 만한 형편이었다. 그렇게 아무 탈 없이 살아가던 복순의 가족은 갑자기 모든 것을 버리고 고향을 떠났다. 어른들의 말로는 토지조사사업인가 뭔가가 시행되면서 아버지의 땅을 관청에 빼앗겨 남만주로 떠나올 수밖에 없었다고 했다.

아무것도 없는 빈털터리 신세로 고향을 떠나온 이들이 할 수 있는 일이라고는 남의 땅을 빌어먹는 것뿐이었다. 아버지는 청국인들의 소작농이 되었다. 만주로 이주해온 조선인들은 청국인 마을 근처에서 부락을 이루어 살았는데 대개 흙담을 쌓고 그 위에 거적때기를 올려놓은 집에서 살았다. 복순네도 다른 조선인들과 크게 다르지 않았다. 흙집에서 몇 해를 살고 나서야 겨우 기와지붕이 있는 작은 집으로 옮겨갈 수 있었다.

복순의 아버지는 돌무더기가 가득한 땅을 일구어 옥수수 농사를 지었다. 드넓은 평야는 조선인들이 심은 옥수수로 가득 채워졌다. 하지만 아버지는 옥수수 농사로 만족하지 않았다. 아버지는 넓은 들판에 벼농사를 짓고 싶어 했다. 조선 땅에서 했던 것처럼. 척박하고 거친 땅을 일구어 물을 채우고 논을 일구었다. 그 벼들이 언젠가 자신의 땅을 갖게 해줄 것이라 믿으며.

아버지의 가장 큰 원동력은 복순의 오라비였다. 조선인 보통학교를 나온 복철은 일본인들이 운영하는 제1중학교에 좋은 성적으로 입학했다. 그 학교는 입학시험이 어렵기로 유명한 곳이었다. 중학교 입학식 날 복순은 오빠의 뒷모습을 바라보던 아버지의 표정을 잊을 수 없었다. 그 얼굴은 만주의 비옥한 토지를 다 가진듯한 얼굴이었다. 복순도 복철이 자랑스러웠다. 조선인 마을에서 놀 때도 오라비가 있으면 든든했고 청국인 마을을 지날 때도 무섭지 않았다.

아직 어렸던 복순은 그 시절 만주에서 왜 일본군과 청국 군벌들이 싸우는지 알지 못했다. 치열한 싸움은 어느 순간 끝이 나고 만주에서 군벌세력은 쫓겨나고 말았다. 일본군이 만주를 지배하게 된 것이다. 청국인 거리 입구 성문에는 청국인들의 머리가 걸렸다. 복순도 아비와 함께 청국인 마을을 지나다 그 끔찍한 장면을 보게 되었다. 질끈 눈을 감고 있는 복순에게 아버지는 일본군들이 한 일이라고만 알려주었다.

일본군은 만주에 새로운 나라를 세웠다. 여러 민족이 화합하며 살 수 있는 이상적인 국가라는 홍보를 하면서. 하지만 복순의 눈에는 처참하게 죽은 이들의 형상이 눈앞에서 떠나지 않았다. 마을 분위기는 예전보다 흉흉했고 식량배급 사정도 나빴다. 어린 마음이었지만 복순의 마음에도 그 시절은 불안한 시기였다. 그나마 다행한 일은 중학교를 관리하는 교장 선생님이 조선인 아이들을 차별하지 않는 자유주의자라는 사실이었다. 자유주의자가 무슨 뜻인지 복순은 몰랐지만 오빠가 좋은 뜻으로 한 말이란 것은 이해했다.

"우리 교장 선생님은 일본인 학우가 조선인 학우를 괴롭히지 못하게 해. 그런 행동은 지식인이 해서는 안 되는 행동이라고 항상 훈화 말씀에서 강조하시거든."

오라비의 말은 사실이었다. 조선인임에도 불구하고 복철은 당당히 장학금을 타 왔다. 다른 중학교라면 조선인이라는 이유로 괴롭힘을 당했겠지만 제1중학교에서는 그런 일이 드물었다. 복철의 장학금은 아버지에게는 또 다른 희망이 되었다. 아들이 일본 아이들과의 경쟁에서 당당히 이겨 좋은 성적을 받았으니.

하지만 희망은 때때로 불행의 씨앗이 되기도 한다. 아들의 뒷바라지를 해주고 싶다는 마음에 아버지는 쉬지 않고 일했다. 그는 아들에게 자신과는 다른 인생을 살게 해주고 싶다는 욕망을 품었다. 아버지는 자갈밭을 갈고 그 땅을 논으로 만들었다. 황무지나 다름없던 들판에서 자라난 벼들이 바람에 흔들리며 초록빛 물결을 만들었다. 과욕은 사람의 몸을 조금씩 망가뜨린다. 드넓은 땅은 인간의 노동을 한없이 원했고 한 사람의 노력으로 그것을 메우기는 역부족이었다. 매서운 추위와 한여름의 더위에도 쉬지 않고 일하는 사이 아버지의 몸은 병들어 갔다. 지친 몸을 버티다 겨우 병원에 가게 되었을 때는 더는 손을 쓸 수 없는 지경이었다. 가족들을 이끌고 먼 타국에서 먹고살기 위해 안간힘을 쓰다 겨우 아들에 대한 희망으로 살 만하다 여겨졌을 때 아버지는 간에 병이 생겨 돌아가셨다. 아버지는 눈을 감지 못하고 숨을 거두셨다. 마지막까지 천장을 노려본 채로. 조선인 부락 내에 있는 교회 장로님이 와서 아버지의 눈을 감겨주고 기도를 해주셨다. 이제 지친 몸을 천국에서 쉬게 해달라고. 아버지는 정말 천국에서 편안하게 쉴 수 있는 걸까? 복순은 장로님의 기도처럼 천국에서 아버지가 쉴 수 있었으면 좋겠다고 생각했다. 아버지는 옥수수밭 너머 구릉 아래 묻히셨다. 조선인 부락 남자들이 힘을 모아 겨우내 꽁꽁 언 땅을 파고 관을 묻었다. 아버지가 돌아가시고 얼마 지나지 않아 살구꽃이 피었다.

집안을 짊어지고 가야 할 사람은 오직 어머니뿐이었다.

"아버지가 없다고 기죽을 거 없어. 넌 하던 대로 공부만 열심히 해."

어머니는 아버지의 장례가 끝나자마자 복철을 앉혀 놓고 그렇게 말했다. 복철은 살구꽃이 핀 후 2학년이 되었다. 어머니는 아버지의 몫까지 일해야 했다. 소학교를 다니던 복순은 학교를 마치면 집으로 돌아와 어머니 대신 집안일을 했다. 그럭저럭 아버지의 빈자리가 메워졌다. 복철도 자신을 위해 어머니와 동생이 애를 쓰고 있다는 사실을 알았다. 그래서 하루도 나태해질 수 없었다. 매일 운동으로 몸을 다지고 공부에 힘을 쏟았다. 그렇게 조금 더 긴 시간을 셋이서 함께할 수 있었다면 세 식구는 나름 다복하게 살았을 것이다. 먼저 간 아버지를 그리워하면서.

다시 차가운 계절이 돌아오자 어머니의 기침과 각혈이 심해졌다. 매년 겨울마다 있던 일이라 그러려니 하면서 어머니는 그해 겨울을 넘기려 했다. 새벽잠을 깨우던 어머니의 기침은 겨울이 깊어지자 점점 더 심해졌다. 아버지의 몫까지 맡아서 농사를 지으시던 어머니의 몸은 마른 장작처럼 여위어 그 기침을 감당할 수 없을 정도였다. 큰기침이 오면 어머니의 몸은 요동을 치다 구역질을 했다. 그해 겨울을 해수로 고생하다 봄이 오기도 전에 어머니는 아버지 옆에 묻히셨다. 남매의 눈에서는 눈물이 하염없이 흘러내렸다. 이국의 땅, 의지할 친지조차 없는 그곳에서 둘은 이제 천애

고아가 되었다. 복순이 열네 살, 복철이 열여섯이 되던 해였다.

　복철은 학교기숙사에서 어렵사리 학교에 다닐 수 있었지만 복순을 돌봐줄 사람은 없었다. 복철이 학교를 그만두고 농사일을 한다면 어렵사리 남매가 입에 풀칠은 할 수 있겠지만 그렇게 할 수는 없었다. 복철의 학업은 부모님이 죽는 순간까지 당부하던 소망이었음으로. 복순도 오빠에게 의지해 살아가고 싶지 않았다. 이제 자신도 클 만큼 컸다고 생각했다. 그녀는 스스로 먹고살기 위해 식모살이를 하기로 결심했다. 남의집살이를 하면 먹고사는 문제는 해결될 테니까. 복순이 의탁할 곳을 찾는 것은 복철의 몫이었다.

　제1중학교에는 만주철도 간부인 부유한 일본인 집안 자제들이나 군인 집안 아이들이 다니고 있었다. 복철은 동기나 선배들에게 자신의 여동생을 식모로 맡겨야 하는 비참한 상황이었지만 살아남기 위해서는 체면을 따질 겨를이 없었다. 학교 동기들에게 자신의 처지를 설명하면서 복철의 사정은 학교 내에 알려지게 되었고 마츠모토 교장의 귀에도 들어가게 되었다. 복철의 뛰어난 학업 성적에 장학금까지 제공했던 일본인 교장은 선뜻 복순을 자신의 집에 들이겠다는 제안을 했다. 복철과 복순 남매에게는 천만다행한 일이었다. 일본인 교장은 다른 일본인들과는 달리 한국인을 차별하지 않는 일본인이니 다른 이들보다는 믿음이 갔다. 다만 한 가지 이유가 남매의 결심을 주저하게 했다. 복순이 만주가 아닌 일본 동경에 있는 마츠모토 본가로 가야 한다는 조건이었다. 중학교를 떠나 본국으로 돌아가야 하는 교장의 상황에 따라 복순도 간도를 떠나야 했던 것이다. 복철은 복순을 떠나보내면서 다짐했다. 중학교를 졸업하고 일본에 있는 상급학교로 진학해 반드시 복순을 찾아가겠다고. 만주를 떠나는 복순의 손을 잡고 복철은 백 번도 넘게 꼭 찾으러 가겠다는 말을 반복했다. 복순은 눈물과 콧물이 뒤섞인 얼굴로 대답도 하지 못하고 연신 고개만 주억거렸다.

복순은 마츠모토 교장과 함께 만주를 떠나 일본으로 향했다. 드넓은 들판을 달리는 기차에서 지쳐 잠들기도 하고 난생처음 타본 배에서 멀미를 하기도 했다. 배를 타고 가는 여행은 두렵고 낯선 일이었다. 바다는 비릿한 향을 품고 있었다. 그 바다를 건너 도착한 곳은 복순이 살아왔던 곳과 공기부터 달랐다. 칼날처럼 차갑고 매서웠던 만주의 공기와는 다르게 이국의 공기는 좀 더 습하고 끈적거렸다. 열네 살 봄 고향을 떠난 복순은 먼 미지의 땅에서 새로운 삶을 시작해야 했다. 이제 그녀는 온전히 혼자였다. 아는 이 하나 없는 곳에서 살아남아야 했다. 혼자라는 생각이 들자 두려움이 왈칵 밀려왔다. 고향을 떠났다는 슬픔은 이제 떠오르지 않았다. 오직 살아야겠다는 마음뿐이었다. 어떻게든 살아서 오빠가 찾아올 때까지 버텨야 했다.

항구에서 동경시 외곽에 위치한 마츠모토 교장의 본가까지 기차를 타고 갔다. 덜컹거리는 객차 안에서 창밖을 보며 그녀는 낯선 땅과 마주했다. 이국의 땅은 그녀가 살아오면서 경험했던 지형과 전혀 다른 곳이었다. 그 다름이 복순을 긴장시켰다. 모르는 것 투성이인 미지의 세상에서 어찌 살아야 할지 알 수 없었다.

마츠모토 가는 상인으로 큰돈을 번 조부 때부터 동경 변두리에 터를 잡고 살아왔다. 부유한 집안 살림 덕택에 마츠모토 교장은 신식 교육을 받을 수 있었고 교육자로 성공할 수 있었다. 부족한 것 하나 없이 살아온 그에게 한 가지 고민이 있다면 사별한 전 부인으로부터 얻은 장남 료헤이뿐이었다. 전 부인이 죽은 후 그는 집안 어른들의 종용에 두 번째 부인 요시코를 얻었다. 새 부인과의 사이에서는 딸을 하나 낳았다. 아이의 이름은 아사코였다. 아사코는 귀엽고 앙증맞은 아이로 마츠모토 교장을 잘 따랐다. 마츠모토 교장도 아사코를 누구보다 귀하게 여기며 아꼈다. 결국 새어머니와 여동생의 등장으로 료헤이는 점점 더 아버지의 관심에서 멀어졌다. 아사코가 열 살이 되던 해 마츠모토 교장은 만주로 떠나게 되었고 그때부터 료헤이는 좀처럼 말을 하지 않는 아이로 성장했다. 아버지조차 없는 마츠모토 가에서 료헤이는 가족과 점점 더 멀어져 그 누구와도 말을 섞지 않았다. 한창 예민할 나이에 의지할 사람을 모두 빼앗겼다는 박탈감이 그를 더욱더 고립되게 만들었다. 마츠모토 교장이 본가에 돌아왔을 때 아사코는 열다섯 살이 되어 어엿한 아가씨가 되어 있었고 료헤이는 스무 살 청년으로 성장해 있었다. 료헤이는 본가 식구들이 사는 안채와 떨어진 작은 나무집에서 살았다. 오래전 창고로 사용하던 건물이었지만 다다미를 깔고 부엌을 만들어 사람이 살 수 있게 만든 곳이었다.

마츠모토 교장은 자기 아들 료헤이의 생활을 돌봐줄 이가 필요하던 차에 복철 복순 남매가 어려움에 부닥쳐 도움의 손길이 필요하다는 이야기를 전해 들었다. 남매를 도와주고 싶다는 마음도 있었지만 아들을 생각해 복순을 맡겠다는 제안을 한 것도 사실이었다. 그의 아들 료헤이는 워낙 말이 없고 괴팍한 성격인지라 집안 식구 누구도 그의 생활을 돌보려 하지 않았다. 료헤이의 이상한 성격도 문제였지만 본채에서 일하는 이들은 안주인인 요시코의 눈 밖에 나는 것을 더 두려워했다.

이런 사정을 전혀 알지 못한 채 복순은 마츠모토 교장의 뒤를 쫓아 본가에 들어섰다. 대문에 들어서자마자 오밀조밀하게 가꾸어진 정원이 그녀의 시선을 사로잡았다. 잘 다듬어진 나무들 사이로 작은 연못이 있었는데 그 안에는 화려한 색상의 금붕어들이 여유롭게 헤엄을 치고 있었다. 단정한 기와와 낮은 처마가 이어진 목조주택은 그동안 복순이 보았던 어떤 집보다 크고 화려했다.

마츠모토 교장이 집 안으로 들어서자 집안 식구들이 호들갑을 떨며 그를 반겼다. 그들 중 한 여인이 누구보다 기품 있는 태도로 우아하게 마츠모토 교장 앞으로 다가왔다. 그녀는 두 번째 부인 요시코였다. 요시코는 은은한 꽃무늬가 그려진 기모노를 입고 사뿐사뿐 걸어와 정중히 남편을 맞이했다.

마츠모토 교장과 식구들이 집 안으로 들어가자 한 하녀가 복순을 챙겼다. 눈이 작고 얼굴이 갸름한 그 하녀는 복순을 일하는 이들이 기거하는 방으로 데려갔다. 복순은 무작정 그 젊은 하녀의 뒤를 쫓았다. 그녀를 따라 좁은 복도를 종종걸음으로 걸었다. 나무로 이어진 복도 바닥이 어찌나 반질반질하게 윤이 나 있는지 복순은 발을 내디딜 때마다 미끄러질까 봐 발끝에 잔뜩 힘을 주어야 했다. 복도 맨 끝 방이 이 집안에서 일하고 있는 이들이 머무는 곳이었다. 젊은 하녀는 복순이 입을 옷가지들을 챙겨주고 문밖에서 그녀를 기다렸다. 옷을 갈아입은 복순이 미닫이문을 열고 나오자 하녀는 자신을 따라오라는 손짓을 했다.

하녀를 따라 뒤뜰로 가니 그곳에는 작은 실개천이 흐르고 있었다. 실개천은 돌담을 따라 길게 이어져 있었다. 실개천에는 작은 징검다리가 놓여 있었고 그 돌들을 건너니 돌담 사이에 만들어놓은 작은 나무문이 나타났다. 젊은 하녀는 그 문을 열고 담 너머로 걸어 들어갔다. 문 안에는 작은 정원과 나무집이 있었다. 나무집은 본가와는 비교도 안 되게 허름했고 손질이 안 된 정원에는 잡초들만 무성했다. 한눈에 보아도 나무집은 사람이 살 집으로 보이지 않았다. 복순은 어리둥절한 얼굴로 젊은 하녀를 바라보았다.

"여기가 마츠모토 가의 장남 료헤이 도련님이 머무는 집이야. 넌 이제부터 이곳에서 살면서 살림을 맡아 하면 돼."

하녀는 도도한 말투로 눈을 내리깔고 복순에게 지시사항을 전달했다. 소학교에서 배운 일본어로 복순은 하녀의 말을 대강 알아들었다. 복순이 알겠다는 대답을 하자 하녀는 조금도 지체하지 않고 나무문을 지나 돌담 너머로 되돌아갔다. 복순은 잡초더미를 헤치고 집 안으로 다가가 주위를 살폈다. 인기척이 하나도 느껴지지 않았다. 아무도 살고 있지 않은 집처럼. 그녀가 조심스레 사람을 불러보았지만 안에서는 아무 대답도 들려오지 않았다. 주인은 없지만 그래도 집 안을 살펴보고 싶은 마음에 복순은 조심스럽게 신을 벗고 툇마루로 올라가 미닫이문을 열었다. 그때였다. 그녀의 얼굴 가까이 눈이 부리부리한 도깨비가 얼굴을 내민 것은.

"으악!"

전혀 예상치 못한 상황인지라 복순은 비명을 지르고 그 자리에 주저앉고 말았다. 크고 부리부리한 눈에 머리털이 사방으로 뻗어나 있는 도깨비는 고개를 숙이고 앉아 떨고 있는 복순을 내려다보고는 한동안 고개를 갸웃거렸다. 몇 분이 지나도록 복순이 일어나지 않자 도깨비는 자신의 얼굴을 벗겨냈다. 도깨비 가면을 벗은 이는 젊은 청년이었다. 창백한 얼굴에 마른 체구를 가진 그는 도깨비 가면과는 정반대로 깨끗한 얼굴이었다.

"난 료헤이야. 앞으로 잘 부탁해."

그가 자신을 소개하고 그녀의 이름을 물었다. 복순은 조용한 청년의 음성에 살며시 고개를 들었다. 조금 전에 보았던 도깨비 얼굴은 사라지고 갸름한 얼굴의 준수한 청년이 자신을 바라보고 있었다. 그가 가면을 보여주며 웃었다. 복순은 그 미소에 마음의 안정을 찾고 조심스럽게 이름을 말했다.

"복순."

"복수?"

그녀의 이름을 말하는 료헤이의 발음이 우스워 복순은 저도 모르게 피식 웃음이 새어 나왔다. 료헤이는 그녀의 이름을 정확히 알고 싶었는지 종이와 연필을 내밀며 써달라는 몸짓을 했다. 복순은 연필을 받아들고 또박또박 자신의 이름을 한자로 써 내려갔다. 비록 소학교를 중퇴한 학력이었지만 그녀는 학교에서 중국어와 일본어를 모두 배운 경험이 있었다. 만주에서 살기 위해서는 조선어가 아니라 두 외국어를 능통하게 사용해야 했다. 그러니 한자로 자신의 이름을 쓰는 것 정도는 쉬운 일이었다. 福純이라는 한자를 료헤이가 읽었다.

"후쿠준, 음……. 준코라고 부르면 되겠네. 이제부터 네 이름은 준코야. 알았지?"

복순은 자신을 '준코'라 부르는 료헤이의 결정에 아무 대꾸도 하지 못하고 고개만 끄덕였다.

료헤이는 이제 갓 스무 살이 된 청년으로 동경 입교대학 문학부를 다니는 중이었다. 명목상 신분은 학생이었지만 그가 학교에 다니는 날은 그리 많지 않았다. 몸 상태가 좋지 않다는 핑계로 집에서 쉬는 날이 더 많았다. 신입생 무렵에는 그럭저럭 일주일의 반 정도는 출석했지만 하루 이틀 쉬는 날이 많아지면서 여름 방학이 후에는 등교를 차일피일 미루며 학교에 나가지 않고 있었다. 학교에 가지 않으니 별채를 나서는 일도 없었다. 그는 온종일 집에 머물며 책을 읽기도 하고 누군가에게 편지를 쓰기도 했다. 어떤 날에는 종일 마당만 바라보고 있는 날도 있었다. 종잡을 수 없는 그의 행동에 본가의 하인들은 별채에 가는 것을 달가워하지 않았고 식재료를 가져다주는 정도의 일만 해주었다.

복순은 오래도록 사람의 손을 타지 않았던 집 안 구석구석을 쓸고 닦았다. 누가 시켜서 한 일이 아니었다. 그저 자신이 지낼 집이라 여겼기에 깨끗이 치운 것이었다. 별채에 있는 세 개의 방 중 부엌과 붙어 있는 창고 방이 복순의 방이었다. 그곳에서 먹고 자며 청소를 하고 밥을 지었다. 그녀가 일하는 동안 료헤이는 자신의 소일거리를 할 뿐 따로 복순을 부르거나 일을 시키지 않았다. 장난스러운 첫인상과 달리 료헤이는 조용한 청년이었다. 말수도 적고 행동도 조심스러웠다. 복순이 온 첫날 도깨비 탈을 쓰고 장난을 쳤던 행동은 극히 이례적인 일로 가끔 튀어나오는 그의 병기가 잠시 그를 평소와 다른 그로 만들었기 때문이었다. 별채에는 전기라는 불이 들어와 밤에도 밝게 지낼 수 있었다. 그 전기등이 있어 료헤이는 늦은 밤까지 자신이 하고 싶은 일들을 했다. 그렇게 늦도록 소일거리를 하다 새벽녘이 되어서야 잠이 드니 해가 뜬 이후에도 좀처럼 일어나지 못했다. 료헤이는 정오가 다 되어가는 시간에 일어나 늦은 아침을 먹고 정원을 거닐었다. 잡초만 무성한 볼품없는 정원을 그가 걸어 다니는 이유는 일정 시간 야외에서 몸을 움직이는 활동을 하라는 의사의 권유 때문이었다. 그렇게 의사의 충고대로 료헤이는 매일 빠짐없이 마당을 산책했지만 창백한 그의 피부는 좀처럼 건강한 혈색으로 바뀌지 않았다.

  복순이 머무는 별채는 외딴 섬과 같았다. 그곳에 머문 지 며칠이 지나도록 그 누구도 찾아오지 않았다. 료헤이의 아버지인 마츠모토 교장도 자기 아들을 찾지 않았다. 가끔 하녀를 통해 안부를 묻는 편지를 보낼 뿐이었다. 복순은 식재료를 얻기 위해 며칠에 한 번씩 본가로 가곤 했었는데 그때마다 일손들이 수군거리는 소리를 듣게 되었다. 복순이 오면 본가의 하녀들은 모두 무엇이 그리 바쁜지 각자 일하기에 바빴고 말을 걸어주지 않았다. 대신 그들은 복순의 뒤에서 저희끼리 소곤거리며 말을 주고받았다. 때때로 자기들끼리 말을 주고받다 소리가 커져 복순의 귀에 그 말이 들릴 때도 있었다. 안채 사람들은 료헤이와 마주치는 것을 극도로 싫어했는데 그가 어떤 병을 앓고 있어서 그렇다는 게 주된 내용이었다. 그들의 말을 들으며 복순은 의아할 때가 많았다. 병을 앓는다면 몸의 어떤 부분이 아픈 것일 텐데 그녀가 보기에 료헤이는 아픈 곳이 없어 보였기 때문이었다. 료헤이의 병이 도대체 무엇이기에 집안사람들이 그리 쉬쉬하는지 그녀로서는 알 길이 없었다.

  복순은 별채에서 몇 달이라는 시간을 보낸 후에야 료헤이의 정확한 병명을 알게 되었다. 료헤이를 진찰하러 온 주치의를 통해서였다. 주치의 말에 따르면 료헤이의 병은 마음의 병인 일종의 정신병이었다. 의사는 복순에게 료헤이가 이상한 행동을 할 때면 꼭 자신을 불러달라 신신당부를 했었다. 정신병이라는 단어를 난생 처음 들은 복순은 정신병이 정신이 온전하지 못한 병이라는 주치의 설명을 듣고 나서야 집안사람들이 료헤이를 두려워하는 이유를 이해할 수 있었다. 또 하나 그녀가 알게 된 사실은 료헤이의 친모도 정신병으로 요양을 하다 병원에서 죽었다는 사실이었다. 그의 어머니는 병증이 심하여 정상 생활을 할 수 없었기에 요양원으로 보내졌고 그곳에서 죽었다. 그 탓에 집안사람들은 료헤이도 언젠가는 완전히 미쳐 정신이 이상해질 것이라 여기고 있었다. 저간의 사정을 모두 알게 되었지만 복순은 료헤이가 이상하게 생각되지 않았다. 처음부터 선입견을 품고 보지 않았기에 그의 병에 대해 알게 된 후에도 그것이 두렵거나 혐오스럽게 느껴지지 않았다. 료헤이가 병이 들었든 아니든 료헤이는 료헤이였고 복순의 일상은 변함이 없었다.

  료헤이는 새어머니와 사이가 좋지 않았지만 여동생은 좋아했다. 아니 애초에 그는 자신보다 약한 존재와 어린아이를 싫어할 수 없는 이였다. 비록 새어머니가 낳은 동생이었지만 그는 어린 아사코를 귀여워했다. 그가 별채에서 따로 떨어져 살기 전까지만 해도 아사코는 료헤이의 방으로 찾아와 차를 마시며 놀다 가곤 했다. 하지만 이제 아사코는 료헤이를 찾지 않는다. 별채에 발걸음을 하지 말라는 요시코의 당부가 있기도 했지만 아사코 스스로도 음습한 별채에 가고 싶지 않았다. 언제나 사람들의 이목을 받으며 밝은 곳에서만 자라온 아사코에게 료헤이가 머무는 별채는 그녀와 상관없는 세상이었다. 마츠모토 본가는 일하는 이들과 손님이 끊임없이 드나들었고 집 안은 언제나 요시코의 취향대로 정갈하게 꾸며져 있었다. 그에 비해 료헤이가 머무는 별채는 인적이 드물고 허름했다. 혼자 있는 료헤이가 안쓰러워 아사코도 몇 번인가 별채로 걸음을 하려 한 적이 있었지만 차마 실개천을 건너지는 못했다. 돌담 너머로 보이는 별채의 모습이 너무도 황량하여 마음이 내키지 않았던 것이다.

료헤이가 사라진 본가에서 아사코는 가장 귀한 사람이었다. 자존심 강한 요시코지만 그녀도 자신의 딸이 원하는 일이라면 모두 해주었다. 집안의 가장이자 엄격한 존재인 마츠모토 교장도 아사코의 뜻을 쉽사리 거절하지 못했다. 그러니 마츠모토 가에서 가장 강한 실세라면 역시 아사코뿐이었다. 아사코가 마음만 먹으면 마음에 들지 않는 하녀를 혼내주거나 내쫓는 건 일도 아니었다. 모든 일은 그녀가 원하는 대로 이루어졌고 누구도 그녀의 뜻을 거스르지 못했다.

자신의 방에서 머리단장을 하던 아사코는 긴 흑단 머리를 빗으며 크고 검은 눈동자로 자신의 얼굴을 찬찬히 살펴보았다. 검고 짙은 눈썹과 하얀 피부를. 스스로 보기에도 만족스러워 슬며시 미소를 짓는다. 그러다 무엇이 마음에 안 드는지 미간 사이를 살짝 찌푸렸다. 낮에 있었던 일이 생각난 탓이다.

마당을 거닐며 금붕어들에게 먹이를 주고 돌아오던 길이었다. 부엌에서 나오던 계집아이 한 명이 아사코를 못 본 채 지나쳤다. 마츠모토 집안에서 아사코를 그렇게 무시할 수 있는 사람은 없었다. 아사코가 어디를 가든 집안사람들은 아가씨라는 호칭으로 부르며 그녀에게 깍듯이 인사를 했다. 오직 '준코'만이 그녀를 아무렇지 않게 대했다. 아버지가 만주에서 데려온 조선인 아이를 사람들은 준코라 불렀다. 그 아이의 이름을 제대로 발음하기가 번거로워 어쩌다 보니 다들 그렇게 부르고 있었다. 이름이야 어찌 됐든 별채에서 료헤이의 살림을 맡아서 하는 그 아이는 아사코를 대수롭지 않게 여겼다. 그 점이 매번 아사코의 눈에 거슬렸다. 그래서 아사코는 아버지에게 준코가 자신을 무시한다는 말을 은근슬쩍 토로한 적이 있었다. 마츠모토 교장이 준코에게 벌을 주거나 내쫓기를 바라면서. 하지만 아버지는 아사코의 의도대로 준코를 꾸짖지 않았다. 그저 그 아이는 본가와 상관없는 사람이니 신경 쓰지 말라는 말을 할 뿐이었다. 그 때문에 아사코는 준코가 더 얄미웠다. 마츠모토 집안에서 유일하게 자신의 마음대로 되지 않는 사람이기에.

준코라는 아이가 아사코의 심기를 거스르는 행동은 아주 드물게 일어나는 예외적인 일로 그 일을 제외하면 아사코는 일상이 아주 만족스러웠다. 모든 것이 그녀의 의도대로 흘렀고 원하는 것은 언제나 이룰 수 있었다. 때때로 그녀가 의도하지 않아도 세상이 그녀의 바람대로 굴러가는 것처럼.

아사코가 열여섯이 되던 해 그녀는 또 한 번 세상이 자신을 중심으로 돌아가고 있다는 점을 확인했다. 레코드 회사에서 일하는 외가 쪽 친척 마사오 씨로부터 가수로 데뷔를 하지 않겠냐는 제안을 받은 것이다. 그는 친척 모임에서 아사코가 부른 창가를 인상 깊게 들었다고 했다. 마사오는 마츠모토 가로 직접 찾아와 요시코에게 자신의 의향을 전달하고 아사코의 의견을 물었다. 그의 제안에 아사코는 가슴이 요동치며 설레었지만 내색하지 않고 조용히 자신 앞에 놓인 차를 마시며 답을 미뤘다.

"며칠 말미를 주시면 제안을 심사숙고해보겠습니다."

차분한 아사코의 대응에 요시코는 만족스러운 표정을 지었다. 요시코도 마사오의 제안이 싫지는 않았지만 아사코가 어린 마음에 자존심을 챙기지 못할까 염려하고 있었다. 아사코는 심사숙고를 할 필요도 없이 마사오의 제안을 받아들일 생각이었지만 마사오가 돌아간 후 일주일이 지나도록 답을 하지 않았다. 기다리다 못한 마사오가 다시 연락해온 후에야 조심스럽게 해보겠다는 의향을 전달했다.

아사코는 마사오의 레코드 회사에서 그 당시 유행하는 가요를 불렀다. 가요는 기존의 엔카보다 현대적이고 템포도 두 배나 빠른 곡이었다. 얼마 후 아사코의 노래가 지역 라디오에서 흘러나왔다. 청아하고 맑은 소녀의 목소리에 사람들은 마음을 빼앗겼다. 아사코의 노래는 사람들의 입으로 불리면서 점점 인기를 얻어갔다. 그녀의 노래가 많은 사람에게 알려지면서 아사코라는 이름도 같이 유명해지기 시작했다. 하얗고 작은 얼굴에 매혹적인 눈을 가진 아사코의 외모는 덩달아 사람들의 칭송을 받았다. 나라의 안팎은 전쟁의 소용돌이가 격하게 몰아치고 있었지만 아사코의 인생은 정점을 향해 내달리고 있었다.

대중들은 아사코가 부른 군국가요를 따라 불렀다. 그녀가 부르는 노래의 비장함에 마음을 빼앗겼다. 그들은 전쟁을 위해 모든 것을 바칠 각오를 다졌다. 아사코는 어느새 많은 사람에게 영향을 미치는 가수가 되어 있었다. 그녀가 의도했든 의도하지 않았든. 마츠모토 본가보다 더 넓은 세상이 그녀를 중심으로 돌아가게 되었다. 흡족한 일이었다.

시간이 지날수록 아사코의 인기는 날로 높아져 다른 아시아 지역 사람들도 그녀의 노래를 따라 불렀다. 마사오의 직감은 놀랍도록 정확하고 예리한 것이었다. 아사코의 수려한 외모와 청아한 목소리는 사람들의 마음을 움직였고 국가에서 원하는 메시지를 효과적으로 사람들에게 전달했다. 가벼운 유행가가 금지된 후 새로운 돌파구를 찾던 마사오에게 아사코가 부르는 군국가요는 광산에서 우연히 발견한 금맥과 다름이 없었다. 그에게 막대한 부를 가져와 주었으니.

아사코의 인기가 높아질수록 사람들은 아사코를 더 많이 보고 싶어 했다. 이런 인기 때문에 아사코는 공연장에서 노래를 부르기 시작했다. 공연 때마다 아사코를 보기 위해 수많은 사람이 공연장을 찾았고 그녀의 노래에 열광했다. 공연이 끝난 후 아사코는 사람들의 환호를 기억하며 마츠모토 본가에서 시간을 보냈다. 며칠 후면 다른 지방 도시로도 공연을 떠나야 했다. 아사코는 돈을 벌기 위해 공연을 하는 것이 아니었다. 그녀의 집안은 그녀의 벌이가 없어도 충분히 여유 있는 생활을 할 수 있었다. 그런데도 아사코가 힘든 공연을 해나가는 것은 자신을 위해서였다. 그녀의 노래를 듣고 눈물을 흘리며 감동하는 이들의 모습을 볼 때면 그녀는 언제나 뿌듯하고 만족스러웠다. 자신의 몸짓 하나에 울고 웃는 이들을 보면 저절로 기분이 좋아지는 것이다.

정원에서 한가로이 화초들을 바라보던 그날도 아사코는 지난 공연 때 자신을 동경의 눈으로 바라보던 많은 이들의 모습을 떠올리며 슬며시 미소를 짓고 있었다. 그녀가 만족감에 빠져 있는 사이 어린 하녀가 다가와 마사오가 찾아왔음을 알렸다. 아사코가 응접실로 들어서자 마사오는 요시코와 조용히 차를 마시고 있었다. 아사코는 마사오에게 인사를 건네고 두 사람 사이에 조용히 자리를 잡았다.

"마사오 씨께서 오늘 너에게 굉장한 소식을 전하러 오셨단다."

눈웃음을 지으며 요시코가 기대에 찬 목소리로 마사오의 방문 이유를 언급했다.

"저도 연락을 받고 놀랐습니다. 전혀 생각지도 못한 일이라서요."

"그래요? 오늘 방문하신 이유가 점점 더 궁금해지네요."

마사오의 설레발에 아사코는 호기심 어린 표정을 지었다.

"아사코를 여주인공으로 하고 싶다는 영화제의가 들어왔습니다."

"정말이에요?"

웬만한 일에는 자신의 감정을 드러내지 않던 아사코도 마사오의 말에 몸이 바짝 긴장하고 말았다. 전혀 생각지도 못한 전개였기에. 자신의 노래가 사람들에게 인기를 얻고 공연을 하는 것만으로도 아사코는 만족감에 빠져 있었는데 그런 그녀에게 더 놀라운 제안이 들어온 것이다.

영화를 제안한 영화사는 일본에서 자본 규모로 일이 위를 다투는 대형 영화사였다. 마사오가 그 영화사에서 제작된 영화들을 언급했는데 대부분 아사코도 알고 있는 영화들이었다. 아사코는 음반을 제작할 때처럼 심사숙고하겠다는 대답으로 마사오의 들 뜬 마음을 애타게 했다. 아사코는 물론 영화제의를 거절하지 않을 것이다. 하지만 언제나처럼 그녀는 쉽게 자신의 마음을 내보이지 않았다. 아직 어린 나이였지만 그녀는 누군가의 의도에 휘말리기보다 자신의 의지로 모든 일을 결정하고자 했다. 제안을 선뜻 받아들인다면 그건 그저 상대의 제안을 수용하는 결과가 되지만 시간을 끌면 일의 가능 여부는 아사코의 뜻에 따라 좌지우지된다는 인상을 얻을 수 있었다.

영화사에서 제안한 배역은 대불황 속에서 비참하게 살아가지만 용기를 잃지 않는 여주인공 역할이었다. 영화 속에서 아사코는 아름답지만 힘겹게 살아가는 소녀의 모습을 연기해야 했다. 태어나서 지금까지 한 번도 어려움이라고는 겪어본 적이 없었지만 그녀는 놀랍게도 그 역할을 자연스럽게 해냈다. 아름다운 외모에 갖은 고초를 겪으며 살아가는 소녀의 모습을 영화로 보면서 사람들은 눈물을 흘렸고 마음의 위안을 얻었다. 그녀는 곧 사람들의 마음을 빼앗았고 그들의 여신이 되어갔다. 대중들은 아사코의 말 한마디에 울고 웃었다.

아사코는 사람들의 이목을 집중시키는 천부적인 재능을 타고 태어났다. 어디를 가든 분위기를 자신의 중심으로 몰아갔고 사람들은 그것을 거부감 없이 받아들였다. 이제 그녀의 재능은 그녀의 주변만이 아니라 전국에 영향을 미치고 있었다. 그녀의 존재는 하나의 사상처럼 의미를 지니게 되었다.

아사코는 이런 상황이 싫지 않았다. 교육가 집안의 딸로 얌전하게 살다가 결혼하는 것만이 행복인 인생에는 미련조차 없었다. 애초에 그녀는 그녀 또래의 다른 여자아이들과는 다른 특별함을 꿈꾸고 있었다. 하지만 아사코 자신조차도 자신의 특별함이 이렇게 빛을 발하리라고는 예상하지 못했다. 사람들의 칭송을 받는 삶은 이제 당연한 것이 되었다. 그녀는 다른 이들보다 특별한 사람이니까. 아사코의 생각이 옳다는 것을 말해주듯 대중들은 그녀를 열렬히 추앙했다. 아사코는 이제 만인의 여신이었다.

4
201X,
윤하

이른 시간이었지만 공항에는 여행을 떠나려는 사람들이 적지 않았다. 게이트 앞, 비좁은 의자마다 사람들이 꾸역꾸역 앉아 있었다. 홀로 여행을 떠난다는 긴장감에 윤하는 두 손을 마주 잡고 연신 시간을 확인했다. 그리고 탑승시간이 되자 저도 모르게 의자에서 벌떡 일어나 게이트로 향했다. 천천히 여유 있게 줄을 서는 사람들 사이에서 그녀는 연신 고개를 갸웃거리며 자신의 차례가 얼마나 남아 있나 확인했다. 짐칸에 가방을 넣고 자리에 앉고 나서도 윤하는 혼자 여행을 떠난다는 사실이 실감 나지 않았다.

불과 일주일 전까지만 해도 그녀는 매일 똑같은 일상을 보내고 있었다. 작은 무역회사에 다니고 있던 그녀는 서류번역 작업을 담당하고 있었다. 물론 주 업무 외에 여러 가지 잡다한 업무도 그녀의 몫이었다. 회사에 다니며 하루하루를 건디며 살아가던 그녀가 이렇게 생각지도 못한 여행을 떠나게 된 건 일주일 전 해고통지를 받았기 때문이다. 아니 해고라는 말은 그녀에게 해당되지 않는다. 윤하는 계약직이었으므로 계약 만료라는 말이 맞았다. 계약직이었지만 입사 초기 그녀는 당연하게 계약이 연장되고 무기 계약직이 될 수 있을 것이란 믿음을 가지고 있었다. 그런 믿음이 서서히 무너지기 시작한 것은 재계약을 몇 개월 앞두고서였다. 그녀의 재계약은 언급되지 않았고 회사 내에서 그녀의 퇴사는 당연시 여겨졌다. 그녀는 새로운 신입을 뽑으려는 회사의 행태를 고스란히 지켜보다 업무인수인계까지 하고 계약 만료를 맞이해야 했다. 경력이 쌓이고 직급이 높아지면 임금도 함께 늘어난다. 하지만 어차피 똑같은 일을 해야 하는 상황에 회사는 늘어나는 임금을 감당할 이유가 없었다. 새로운 계약을 하고 신입을 뽑으면 되니까. 윤하는 자신이 가졌던 믿음이 얼마나 신기루 같은 것이었는지 회사를 나오고 나서야 알게 되었다. 불행은 그것으로 끝나지 않았다. 입사 후에 만나 얼마 전까지 사귀던 남자친구와도 헤어졌다. 이별의 이유는 아주 간단했다. 그녀와 미래를 함께할 수 없다는 남자친구의 결단 때문이었다. 결국 무직인 그녀와 결혼을 할 수 없다는 말이었다.

  계약만료와 이별이 며칠 간격으로 그녀에게 찾아왔다. 두 개의 칼날이 사정없이 그녀를 할퀴고 지나갔다. 슬프다기보다는 공허했고 무기력했다. 그녀는 스스로에게서 잘못을 찾아보려 했다. 어디서부터 잘못된 것인지. 남들보다 노력하지 않은 것도 아니고 나쁘게 살지도 않았다. 평범하게 살기 위해 노력했다. 많지는 않지만 어느 정도의 월급을 받으며 먹고살 수 있다면 괜찮다고 생각했다. 그녀는 그저 남들처럼 평범하게 살기만을 원했다.

평범한 삶을 원했던 그녀가 왜 이런 상황에 처하게 됐는지 그녀 자신도 처음엔 알지 못했다. 하지만 시간이 흐르고 스스로 원인을 곰곰이 생각하다 그녀는 이유를 깨달았다. 평범하게 산다는 것은 남들처럼 취업을 구걸하며 살아가야 한다는 뜻이었다. 지금은 계약직이나 취업준비생으로 살아가는 것이 평범한 일이 돼버렸으니. 세상이 변한 것이다. 평범의 기준이. 매일매일 하루만을 충실하게 살았던 윤하는 그것을 알아차리지 못했다. 아니 알아도 어쩔 수 없었을 것이다. 살아남기 위해서는 다른 이들보다 월등히 뛰어나거나 독특해야만 하니까.

무력감, 우울증, 이런 감정들이 그녀를 지배했다. 우울한 감정이 깊어지면 극단적인 선택을 떠올리기도 했다. 죽음. 죽음은 무엇이든 끝을 낼 수 있다. 아주 완벽하게. 구차함을 남기지 않는다. 인생을 정리하는 아주 깔끔한 방법이다. 더는 살 집도 옷도 필요 없게 된다. 괜찮은 끝이지만 그 끝에는 아무것도 남지 않는다는 단점이 있다. 의식의 종료. 허무. 이런 것들이 그 끝에 있었다. 윤하는 단지 그 마지막을 떠올리기만 했을 뿐 감히 실행할 생각은 하지 못했다. 그렇지만 돌파구는 필요했다. 다른 이들과 같이 평범해지려다 실업자가 된 인생은 여태껏 살아온 생으로도 충분했다. 이제는 그녀만의 인생을 살아야 한다. 그러기 위해서는 계기가 필요했다. 자신을 새롭게 태어나게 해줄.

 죽음처럼 자신을 새롭게 태어나게 해줄 장소. 그런 장소가 있다면 좋겠다고 생각했다. 이전의 삶을 완전히 단절하게 해줄 수 있는 곳. 그곳을 찾아가고 싶었다. 그런 장소라면 딱 한 곳이 있었다. 그녀가 죽음 앞에서 살아났던 곳이. 윤하는 혼자서 그곳을 찾아가기로 결심했다. 몇 번의 클릭만으로 여행에 필요한 최소한의 것들이 준비되었다. 도쿄행 비행기 표와 후추 시내 호텔을 예약했다. 문제는 마음이었다. 익숙한 곳을 떠나 낯선 곳으로 향하겠다는.

 여행계획을 세우고도 여행을 포기하고 싶다는 생각이 불쑥불쑥 올라왔다. 코헤이를 만나 무슨 말을 해야 할지도 알 수 없었고 그가 자신을 보면 곤혹스러워할 것 같았다. 그 모든 걱정에도 불구하고 그녀는 여행을 끝까지 취소하지 않았다. 꼭 다시 한 번 그를 만나고 싶다는 열망이 있었기에. 윤하는 난생처음 혼자 비행기를 탔다. 이제 그녀에게는 낯선 세상이 기다리고 있었다. 창밖을 바라보며 그녀는 익숙한 것들과 작별했다.

 그녀의 목적지는 도쿄 외곽 후추 시에 있는 마츠모토 의원이었다. 나리타공항에서 내린 그녀는 신주쿠역에서 게이오선 전철을 타고 후추 역으로 향했다. 후추 시에 도착했어도 여행은 끝나지 않았다. 그곳에서부터 그녀의 진짜 모험이 시작될 테니. 대중교통을 이용해 특정 지역으로 이동하는 방법은 여행 서적이나 인터넷을 뒤지면 그리 어렵지 않게 찾을 수 있다. 정말 어려운 건 아무도 가지 않는 장소를 찾아가는 것이다. 한 번도 가본 적이 없는 마츠모토 의원을.

  예약한 호텔은 역에서 그리 멀지 않았다. 유명 관광지가 아니었기에 호텔 규모는 그리 크지 않았다. 객실은 작고 단출했지만 창이 넓었다. 벽면의 절반을 창이 차지할 정도로. 넓은 창으로 후추 시 시내 전경이 보였다. 작은 외곽도시는 정비가 잘된 깨끗한 곳이었다. 길을 따라 나란히 아름드리나무들이 심겨 있었다.

  침대에 걸터앉아 창밖을 바라보던 윤하는 자신의 핸드백에서 코헤이가 보냈던 연하장을 꺼냈다. 그리고 누렇게 변색된 봉투에 적혀 있는 주소를 다시 한 번 암기했다. 봉투에는 마츠모토 의원 주소가 인쇄되어 있었다. 처음 연하장을 받았을 때 윤하는 봉투에 쓰여 있는 주소를 보고 의아해했다. 외국에 있는 병원에서 자신에게 우편물을 보냈으니. 의문은 봉투를 개봉하자마자 풀렸다. 코헤이가 병원에서 쓰던 봉투에 연하장을 넣어 보낸 것이다. 봉투 안에는 코헤이가 보낸 연하장이 들어 있었다. 왜 코헤이가 병원에서 사용하는 봉투에 연하장을 넣어 보냈는지는 모르겠지만 그 주소는 윤하가 코헤이에 대해 알고 있는 유일한 정보였다. 윤하는 늦은 오후 내내 어디인지 모를 그 주소를 몇 번이고 중얼거리며 외웠다. 어떤 일이 있더라도 그 주소를 기억할 수 있도록.

5
201X, 코헤이

마츠모토 의원은 조용한 주택가에 위치한 단독주택에서 운영되고 있었다. 1층은 진료를 보는 병원으로 사용되었고 2층은 가정집이었다. 그 집에서 코헤이는 어린 시절을 보냈고, 지금도 매일 그 집에서 먹고 잔다. 그가 마츠모토 의원을 떠난 적은 오로지 대학 시절뿐이었다. 의대에 진학해 그 학교를 졸업할 때까지. 그는 고등학교 때부터 쓰던 침대에서 아직도 잠을 자고 매일 똑같은 시간에 자명종 소리를 듣고 일어난다. 학창 시절에는 아침잠이 많아 지각했던 적도 많았지만 지금은 정각 6시가 되면 저절로 눈이 떠진다.

그의 일과는 아침 조깅으로 시작된다. 코헤이는 일어나자마자 집을 나와 30분 정도 후추 시 주변으로 흐르는 강변을 달린다. 운동 후 그는 간단하게 아침을 먹고 오전 진료를 시작한다. 오후 5시 정각에 진료가 끝나면 이후에는 개인적인 일과로 시간을 보낸다.

요즘 그는 역 근처 체육관에 자주 가곤 한다. 처음엔 몸을 단련하기 위해 복싱을 시작했는데 꾸준히 다니다 보니 어느새 격투기 쪽으로 방향을 바꾸게 되었다. 몸을 부딪치며 격하게 움직이고 나면 식욕도 좋아질 뿐만 아니라 잠도 잘 왔다. 운동한 덕에 몇 년 동안 그를 괴롭히던 수면장애도 거의 사라졌다. 평온한 일상이었다. 거치적거리는 인간관계도 없고 사귀는 사람도 없다. 그가 만나는 이들은 병원운영을 도와주는 간호 조수 시노하라와 동네 환자들 그리고 체육관에서 알게 된 이들뿐이다. 최소한의 관계, 그것은 그가 가장 신경 쓰고 있는 부분이었다. 같은 곳에서 오래 살아왔기에 얽이는 이들이 꽤 있었지만 그는 일정한 거리를 두고 가까워지려 하지 않았다. 상대와 관계가 깊어지기 전에 코헤이는 여지없이 선을 그었다. 일종의 예방책으로.

그가 처음부터 모든 관계에 거리를 둔 것은 아니었다. 사람들에게서 멀어진 건 부모님이 돌아가시고 나서부터였다. 그는 누군가와 관계를 맺는 것이 두려웠다. 가까운 사람을 잃었을 때의 고통을 다시 겪고 싶지 않았기에. 자신과 얽인 사람들이 고통 속에서 죽어가도 그는 아무것도 할 수 없다는 사실을 너무 일찍 깨달아버렸다.

마츠모토 의원을 재개원한 지 일 년의 시간이 지났지만 코헤이는 유일한 동료인 시노하라와도 개인적인 이야기를 주고받지 않았다. 주로 병원 일에 관해서만 대화를 나누었다. 그 외의 대화라고는 날씨나 뉴스 기사에 대한 것이 전부였다. 시노하라도 딱히 사교적인 성격이 아닌 듯 일을 제외하고는 자신의 이야기를 꺼내지 않았다. 코헤이가 그녀에 대해 알고 있는 사실은 그녀가 이력서에 적은 내용이 전부였다.

시노하라는 40대 중반의 나이로 혼자 살고 있었다. 그녀는 도쿄 외곽지역의 작은 병원에서 일하기에는 아까울 정도로 일 처리가 정확하고 노련했다. 그리 많지 않은 월급으로 그런 간호 조수를 채용한 건 코헤이에게 행운과도 같은 일이었다. 그가 제시한 낮은 급료에 그녀가 선뜻 취직하고 싶다는 뜻을 말해 그도 처음엔 의아해했을 정도니까. 그녀는 과거에 마츠모토 가의 도움을 받았던 적이 있다고 하면서 이제 자신이 도움을 주고 싶다고 말했다. 그녀의 뜻을 이해하고 나서야 코헤이는 그녀의 행동을 납득했다. 시노하라는 어느 정도 경제적 여력을 가지고 있었기에 급료가 적은 것은 큰 문제가 아니라고 했다. 물론 그녀가 한 말을 모두 믿는 것은 아니지만 병원 사정상 그녀만큼 적당한 직원을 찾기 힘들었다. 이런저런 이유로 코헤이는 그녀를 고용했고 일 년이 지난 지금 시노하라는 마츠모토 의원에 없어서는 안 될 사람이 되어 있었다. 그녀가 있었기에 병원 일은 시계처럼 정확하게 운영되었고 코헤이는 환자들에게 집중할 수 있었다.

병원 진료시간이 끝나면 코헤이는 혼자 이른 저녁을 먹고 체육관으로 향한다. 날씨가 좋은 날이면 자전거를 타고 비가 오는 날이면 버스를 탔다. 체육관에서 자주 마주치는 연습생들과 안면을 익힌 지는 몇 달 정도가 되었다. 그들과 함께 거친 운동을 하고 나면 같이 맥주를 마시자는 제안을 받곤 했지만 코헤이는 술을 마시지 않는다는 이유로 그들의 제안을 거절해왔다. 지금은 그들도 더 이상 운동 후에 코헤이를 잡지 않았다.

  코헤이의 절제된 일상과 타인에 대한 경계심은 다른 사람들이 이해할 수 없는 부분이었다. 그도 다른 이들이 자신을 이상하게 본다는 점을 잘 알고 있었다. 아직 젊은 나이인 만큼 친구들과 어울리며 술을 마시고 여자 친구를 사귀는 것이 더 자연스럽다는 것도.

  부모님이 돌아가신 후 코헤이의 모든 일상이 바뀌었다. 과거에 일어난 사건으로 그의 세계가 이전과는 다른 길을 가게 된 것이다. 부모님의 죽음은 물론 그에게 아주 충격적인 일이었지만 그 사고 이후에도 그는 종종 이상한 일들을 겪었다. 자신이 다른 이들처럼 평범해지려 할 때마다 그에게 그림자가 찾아왔다. 다른 이들과 관계를 맺고 서로 마음을 나누려는 그때마다 멀리서 그림자가 그를 주시했다. 그의 일거수일투족을. 어쩌면 그에게 노이로제나 조현병이 생긴 걸지도 모른다. 그림자의 존재는 애초에 없었고 그 자신이 만든 망상일 수도 있다. 그림자가 그를 지켜보고 있다는 생각이 망상이라 하더라도 두렵고 무섭다는 감정은 진짜로 느껴졌다. 그러므로 그는 타인을 자신의 일상으로 불러들일 수 없었다. 혼자가 되면 그림자는 사라졌다. 그러니 그 누구와도 손을 잡을 수 없었다. 그 어떤 이와도.

조깅과 병원 그리고 체육관을 맴도는 일상에 균열이 가기 시작한 건 일주일 전부터였다. 다시 수면장애 증상이 시작된 것이다. 특별하게 예외적인 행동을 한 일이 없음에도 또다시 꿈이 시작되었다. 꿈은 짧지만 비슷한 장면이 여러 번 반복되어 나타난다. 일정한 주기 없이 불현듯 무의식 속에 떠오르는 장면에서 코헤이는 같은 여자를 본다. 그녀가 누구인지 그는 얼굴을 보지 않아도 알 수 있다. 그녀가 꿈에 나타난 것은 이번이 처음이 아니었기에. 물론 처음보다는 나이가 들어 이젠 성숙한 모습이지만.

다시 꿈에 나타난 그녀는 창백한 얼굴로 침대에 가지런히 누워 있었다. 꿈에서 그는 그녀를 깨우기 위해 소리쳤지만 하얀 침대에 누워 있는 그녀는 미동도 하지 않았다. 깨워야 한다는 다급함에 꿈속에서 발버둥을 치다 저도 모르게 잠에서 깨어나곤 했다. 한밤중에 그런 정신 사나운 꿈을 꾸고 나면 잠이 싹 달아나 더 잠을 잘 수가 없다. 잠을 자려 이리저리 뒤척이다 보면 어느새 새벽이 다가오고 그렇게 잠을 자지 못한 날이면 아침 조깅도 하지 못했다. 진료시간에도 환자들의 말을 듣다 멍해지기 일쑤였다. 간혹 코헤이의 피곤한 얼굴을 보고 환자들이 무리하지 말라며 걱정 어린 조언을 해줄 때도 있었다. 예고 없이 나타나는 꿈에 시달린 지 일주일 정도의 시간이 지났다. 불면의 밤을 보내는 건 그것대로 괴로운 일이나 코헤이가 가장 두려워하는 건 그 꿈이 현실에 그대로 나타나는 것이다. 이미 두 번이나 꿈이 현실에서 재현되는 것을 경험했기에 그에게 꿈은 더 이상 평범한 꿈이 아니었다. 그건 예사롭지 못한 징후이자 예고였다.

부모님이 돌아가신 후 홀로 잠드는 밤마다 코헤이는 어둠 속 고요가 무서웠다. 그 어둠이 자신을 집어삼킬 것 같아서. 두려움에 떨며 불면의 밤을 보낼 때마다 간절히 원했다. 따스한 체온을 가진 누군가를 안고 잠들면 좋겠다고. 그 소망이 무의식적으로 표출되었는지 어느 날부터 한 여자아이의 꿈을 꾸었다. 꿈에서 그 아이를 보면 꼭 직접 만난 것처럼 꿈꾸었던 내용이 생생하게 기억났다. 모든 장면이 진짜 기억처럼 떠올랐다. 꿈속에서 그 아이는 코헤이가 알아들을 수 없는 말로 웃고 떠들었다. 그 말을 모두 알아듣지는 못했지만 코헤이는 그 아이가 무슨 말을 하고 있는지 알았다. 그녀는 코헤이의 어머니가 그에게 하는 말과 같았다. 그 말은 한국어였다.

그런 꿈을 꾼 이후 그동안 무관심했던 분야에 관심을 두게 되었다. 한국드라마를 챙겨 보고 한글 교본을 사서 공부하기도 했다. 간혹 뉴스에 한국에 관한 기사가 나오면 저도 모르게 귀를 기울여 듣게 되었다. 엄마에게서 들으며 자란 경험이 있어 한국어가 그리 낯설지는 않았다. 2학년이 될 때까지 그렇게 시간을 보내다 보니 어느 정도 익숙하게 한국어를 알아듣고 쓰게 되었다.

겨울방학 기간에 자매결연행사로 한국 아이들이 온다는 사실을 알게 된 후 코헤이는 한국에서 온 학생들에 대해 호기심을 가지게 되었다. 그는 한국에서 태어나고 자란 한국인을 한 번도 만난 적이 없었다. 외가 쪽 친척들도 모두 일본에서 태어나고 자란 이들이었으니. 그래서 코헤이는 보고 싶었다. 한국에서 온 아이들이 실제로 어떤 표정으로 말하고 웃는지.

행사에 참석하기로 한 전날 코헤이는 지진이 일어난 꿈을 꿨다. 지진으로 흔들리는 집 안은 모든 것이 엉망진창이 되었고 그 안에서 여자아이는 정신없이 잠을 자고 있었다. 지진이 격렬해지자 사고가 일어났다. 천장이 심하게 흔들리면서 천장 등이 아래로 떨어진 것이다. 등은 여자아이의 머리 위에서 시계추처럼 대롱대롱 매달려 있었다. 위험에 처해 있었지만 여자아이는 계속 정신을 잃고 누워 있었다. 꿈이었지만 그 장면을 지켜보는 내내 안타까웠다. 소리를 지르고 싶었다. 어서 일어나! 라고. 꿈이었지만 가슴에 통증이 느껴졌다. 가느다란 전선이 끊어지면서 등이 떨어진 순간 코헤이는 꿈을 꾸면서도 눈을 질끈 감았다. 깨어보니 온몸은 땀으로 젖어 있었고 꿈을 꾸는 내내 긴장한 탓에 몸이 굳어 있었다. 꿈이라서 다행이라고 생각했다. 정말로. 그런데 꿈속에서 보아오던 그 아이가 눈앞에 나타났다. 행사 중 한국 학생들이 합창을 부르기 위해 단상에 올라선 순간 코헤이는 그 아이를 알아보았다. 꿈이 생생하게 떠올라 정신을 차릴 수가 없었다. 영화의 한 장면처럼 생생했다. 그 모든 기억이 한꺼번에 밀려와 저절로 미간이 찡그려지고 온몸에 소름이 돋았다.

그런 코헤이의 사정을 알지 못한 여자아이는 아무렇지 않게 강당 맨 앞에서 노래를 불렀다. 여자아이의 모습이 눈앞에서 사라진 후에도 코헤이의 몸은 떨리고 식은땀이 흘렀다. 그 여자아이의 얼굴을 재차 확인하려고 고개를 돌리자 그 아이의 시선이 스쳐 지나갔다. 의아해하는 여자아이의 얼굴이 꿈에서 본 장면과 겹쳐졌다. 부모님이 돌아가셨을 때와 똑같이 코헤이에게는 그 아이에게 닥칠 불행이 보였다. 머리를 굴려 고민해 봤지만 어찌해야 할지 판단이 서지 않았다. 말을 한다 해도 믿어줄지 알 수 없었고 그렇다고 모른 척할 수도 없었다. 오늘 밤 지진으로 죽을지도 모른다는 말을 잘 알지도 못하는 이가 말한다면 분명 정신이상자로 취급할 것이다. 그렇다고 부모님이 사고를 당했을 때처럼 아무것도 하지 않고 있을 수는 없었다. 만약 꿈속에서처럼 사고가 난다면 그 여자아이는 목숨을 잃을 수도 있었다. 고민 끝에 생각해낸 방법은 그 아이에게 쪽지를 건네는 방법이었다. 그 아이 스스로 위험에서 벗어나도록. 용기를 내어 같은 반 친구에게 부탁해 경고를 담은 문구를 전달했다. 쪽지를 읽는 모습을 멀찍이서 지켜보았다. 자신의 의도가 잘 전달되기를 바라면서. 물론 코헤이의 기대와 달리 쪽지는 여자아이의 관심을 끌지 못했다. 그 아이는 쪽지의 내용을 스윽 읽은 후 바로 구겨서 주머니에 넣어버렸으니까. 누가 장난을

친 것이라고 대수롭지 않게 생각한 것일지도 모른다. 코헤이는 머리가 지끈거렸다. 꿈은 그저 꿈이라고 치부해버리고 말 수도 있었지만 사람의 목숨이 걸린 문제인지라 그냥 내버려둘 수도 없었다. 자신이 꾼 꿈이 현실과 상관이 있는지 없는지 확인해야 했다. 코헤이는 다급히 그 여자아이의 짝꿍인 미츠코의 집주소를 친구들에게 물었다. 의아한 표정으로 고개를 갸웃거리는 친구들의 시선에서 창피함을 느꼈지만 꼭 알아내야 했다. 사건은 분명 그날 밤이나 새벽에 일어날 테니.

결국 친구들에게서 주소를 알아낸 코헤이는 늦은 밤에 미츠코의 집 앞으로 찾아갔다. 스산한 겨울바람에 몸이 덜덜 떨리고 이가 딱딱 소리를 냈다. 조용한 주택가 담벼락에서 발을 동동 구르며 때를 기다렸다. 집 안의 불빛이 하나둘 꺼지고 어둠과 함께 고요가 찾아왔다. 찬 기운이 온몸을 휘감을 때마다 후회가 밀려왔다. '괜한 짓이야. 꿈은 현실로 나타나지 않아. 집으로 돌아가는 게 나아.'라고. 수백 번 스스로에게 말했다. 하지만 그 담벼락 앞에서 한 발자국도 움직일 수가 없었다. 조금만 더 조금만 더 기다리자. 동이 터오면 그때 집으로 돌아가도 늦지 않아. 누군가 죽는 것보다 그편이 낫다고 움직이지 않는 발이 대답했다.

추위로 발끝이 무감각해질 즈음 어디선가 '쿵' 소리가 들려왔다. 땅에서 진동이 느껴지고 담벼락이 흔들렸다.

'온 것인가?'

추위를 무릅쓰고 기다리던 그것이 오고 있었다. 지진이다. 지진이 왔다. 미츠코의 집 안에서도 여러 가지 소음이 들려왔다.

우당탕탕.

물건이 떨어지는 소리와 건물이 비명을 지르며 비틀리는 소리가 들린다. 현관문이 열리고 놀란 사람들이 뛰쳐나왔다. 코헤이는 심호흡을 하고 집 안으로 뛰어들어갔다. 처음 온 집인데다가 집 안이 흔들리고 있어 돌아다니는 일이 쉽지 않았다. 뒤죽박죽인 물건들을 피해 1층을 살핀 후 2층으로 올라갔다. 방문 앞에서 미츠코의 비명이 들렸다. 늦었다는 생각이 들었지만 있는 힘을 다해 방 안으로 뛰어들었다. 등이 떨어지기 직전 코헤이는 기울어진 바닥에 누워 있던 여자아이를 향해 몸을 날렸다. 두 사람은 같이 미끄러져 벽에 부딪혔다. 벽에 부딪힌 충격이 가시기도 전에 바닥에 떨어진 등은 '퍽' 소리를 내며 여러 조각으로 부서졌다.

코헤이는 그 여자아이와 함께 부서진 등을 피해 방 안을 빠져나왔다. 울고 있던 미츠코와 함께 셋이서 흔들리는 집 안을 헤치고 아래층으로 내려왔다. 아이들을 데리고 나오기 위해 다시 집 안으로 들어온 미츠코의 부모님은 계단을 내려오는 여자아이들을 발견하고 안도의 한숨을 쉬었다. 어른들이 그렇게 여자아이들에게 정신이 팔린 사이 코헤이는 재빨리 동급생의 집을 빠져나왔다. 미츠코의 집을 벗어나 마츠모토 의원을 향해 걸었다. 지진으로 땅이 흔들렸다. 세상이 흔들리고 있었다. 그 위를 걷고 있는 코헤이의 몸도 그 진동에 따라 휘청거렸다. 천장에서 떨어진 유리등 파편이 그의 팔에 상처를 남겼다. 흔들리는 팔 위로 붉은 문신이 새겨졌다. 똑. 똑. 똑. 빗방울처럼 떨어지는 빨간 물방울은 코헤이가 지나가는 길마다 흔적을 남겼다.

  얼마 후 코헤이는 그 아이에게서 감사하다는 이메일을 받았다. 코헤이는 그 아이의 목숨을 구해준 생명의 은인이었으니 당연한 일이었다. 하지만 그런 상황과 별도로 코헤이는 그 감사 메일을 받고 기분이 좋지 않았다. 누군가가 그 아이에게 자신의 이메일 주소를 알려주었다는 사실 때문에. 예전에 어울렸던 친구 중 한 명이 그의 메일주소를 알려주었을 것이다. 부모님의 사고 후에는 메일을 공유할 정도로 친분을 유지하는 친구를 만든 적이 없었으니까. 타인에 대한 경계심이 커진 탓에 코헤이는 자신이 조정할 수 없는 상황을 될 수 있는 한 피해왔다. 그런 그에게 여자아이의 메일은 내용과 상관없이 그를 예민하게 만들었다. 자신의 의도와 상관없이 메일 주소가 알려졌다는 사실에 기분이 상한 그는 여자아이에게 그리 유쾌하지 못한 경고성 문구를 답장으로 보냈다. 그로서는 최선의 답을 보낸 것이었다. 물론 상대는 그렇게 생각하지 않았겠지만. 그렇게 서로 첫 메일을 주고받은 후 두 사람은 드문드문 연락을 주고받았다. 그리고 어느 순간 일상에 파묻혀 메일을 보내지 않게 되었다. 서로에게 잊힌 존재가 된 것이다. 각자의 세계에서.

지진이 일어난 이후 코헤이는 다시 누군가가 죽는 꿈을 꾸지 않았다. 다시 일상으로 돌아올 수 있었고 평상시처럼 학업을 이어나갔다. 친구들과 어울릴 일이 줄어드니 공부할 시간은 충분했다. 혼자 있는 시간을 견디기 위해 무언가에 집중해야 했고 그 대상으로 공부가 가장 적합했다. 자신의 미래를 위해서나 마츠모토 의원을 되살리기 위해서나.

고단한 수험생 시절을 거쳐 코헤이는 어렵게 의대에 합격했고 학비와 기숙사비로 부모님이 남겨주신 보험금을 모두 써버렸다. 고용의사로 천천히 경험을 쌓으며 순탄하게 살 수도 있었지만 그가 의대에 진학한 이유는 오로지 마츠모토 의원을 되살리기 위함이었기에 다른 길은 모두 무의미했다. 수련 과정을 끝내자마자 코헤이는 마츠모토 의원을 재개업했다.

처음 몇 달간은 시노하라의 급여를 줄 수 없을 정도로 환자가 뜸했지만 월급을 반 정도밖에 받지 않고 연말에 정산해달라는 시노하라의 제안으로 어찌어찌 병원을 유지할 수 있었다. 그렇게 버틴 끝에 동네 환자들이 하나둘 단골이 되었고 꼼꼼하고 친절하게 상담해준다는 소문이 나면서 주변지역에서도 환자들이 찾아오기 시작했다. 마츠모토 의원에는 노인 환자들이 유독 많았는데 환자들이 거동이 불편한 경우에는 코헤이가 왕진을 가기도 했다. 그 덕에 한 번 마츠모토 의원에 온 환자들은 대체로 단골이 되었다.

며칠 동안 이상한 꿈 때문에 잠을 자지 못한 코헤이의 건강 상태를 걱정해주는 것도 그런 단골 환자들이었다. 오후 진료시간에 찾아온 미야비 할머니도 그런 이들 중의 하나였다. 팔십 대 중반인 미야비 할머니는 마츠모토 의원 근처에 사는 이웃으로 소화불량 때문에 일주일에 한 번꼴로 병원을 찾았다.

"젊은 사람이 그 모양으로 살다간 오래 못 산다고. 빨리 결혼을 해야지."

할머니는 언제나 진료가 끝나면 이런 잔소리를 늘어놓으며 진료실을 나섰다. 그런 할머니에게 코헤이의 충혈된 눈은 더 긴 잔소리를 하게 만들었고 코헤이는 몰려오는 졸음을 참으며 할머니의 충고를 10여 분 이상 들어야 했다. 미야비 할머니가 지팡이를 짚으며 진료실을 느릿느릿 걸어 나가자 코헤이는 진료를 마감하고 싶었다. 예약 환자의 진료는 끝났고 늦은 오후에 갑자기 찾아오는 환자는 거의 없었으니까.

피로감에 뻣뻣한 목덜미를 손으로 주무르면서 코헤이가 자리에서 일어나려던 순간 진료실 문이 열렸다. 문틈으로 시노하라가 얼굴을 내밀며 조심스럽게 용건을 말했다.

"손님이 왔는데요?"

"손님이요?"

"네. 환자가 아니라 손님이에요. 그것도 젊은 여자분이 찾아왔어요."

코헤이의 물음에 시노하라는 의아한 표정을 지어 보였다.

마츠모토 의원이 개원한 이래 손님이 찾아온 적은 단 한 번도 없었다. 그러니 예상치 못한 손님의 등장에 시노하라가 당황하는 것도 무리는 아니었다. 코헤이는 얼떨결에 손님을 들여보내라고 했다. 시노하라가 문을 닫고 가버린 후 작은 발소리가 진료실 쪽으로 다가왔다. 살며시 진료실 문을 열고 들어선 여자는 시노하라 말대로 코헤이와 비슷한 또래의 젊은 여자였다. 긴 머리를 멋쩍게 뒤로 넘기면서 그녀가 먼저 일본어로 인사를 건넸다.

"오랜만이에요."

그녀가 코헤이를 바라보며 희미하게 미소를 지었다. 그녀였다. 꿈속의 그녀. 윤하였다.

"혹시 기억해요? 고등학생 때 우리 만났었는데. 그날 지진이 일어났었죠."

그녀가 한 발짝 가까이 다가온다. 코헤이의 눈앞에 서 있는 여자는 살아있었다. 그녀는 긴장한 코헤이와 달리 친구 집에 놀러 온 이처럼 아무렇지 않게 진료실을 둘러보았다. 근처 가까운 곳으로 외출을 나온 사람처럼 청바지에 얇은 외투를 입은 그녀는 옷차림조차 가벼웠다.

"여기는 무슨 일로?"

"갑자기 찾아와서 놀랐죠? 이해해요. 저도 제가 이럴 줄 몰랐거든요. 그동안 잘 지냈어요?"

"네……. 그럭저럭."

코헤이는 윤하의 말에 당황하며 말을 얼버무렸다.

"보기에도 잘 지내는 것처럼 보이네요."

어깨를 으쓱하며 그녀는 환자용 의자에 털썩 앉고는 계속 자신의 말을 이어갔다.

"이곳에서 며칠 머물 생각이에요. 혹시 시간 괜찮으면 식사라도 같이해요. 고맙다는 말만 하고 제대로 보답도 못 했잖아요. 12년 동안 살아온 값은 하고 싶거든요."

윤하가 그를 찾아온 용건은 그리 대단한 것이 아니었다. 그녀는 며칠 동안 머물 호텔 연락처를 그에게 건네주고 진료실을 나서려 했다.

"잠깐만요. 같이 가요."

코헤이는 서둘러 가운을 벗고 외투를 챙겨 입었다. 카운터를 지키고 있는 시노하라에게 병원 마무리를 부탁했다. 코헤이가 정신없이 외출준비를 하는 모습을 지켜보며 시노하라는 그저 얼떨떨한 얼굴로 코헤이의 말에 고개를 끄덕였다.

두 사람이 마츠모토 의원을 나서자 시노하라는 고개를 갸웃거렸다. 불과 몇 분 만에 일어난 일들이 의아해서. 코헤이는 단 한 번도 마츠모토 의원에 여자를 데리고 온 적이 없었다. 사적으로나 공적으로. 매일 똑같은 일정대로 생활하고 환자를 돌봐왔다. 그의 규칙적인 생활에서 예외적으로 일어난 일이라면 지난겨울 그가 독감으로 병원을 일주일 정도 쉰 일과 근래에 수면장애로 잠을 제대로 자지 못해 피곤해하는 정도였다. 독감으로 병원 일을 쉰 것도 환자들에게 전염시키지 않기 위해 어쩔 수 없이 한 일일 뿐이었다. 결코 그의 휴식을 위해서가 아니었다. 그런 그에게 젊은 여자가 찾아오고 게다가 같이 외출을 하니 시노하라에게는 그 모습이 낯설 수밖에 없었다. 병원에 혼자 남게 된 시노하라는 괜히 슬쩍 미소를 지었다. 코헤이도 여자 앞에선 어쩔 수 없다고 중얼거리면서.

코헤이는 평소에 이용하던 버스를 타고 역 앞 정거장에서 내렸다. 그의 옆에는 윤하가 동행하고 있었다. 마츠모토 의원에 연락도 없이 찾아온 건 윤하였지만 그녀가 머무는 호텔 방을 무턱대고 따라온 건 코헤이였다. 윤하는 영문도 모른 채 코헤이와 함께 호텔로 돌아와야 했다. 코헤이는 윤하의 허락도 없이 룸으로 들어가 호텔 방을 샅샅이 살폈다. 창밖으로 보이는 건물을 살피고 수납장들을 하나하나 열어 그 안을 확인했다. 마지막에는 욕실 샤워부스와 침대 밑까지 살펴보았다. 마츠모토 의원에서 코헤이가 당황했던 것처럼 이번에는 윤하가 황당한 얼굴로 그가 하는 행동을 지켜보아야 했다.

"어서 짐부터 싸요."

"네?"

"짐 챙기라고요. 여길 나가야 하니까."

코헤이가 다급하게 윤하를 재촉했다.

"왜 그래야 하는지 도무지 모르겠네요. 저는 어제 여기에 도착했고 호텔 예약은 아직 이틀이나 남았어요."

"여기에 남겠다고요? 그걸 말이라고 해요? 여기 혼자 있다가 무슨 일이 벌어지면 어쩌려고 그럽니까? 창문 잠금장치도 허술하고 호텔 보안도 엉망인데. 당장 짐을 싸서 마츠모토 의원으로 가야 합니다."

"당신 집으로 가자고요? 싫어요."

"싫어도 어쩔 수 없어요. 난 내 앞에서 누가 죽는 모습을 다시 보고 싶지 않으니까. 그건 한 번으로 충분해."

코헤이는 윤하의 의견은 아랑곳하지 않고 호텔 방에 늘어져 있는 윤하의 옷가지와 물건들을 챙겼다. 그가 그녀의 짐을 가지고 호텔 방을 나서자 이번엔 윤하가 가만있지 않았다. 문 앞에 버티고 서서 코헤이의 앞을 가로막았다.

"내가 죽건 말건 무슨 상관이에요."

그녀는 야무진 표정으로 자기 뜻을 굽히지 않았다. 그녀의 저항에 코헤이의 걸음이 멈추긴 했지만 코헤이도 그녀처럼 비장한 얼굴이었다.

"죽고 싶으면 한국으로 가서 죽어. 수면제를 먹고 자살하던 건물 옥상에서 떨어져 죽든 마음대로 하라고. 그런데 여기선 못 죽어. 내가 그렇게 만들지 않을 테니까."

코헤이는 자신의 앞을 막고 있는 윤하를 밀치고 호텔 방을 나섰다. 그가 짐을 가져가 버리자 그녀도 그를 따라나서는 것 외에 다른 방도가 없었다. 코헤이가 버스 정류장으로 향하는 사이 윤하는 서둘러 체크아웃하고 그를 뒤쫓았다. 막무가내로 짐을 끌고 가는 코헤이의 뒷모습은 단호했다. 발걸음이 화를 내고 있었다. 윤하를 향해서. 마츠모토 의원으로 돌아오는 내내 윤하는 분을 가라앉히지 못하고 있는 그에게서 한 발짝 떨어져 걸었다.

병원으로 돌아오자 시노하라는 이미 퇴근한 후였고 병원 문은 굳게 닫혀 있었다. 코헤이는 잠긴 문을 열고 집 안으로 성큼성큼 들어갔다. 윤하의 짐과 함께. 뒤따라오던 윤하도 마지못해 코헤이를 따라 계단을 올라갔다. 2층으로 올라오자마자 코헤이는 호텔방에서 그랬던 것처럼 온 집안을 돌아다니며 하나하나 물건들을 확인했다. 옷장 안을 살피고 창밖도 확인했다. 자신이 쓰는 방을 모두 검사하고 나자 나머지 방들도 똑같이 훑어보았다. 윤하의 짐은 부모님 방에 놓았다. 코헤이는 오래도록 쓰지 않은 침대 위에 덮여 있던 하얀 천을 조심스럽게 걷어냈다. 방 안에 있는 물건들은 모두 코헤이의 부모님이 쓰셨던 것들로 같은 자리에서 10년 넘게 방치되어 있었다. 방 청소는 정기적으로 했지만 사람이 드나들지 않는 공간이어서인지 나른한 먼지들이 공중을 떠돌았다.

윤하는 자신의 짐 가방처럼 덩그러니 낯선 방 안에 남겨졌다. 홀로 남은 윤하는 오래된 가구들을 찬찬히 눈에 새겨 넣었다. 물건들에는 사람이 살았던 흔적이 고스란히 배어 있었다. 자잘한 소품들이 방에서 생활하던 이들의 모습을 떠오르게 했다. 이 방의 주인들은 어디로 가버린 것일까? 궁금했다. 그리고 자신이 이곳을 함부로 써도 되는지 알고 싶었다. 침대 한쪽 끝에 걸터앉아 골똘히 생각해본다. 짧은 시간 동안 일어났던 일들을 순서대로 복기하면서. 그녀가 마츠모토 의원을 찾아와 코헤이를 만나려던 것은 단지 계기를 만들기 위해서였지 이런 상황을 기대한 건 아니었다. 코헤이 입장에서 보면 그녀의 방문은 황당함 그 자체였을 것이다. 잘 알지도 못하는 여자가 갑자기 찾아왔으니. 하지만 곰곰이 생각해보면 무례한 쪽은 그녀가 아니라 그였다. 그는 그녀의 의사를 모두 무시하고 자신의 집으로 이렇게 짐을 옮겨버렸다. 덩그러니 방 안에 앉아 있다 나와 보니 그가 식탁에 앉아 노트북으로 무언가를 적고 있었다.

"뭐해요?"

"순서를 적습니다."

"순서요?"

"당신과 내가 해야 할 일의 순서."

"혹시 강박증이에요?"

그가 쓰던 손을 멈추었다.

"우울증에 걸린 여자와 강박증에 걸린 남자라. 왠지 우리 잘 어울릴 거 같지 않아요?"

그녀가 희죽 웃으며 그의 앞자리에 앉았다.

"농담이에요. 그러니까 그렇게 심각한 얼굴로 보지 말아요. 그보다 아까부터 묻고 싶었는데 왜 나를 여기로 데려온 거예요? 호텔에 있다 한국에 돌아가도 되는데?"

"거긴 위험해요."

"위험하다고요? 호텔이?"

"호텔이니까. 위험하죠. 모르는 사람들이 한 건물에 모여 잠을 자니까. 밤새 무슨 일이 벌어져도 아무도 모를 겁니다. 하지만 여기는 안전해요. 보안시스템도 가동되고 CCTV도 설치되어 있으니까."

"도대체 아까부터 위험하다고 하는데 뭐가 위험하다는 거죠? 설마 이 동네에 관광객을 노리는 연쇄살인 사건이라도 터졌어요?"

"그런 건 아니지만 여긴 위험해요. 당신한테. 그러니까 이 집에서 꼼짝 말고 있다가 떠나요."

그는 노트북 화면을 그녀 쪽으로 돌렸다. 모니터에 항공예약 사이트 창이 열려 있었다.

"최대한 가까운 시간에 돌아갈 항공편을 예약해요. 비행기를 탈 때까지 이 집에서 한 발자국도 못 나갑니다."

코헤이의 말은 협박과 다름이 없었다. 떠나지 않으면 감금하겠다는 말과 같았다. 그의 단호한 말투에 윤하는 적잖이 기가 눌리긴 했지만 그녀도 호락호락 떠날 수는 없었다. 무작정 집을 떠날 때는 될 대로 되라는 심정이긴 했지만 이렇게 강제적으로 돌아가고 싶지는 않았다. 새로운 마음가짐을 세우지는 못한다 해도 여행을 다니며 여러 곳을 돌아다니고 싶었다. 코헤이를 만나러 온 것은 그 여행의 시작점이었다. 그를 만나고 나면 또 다른 곳으로 떠날 용기가 생길 수 있으리라 기대했다. 그런데 첫 번째 관문인 이곳에서 윤하의 계획은 무너지고 말았다. 그것도 이유를 알 수 없는 그의 과대망상 때문에. 윤하는 다시 그에게 노트북을 내밀었다.

"예약은 이미 돼 있어요. 한 달 뒤로. 난 이 표를 절대로 취소하지 않을 거예요."

의기양양한 윤하의 얼굴과 노트북 모니터를 번갈아 보던 코헤이의 낯빛이 구름 낀 하늘처럼 흐려졌다. 그리고 긴 한숨을 쉬었다.

"정말 죽어도 상관없어요?"

"네. 그래도 상관없어요. 내일이건 내일모레건 당신이 비행기 티켓을 예매한다 해도 난 가지 않을 거예요. 억지로 비행기를 태울 수 있다면 한번 해보시든가."

협상은 결렬됐다. 그녀는 전혀 위험을 인지하지 못했고 그는 그런 그녀를 설득할 방법이 없었다. 오직 그가 불안에 떠는 이유는 몇 번 꾼 꿈이 전부이기에.

도대체 어떤 말로 그녀에게 이 상황을 설명할 수 있을까? 그는 고민을 거듭해보지만 뾰족한 해결책을 찾을 수 없었다. 죽음을 앞에 두고 있는 사람을 못 본 척한다 해도 그의 탓은 아니다. 그건 그녀의 운명이고 더는 그가 개입할 사항이 아니니. 그녀가 원하는 대로 내버려두는 것이 가장 합리적인 방법일 것이다.

  낯선 손님이 찾아온 그날도 어김없이 어둠은 찾아왔다. 코헤이는 항상 먹던 저녁 식사를 이 인분으로 만들었다. 어느 순간 대화가 불가능해진 두 사람은 말없이 조용한 식사를 했다. 윤하는 코헤이의 부모님 방에서 그날 밤을 보냈다. 부모님이 돌아가신 이후 타인이 그의 집에 머물렀던 적이 없었던 터라 코헤이는 쉽게 잠이 오지 않았다. 가장 깊은 어둠이 내려앉은 시각. 잠이 오지 않아 뒤척거리던 코헤이는 까무룩 잠이 들었다. 잠을 자고 있다는 자각을 할 수 없을 정도로. 생명이 모두 잠든 집 안은 고요했다. 시계 초침 소리가 거대한 울림으로 집 안에 퍼질 정도로. 그 검은 침묵이 집 안에 흐르는 사이 다른 소리가 그곳을 침범해왔다.

  쿵쿵쿵.

  좁은 나무 계단을 타고 발소리가 다가왔다. 작았던 소리는 점점 위로 올라오면서 커졌다. 발소리가 2층에 다다르자 검은 그림자가 거실 안으로 길게 늘어졌다. 검은 그림자는 집 안을 천천히 걸어 다녔다. 미끄러지듯 움직이며 거실을 살피고 부엌을 찬찬히 둘러보았다. 그리고 서서히 방문 앞으로 다가갔다. 굳게 닫혀 있는 문틈으로 공기처럼 스며들어 방 안으로 들어간다. 그림자는 천천히 방 안에서 자고 있는 이에게 다가갔다. 흐느적거리는 검은 형체가 점점 커지더니 침대 위에 누워 있던 윤하의 목을 감쌌다. 잠을 자고 있던 윤하는 목을 조이는 힘에 괴로워하며 벗어나려 발버둥 쳤지만 몸을 움직이면 움직일수록 검은 형체는 그녀를 더 단단히 조였다. 그녀가 안간힘을 써 소리를 지르려고 하자 검은 형체가 그녀의 입을 틀어막는다. 숨을 쉬지 못한 그녀가 버둥거려 보지만 벗어날 수 없다. 손발을 바르르 떨던 그녀의 몸에서 서서히 힘이 빠지자 사지가 축 늘어진다. 죽음을 확인한 그림자는 윤하의 몸을 조이던 힘을 풀고 검은 형체가 되어 문틈을 빠져나갔다. 미끄러지듯 계단 아래로 내려간 검은 그림자는 어느 순간 흔적도 없이 사라졌다.

그림자가 사라지는 것을 지켜보며 코헤이는 쫓아가려 했다. 하지만 몸이 움직이지 않았다. 입안에서 소리도 나오지 않는다. 코헤이는 있는 힘을 다해 목구멍 안에서 떠돌던 소리를 입 밖으로 뱉어냈다.

"안 돼!" 그리고 그 외침과 함께 눈을 떴다. 사방이 아직 어스름한 새벽이었다. 벌떡 자리에서 일어나 허겁지겁 옆방으로 갔다. 문을 열고 방 안을 살피자 윤하가 뒤척이며 잠을 자고 있었다. 방은 고요했고 그녀의 규칙적인 숨소리가 들렸다. 침대 위에서 자고 있는 그녀의 코 아래에 손가락을 대본다. 공기가 흐른다. 숨을 쉬고 있다. 검은 그림자는 그저 꿈속으로 찾아온 불청객일 뿐이었다. 깊은 단잠에 빠진 윤하가 잠꼬대를 중얼거렸다.

윤하는 아침과 점심 사이의 어중간한 시간에 눈을 떴다. 난생

처음 혼자 외국 여행을 하겠다고 동분서주한 기간 내내 그녀는 마음이 들떠 며칠 동안 잠을 제대로 자지 못했었다. 게다가 홀로 떠나는 첫 여행인지라 긴장감도 컸었다. 그 피로감이 어제 마츠모토 의원에 도착한 밤에 모두 해제된 것이다. 그녀는 깊고 긴 잠에 빠져들었다. 익숙하지 않은 공간이 주는 낯선 기운에도 불구하고 모든 긴장이 한순간에 녹아버렸다. 온몸이 녹아내려 바닥에 스며들었다 다시 태어난 것처럼 그녀는 잠을 잤다.

 방을 나오니 거실 창으로 오전 해가 깊숙이 들어와 사방을 눈부시게 만들었다. 식탁에는 아침 식사인 모닝롤과 버터가 그대로 방치되어 있었다. 집 안에 인기척이 없는 것으로 보아 코헤이는 아래층으로 내려간 듯했다. 물과 모닝롤로 간단히 식사를 마치고 윤하는 외출 준비를 했다. 짐 가방에서 필요한 물건들을 챙겨 크로스 핸드백에 넣었다. 그녀는 마음먹고 하루 종일 밖을 돌아다닐 작정이었다. 마지막으로 여권과 여행경비가 들어 있는 지갑을 점검했다. 작은 핸드백 안 공간을 뒤지고 또 뒤졌다. 가방 안 물건들을 모두 꺼내 확인했지만 여권과 지갑이 둘 다 사라지고 없었다. 돈이 없으면 이 집에서 한 발자국도 나갈 수 없다. 빈털터리로 외국에서 노숙할 수는 없으니. 울컥 화가 치밀어 올랐다. 코헤이가 가져간 것이 분명하다. 그가 말한 경고를 무시한 대가로. 혼자 짜증을 내며 소리를 질러도 소용없었다. 윤하는 집안을 뒤지기 시작했다. 그가 가져간 것이 분명하다면 이 집 어딘가에 그녀의 소중한 물건들이 숨겨져 있을 테니까.

 한 시간가량 방 두 곳과 거실, 부엌 그리고 화장실까지 샅샅이 뒤졌다. 윤하가 집안 곳곳을 들추느라 시간 가는 줄 모르고 있는 사이 진료실에 내려갔던 코헤이가 집안으로 올라왔다. 2층으로 올라온 그는 평소와 다름없이 손수 점심준비를 했다. 간단한 파스타를 만들기 위해 물을 끓이고 스파게티 면을 삶았다. 그가 점심준비에 매진하고 있는 사이 이곳저곳을 뒤지다 지친 윤하가 거실로 나왔다.

 "내 지갑이랑 여권 어디다 숨겼어요?"

 윤하는 사냥감을 쫓다 놓친 사냥꾼처럼 약이 바짝 올라있는 상태였고 긴 추격에 지쳐 있었다.

 "숨긴 거 아닙니다. 그냥 잠시 맡아두고 있는 겁니다. 당신의 안전을 위해. 당신이 한국으로 돌아가는 비행기를 타겠다면 언제든지 돌려줄 생각이에요."

 올리브 오일에 마늘을 볶던 그가 다 삶은 면을 넣어 볶는다. 마늘향이 어우러진 면에 바질과 치즈가루가 뿌려지자 그 향이 윤하의 식욕을 한 층 끓어오르게 했다. 입안에 침이 고이자 그와 말다툼을 벌이려던 의지가 눈 녹듯 사라졌다. 눈앞에 보이는 음식을 입안으로 넣는 동안 두 사람 사이의 기 싸움은 잠시 휴전되었다. 윤하는 탱글탱글한 면을 쪼르르 입안으로 빨아들여 야무지게 먹었다. 식탁은 두 사람 사이에 흐르는 날카로운 기운을 가라앉히는 비무장지대였다. 그렇게 조용한 식사시간이 흐르고 접시가 거의 비어갈 즈음 윤하는 다시 지갑과 여권이 떠올랐지만 배가 부르자 만사가 귀찮아졌다. 그 두 가지 물건이 그렇게 자신에게 필요한 물건들이 아닐지도 모른다는 생각이 들었다. 여행도 좋지만 낯선 곳에서 차분하게 일상을 살아가는 것도 나쁘지 않다고 여겨졌다. 편리한 자기합리화였다. 마츠모토 의원은 주거 환경도 좋고 집주인은 요리도 꽤 하는 편이다. 그러니 그녀가 마음만 바꾼다면 이곳에서의 생활도 그리 나쁘지만은 않았다. 윤하는 기꺼이 기다릴 수 있었다. 이곳 마츠모토 의원에서. 그가 볼모로 가지고 있는 지갑과 여권을 돌려줄 때까지.

"지갑과 여권 돌려주지 않아도 돼요. 귀국날짜는 한 달 뒤니까 그때까지 여기서 잠자코 기다릴게요."

윤하는 포만감에 만족스러운 표정을 지으며 코헤이에게 당돌한 미소를 지어 보였다. 며칠 동안 지갑과 여권을 돌려달라고 애걸복걸할 것이라 여겼던 그녀가 너무도 평온하게 이 집에 머물겠다고 선언한 것이다. 당당한 윤하의 모습에 코헤이는 자신의 계획이 어그러진 것을 알았다. 그녀는 이 나라를 떠나지 않을 것이다. 죽음이 코앞에 다가와 있음에도 이제 포기해야 할 쪽은 그녀가 아니라 그였다. 그녀의 귀국은 어찌 됐든 한 달 뒤이니 그때까지 그녀를 이곳에 머물게 할 수밖에 없다는 현실을 코헤이는 받아들여야 했다.

예상치 못한 동거가 시작되었다. 규칙적이고 평온하던 코헤이의 일상에 불쑥 그녀가 찾아와 거머리처럼 들러붙어 버리고 말았다. 떼어낼 수도 없다. 떼어낸 순간 거머리가 죽을지도 모르니. 일말의 인간적인 양심 때문에 내버려두지 못하는 것이 아니다. 죽음 뒤에 찾아올 죄책감과 자기비하에 빠져 자신이 무너질까 두렵기 때문이다. 깊은 어둠, 누군가의 죽음을 목도하는 꿈은 더는 꾸고 싶지 않았다. 계속 그런 꿈을 꾸면 극심한 심리적 고통 때문에 수명이 10년은 단축될 것 같으니까. 그러니 거머리를 잘 지켜보다 비행기에 태우면 된다. 기껏해야 한 달이다. 그 정도로 완전히 꿈에서 벗어날 수 있다면 값싼 대가였다.

코헤이의 입장에선 일상을 침범당하고 더부살이 인간을 지켜보아야 하는 불편함이 있었지만 윤하에게는 한 달여의 시간이 보너스와 같았다. 코헤이가 진료실로 내려가 있는 동안 그녀는 외딴 곳에 레지던스를 얻어 휴가를 보내는 기분을 만끽할 수 있었다. 밖으로 돌아다니는 걸 좋아하는 성격도 아니었기에 묽게 탄 블랙커피를 마시며 햇살이 들어오는 거실에서 빈둥빈둥 시간을 보내는 것도 나쁘지 않았다. 여태껏 살아오면서 그녀는 이렇게 한가로이 시간을 흘려보냈던 적이 없었다. 어린 시절부터 무언가를 해야 한다는 의무감이 항상 그녀를 조여 왔었다. 학교와 학원을 다니며 주어진 과제와 시험들을 묵묵히 감내해야 했다. 쉬는 것은 해야 할 것들 사이에 쉼표를 찍는 행위였다. 16년간 치른 시험들을 다세어보면 도대체 몇 번의 시험을 치른 것인지 헤아릴 수조차 없다. 그 사이사이 친구들과 신경전을 벌이고 다투고 화해하면서 그럭저럭 학교생활을 버텨냈다. 학교를 졸업한 후에는 어른으로서 자신의 능력을 증명하기 위해 수십 번 이상 이력서를 내고 면접을 봤다. 그런 구직 활동을 하면서 그녀는 자신의 바닥을 보고 또 봐야 했다. 타인에게 인정받고 뽑히기 위해 안간힘을 썼다. 자신 있는 척 무심한 척 때때로 가면을 바꿔 썼다. 누군가를 만나고 사랑해도 정말 사랑받고 있는지 의심하고 계산했다. 남들처럼 먹고 입기 위해 자신이 텅 비어가는 것도 모르고 일하고 또 일했다. 자신을 입증할 수 있는 방법이 그것뿐이라고 배웠기에. 간단하고 힘이 드는 아르바이트를 벗어나 책상에 앉아 컴퓨터 모니터를 보며 창의적인 일을 하게 되기를 희망했다. 간신히 얻은 자신만의 책상에서 나름 노력했지만 2년이라는 시간이 지나면 여지없이 그 책상에서 쫓겨났다. 쫓겨나고 쫓겨난 후 생각했다. 나는 왜 이래야만 하는 걸까? 라고. 다른 이들의 사진 속 모습은 모두 행복해 보이는데 자신만 불행한 것처럼 느껴졌다. 의문의 답을 찾아 그녀도 행복해지고 싶었다. 웃고 싶었다. 타인을 의식하는 웃음이 아니라 진심으로 마음에서 터져 나오는 웃음을 웃고 싶었다.

  거실로 들어오는 햇살 끝에 앉아 자신의 몸으로 만들어진 그림자를 보면서 윤하는 평온함을 느꼈다. 애써 웃지 않아도 되었고 슬픔에 빠질 이유도 없었다. 작은 먼지가 떠도는 모습을 가만히 응시하며 시간을 보냈다. 멋진 풍경을 보기 위해 관광지에 가지 않아도 시선을 잡아당기는 화려한 물건들을 쇼핑하지 않아도 괜찮았다. 햇살이 눈 부셔 눈을 감았다 잠이 들어도 좋았다. 누구도 뭐라고 핀잔을 주지 않으니. 며칠 동안 공중에 떠 있는 먼지를 보며 지내는 것도 나름대로 의미가 있었다. 자신을 쉬게 할 수 있었으니. 하지만 사나흘이 지나도록 그런 상태를 유지하는 건 불가능했다. 슬슬 일상이 지겨워졌고 뭐라도 하고 싶어졌다.

처음으로 2층 공간을 벗어나 윤하가 움직이기 시작한 공간은 아래층이었다. 윤하에게는 일이 필요했다. 해야 할 일이. 평생을 일하기 위해 살아온 인간인지라 평온한 휴식은 더 이상 무리였다. 윤하는 눈에 보이는 대로 닦고 정리했다. 병원 관리를 맡고 있는 시노하라의 입장에서는 반가운 일이었다.

시노하라는 코헤이의 오래전 친구라는 윤하가 왜 마츠모토 의원에 머물고 있는지 그 이유를 알지 못했다. 윤하에게 사정이 생겨 한 달간 이곳에 머물게 되었다는 말을 코헤이에게 들었을 뿐이다. 시노하라는 두 사람 사이의 일을 자세히 알지 못했지만 꼬치꼬치 캐묻지 않았다. 그저 의문을 품은 채 두 사람을 지켜보았다.

윤하의 도움으로 병원은 항상 청결한 상태로 유지되었고 환자들 응대에도 여유가 생겼다. 단골 환자들도 윤하가 안내하는 것을 싫어하지 않았다. 마츠모토 의원에 안주인이 생긴 것 같다며 더 좋아했다. 노인들의 관심사에는 코헤이의 결혼문제가 빠진 적이 없었다. 물론 코헤이는 환자들의 농담 섞인 질문에 단호하게 못을 박아두었지만. 동네 할머니 환자들은 저희끼리 코헤이의 결혼이 기정사실인 것처럼 말을 주고받았다. 환자들과의 상담 외에 수군거리는 뒷말까지 덤으로 들어야 하는 코헤이의 고충은 한동안 지속되었다.

  진료가 끝나면 쌓인 스트레스를 풀기 위해 코헤이는 운동을 하러 집을 나섰다. 시노하라가 퇴근하면 윤하만 마츠모토 의원에 남게 되었지만 집 안에 있는 이상 위험한 일은 일어나지 않으리라 여겼다.

  코헤이는 여느 때처럼 자전거를 타고 체육관으로 향했다. 체육관 건물 앞에 자전거를 세워두고 한 시간여 동안 운동에 몰입했다. 운동 상대와 몸을 부딪쳐 격렬하게 대련을 하고 나면 머릿속에 떠돌던 잡념이 모두 사라졌다. 운동을 마치고 나면 코헤이는 체육관에서 간단히 샤워를 하고 집으로 돌아왔다.

  그날도 코헤이는 운동 후 집으로 돌아가기 위해 거치대에 묶어두었던 자전거 자물쇠를 풀고 있었다. 열쇠를 풀기 위해 몸을 숙였다 일어나는 사이 건너편 건물 입구에 서 있는 이의 시선이 자신 쪽으로 향하고 있음을 느꼈다. 허공을 응시하는 시선이 그에게 닿아 있었다. 상대는 짙은 회색 점퍼에 안경을 쓴 남자였다. 키는 그리 커 보이지 않았으나 덩치가 컸고 몸이 꽤 다부져 보였다. 어쩐지 코헤이는 그 남자의 실루엣이 낯설지 않았다. 무심코 지나쳤던 수많은 사람 속에서 자신을 바라보던 그의 시선을 코헤이는 기억하고 있었다. 아주 간헐적이긴 했지만 아주 긴 시간 동안 그는 코헤이의 주변을 배회했었다. 처음엔 우연이라고 생각했다. 아니면 자신이 너무 예민한 것이라고. 누가 무슨 목적으로 자신을 지켜본단 말인가? 도무지 이해가 가지 않는 일이었다. 코헤이가 잠시 생각에 빠진 사이 건물 입구에 서 있던 이는 어느 틈엔가 건물 안 어둠 속으로 사라졌다.

코헤이는 서둘러 자전거에 올라탔다. 그가 낼 수 있는 최대한의 속도로 페달을 밟았다. 숨이 턱까지 차오르고 심장이 조여와 터질 것 같았지만 멈출 수 없었다. 여유롭게 내달리던 길을 경주마처럼 거칠게 달렸다. 미친 듯이 페달을 밟아 돌아온 덕분에 평소보다 이른 시간에 마츠모토 의원에 도착했다. 자전거에 자물쇠도 채우지 않고 집 안으로 뛰어들어갔다. 불 꺼진 진료실을 지나 계단 위로 한달음에 올라갔다. 집 안 곳곳을 뒤져 윤하의 모습을 찾았다. 그녀가 보이지 않는다. 다시 재빠르게 계단을 내려와 진료실 구석구석을 살펴보았다. 윤하의 모습이 머리카락 한 올도 보이지 않았다. 마츠모토 의원을 나와 그녀를 찾으려 했지만 골목길에 서서 코헤이는 방향을 잡지 못했다. 어느 쪽으로 가야 하는지 어디로 가야 그녀를 찾을 수 있는지 알지 못했기에. 그는 전원이 꺼진 로봇처럼 움직일 수가 없었다. 그저 초조한 얼굴로 골목길 어귀를 서성거릴 뿐.

길 끝에서 휘파람 소리가 들려왔다. 아니 흥얼거리는 노랫소리 같기도 했다. 그 흔들리는 소리와 함께 윤하가 골목길에 나타났다. 가벼운 옷차림에 고개를 흔들며. 집 앞에 서 있는 코헤이의 모습을 발견한 그녀가 다가와 한가롭게 말했다.
 "어머 땀범벅이네. 샤워도 안 하고 왔어요? 얼른 씻기나 해요."
 그녀는 코를 찡긋하고 고개를 가로젓더니 마츠모토 의원으로 쏙 들어가 버렸다. 식은땀이 코헤이의 콧잔등과 등줄기로 흘러내렸다. 가쁜 숨은 진정되었다. 온몸에서 기운이 빠져나가고 헛웃음이 나왔다. 역시 과대망상이다. 과대망상. 코헤이는 혼잣말을 중얼거리며 집 안으로 들어갔다. 윤하의 말처럼 빨리 샤워가 하고 싶어졌다.
 평상시 두 사람은 저녁 식사 후 각자의 방에서 시간을 보냈다. 대화를 나누는 것은 식사시간으로 충분했다. 서로의 일정 아니 주로 코헤이가 자신의 일정과 주의사항을 윤하에게 전달하는 것이 대화의 주 내용이었다. 코헤이는 그녀에게 관심을 두지 않았고 그녀도 그에게 일부러 말을 걸지 않았다. 하지만 회색 점퍼를 입은 남자를 본 그날은 평소와 같을 수 없었다. 식사 후 윤하가 설거지를 하는 동안 코헤이는 거실에서 괜히 TV를 시청했다. 저녁 뉴스가 방영되는 중이었다. 뉴스에서 아나운서가 심각한 어조로 고등학생들의 노숙자 살해 사건을 보도했다. 살해를 저지른 고등학생들은 사회를 위해 자신들이 노숙자를 처단한 것이라고 말했다. 그들의 말투는 당당했고 태도에도 전혀 죄의식이 느껴지지 않았다. 그들은 자신들을 영웅이라고 생각했다. 다른 이들이 하지 못한 일을 대신한 용기 있는 사람이라고. 이어서 코리아타운에서 반한시위를 하는 이들의 모습이 화면에 나왔다. 조선인을 죽이라고 소리치는 이들의 고함소리가 거실에 울려 퍼졌다. 그 한마디에 기분이 상한 나머지 코헤이는 TV를 꺼버렸다. 윤하는 설거지를 끝내고 방으로 들어갔지만 코헤이는 자신의 방으로 들어가지 않았다. 윤하가 머무는 방문 앞에서 잰걸음으로 왔다 갔다를 반복할 뿐. 코헤이에게는 아직 불안감이 완전히 사라지지 않았다. 윤하는 운동 삼아 산책하러 갔다 왔다고 말했지만 그 사이 그녀에게 어떤 위험이 다가왔을지 알 수 없었으니. 그렇다고 그녀를 계속 한 공간에서 지켜볼 수는 없는 일이었다. 하루라도 빨리 그녀를 그녀의 나라로 돌려보내야 했다. 용기를 내어 윤하의 방문을 두드렸다. 그녀가 문을 열고 얼굴을 내민다.

"나한테 할 말 있어요?"

그녀의 물음에 코헤이가 고개를 끄덕였다.

"내일 나랑 같이 어디 좀 가요."

"어디요?"

"가보면 알아요."

코헤이는 모호한 말만 할 뿐 윤하의 질문에 제대로 답을 해주지 않았다. 대신 오전 열 시쯤 집을 나설 거라는 일정만 알려주고 자신의 방으로 돌아갔다. 윤하가 마츠모토 의원에 머문 지 2주일이 지나도록 둘은 함께 외출한 적이 없었다. 코헤이는 주말에도 평소와 다름없이 집에서 시간을 보냈다. 코헤이가 밖으로 나가지 않는 한 윤하의 외출도 불가능했다. 그렇게 2주간 두 사람은 집 안에서 각자의 시간을 보내왔었다. 윤하는 처음으로 제대로 된 외출을 할 수 있겠다는 기대에 절로 기분이 좋아졌다. 집 안에만 있는 생활이 점점 견디기 힘들어지던 차였다. 그녀가 몰래 외출을 해봤자 갈 수 있는 곳이라고는 걸어서 갈 수 있는 곳들뿐이었다. 게다가 마츠모토 의원 주변은 한적한 주택가여서 동네가 깨끗하고 예쁘기만 할 뿐 그녀의 흥미를 끌 만한 장소가 없었다. 근처에 가볼 만한 곳이라고는 동네 옆을 흐르는 강뿐이었다. 비행기 티켓을 취소하고 다시 예약한다면 이 무료한 생활을 끝낼 수도 있겠지만 이상하게도 윤하는 그럴 마음이 전혀 생기지 않았다. 한 달을 이곳에서 계속 버텨야 한다는 생각에 답답한 마음이 들면서도 고집을 부리는 아이처럼 한국으로 돌아가고 싶지 않았다. 이런 답답한 그녀의 마음을 알았는지 그가 먼저 외출을 제안했다. 윤하는 처음으로 소풍을 가는 아이처럼 내일을 기다렸다.

6
1943~,
동주

아무도 찾아오지 않는 섬 중의 섬에서 복순은 료헤이와 함께 지냈다. 돌담으로 둘러싸인 별채에는 언제나 잡초가 무성했고 적막했다. 료헤이의 책 읽는 소리 외에는 주변을 소란스럽게 하는 소음도 없었다. 먹이를 먹으러 돌담 밑으로 기어들어 오는 들고양이들만이 유일한 복순의 친구였다. 그런 별채로 료헤이의 손님이 찾아온 것은 사방이 쓸쓸해지는 초겨울 무렵이었다. 복순은 꽁꽁 언 손을 입김으로 녹이며 본가에서 물을 길어오고 있었다. 별채로 들어가는 나무문 앞에서 한 청년이 돌담 너머를 기웃거렸다. 그는 짧게 자른 머리에 검은 학생복을 입고 있었다. 나무문을 열고 별채로 들어가려던 그가 양동이를 든 복순을 발견하고 반색하며 다가와 물었다.

"저 집이 료헤이가 머무는 곳입니까?"

그가 나무문 너머를 가리켰다. 복순이 그의 말에 고개를 끄덕이자 그는 자신을 료헤이의 친구라고 소개했다. 그러고는 말없이 다가와 복순이 들고 있던 양동이를 대신 들어주었다. 괜찮다는 복순의 거절에도 그는 양동이 손잡이를 놓지 않았다. 어쩔 수 없이 그에게 양동이를 넘겨준 복순은 별채로 가는 길에 앞장섰다. 누렇게 말라버린 잡초들 사이를 지나 총총히 걸어가는 복순의 뒤를 젊은 청년이 뒤따라갔다. 인기척에 미닫이문을 열고 바깥을 살피던 료헤이는 뜻밖의 손님을 발견하고 허둥지둥 툇마루로 뛰어나왔.

"동주!"

친구의 이름을 부르며 반갑게 맞아주는 료헤이의 얼굴에 미소가 가득 번졌다. 자신을 반기는 친구의 모습에 동주도 흐뭇한 미소를 지었다. 두 청년은 서로 얼싸안고 등을 두드리며 서로에 대한 애틋한 마음을 주고받았다. 료헤이의 방에서 두 사람은 복순이 가져다준 차를 마시며 그동안의 밀린 이야기들을 풀어놓았다. 동주는 여름방학 이후 잠시 고향으로 돌아갔다가 다시 학교에 다니기 위해 일본으로 돌아왔다고 했다. 두 사람은 같은 학부 동급생으로 처음 만났을 때부터 서로를 알아보았다. 상대가 학우들 사이에서 전혀 튀지 않는 문학청년임을. 빈 수업시간이면 두 사람은 자주 도서관에서 마주쳤다. 심취해 있는 문학 분야도 서로 비슷했다. 한참 러시아 문학에 빠져 있었던 료헤이는 그 무렵 톨스토이

문학집을 빠짐없이 탐독하고 있었는데 동주도 비슷한 책을 읽고 있었다. 서로의 취향을 확인한 두 사람은 문학 이야기를 하며 가까워졌고 동주는 료헤이가 가장 의지하는 친구가 되었다. 만약 동주가 편입학을 위해 고향으로 돌아가지 않았다면 료헤이도 학교를 쉬지 않고 다녔을지도 모른다. 그랬다면 료헤이의 정신도 조금 더 현실에 적응하려 노력했겠지만 안타깝게도 동주가 없는 학교는 료헤이의 관심을 끌지 못했다.

"그래, 제국대학 시험은 합격한 거야?"

"아니, 떨어졌어. 내 실력이 부족한 탓이지. 대신 동지사대학 영문학과로 편입학하려고."

"그렇군. 난 네가 조선으로 돌아가서 영영 돌아오지 않을까 얼마나 염려했다고."

료헤이는 그동안의 걱정이 생각나 속이 답답했는지 식은 차를 연거푸 들이켰다.

"너한테 소개할 사람이 있어. 이 집을 돌봐주는 아이인데 그 아이도 고향이 만주야."

료헤이의 집에서 일하는 아이가 만주 출신이라는 이야기를 듣자 동주의 얼굴이 반색한다.

료헤이는 미닫이문을 열고 복순을 불렀다. 복순은 영문도 모른 채 불려가 두 사람 앞에 앉았다. 그녀는 무엇을 해야 할지 몰라 눈만 말똥말똥 뜨고 있었다.

"나도 북간도 출신이야. 혹시 용정이라는 곳 알아?"

동주는 복순에게 자신의 고향에 대해 아느냐고 물었다. 하지만 복순은 자신이 살아온 마을 외에는 아는 것이 없었다. 같은 만주 벌판에서 자란 두 사람이었지만 용정과 선양은 동서로 얼마간 떨어져 있는 도시였다. 아쉽게도 살아온 지역이 다른 두 사람 사이에 연결고리는 없었다. 그런데도 동주는 자신의 동향 출신을 만난 것처럼 기뻐하며 좋아했다.

복순이 자리를 뜬 이후에도 두 청년의 대화는 끊이질 않았다. 대화의 주제는 주로 문학과 사상에 대한 이야기였다. 학교에 다니면서 료헤이는 대학에서 유행하는 사회운동에 관심을 두고 있었는데 그즈음 자유주의와 사회주의가 시대적 흐름을 이끌고 있었다.

어려움과는 거리가 먼 유소년 시절을 보낸 료헤이는 사회주의에 심취해 있었다. 자유주의와 아나키즘에 빠지기도 하면서 여러 사상을 폭넓게 받아들였다. 그가 거부하는 유일한 사상은 제국주의였다. 료헤이가 따르는 사상과 가장 상극인 제도였기에. 무정부주의를 바라는 사상가였지만 료헤이는 사람들과 힘을 도모하여 조직을 이끄는 일과는 거리가 멀었다. 그러니 사상은 그러하더라도 실제 그의 행동은 문학청년 그 이상도 그 이하도 아니었다. 바로 그 점이 동주와 맞아 떨어져 두 사람의 인연이 이어져 가고 있었다.

몇 달 만의 해후로 두 사람은 그동안 지내온 시간을 서로에게 아낌없이 털어놓고 자신들의 앞길을 도모했다. 동주는 료헤이에게도 편입학을 제안했지만 료헤이는 아직 자신이 무엇을 해야 할지 정하지 못한 상태였다. 두 청년은 늦은 밤까지 대화를 이어 갔다. 그렇게 동주가 하룻밤 머물고 떠나자 별채는 다시 쥐 죽은 듯이 조용해졌다. 삭막한 정원 풍경이 집안 분위기를 더 을씨년스럽게 만들었다. 복순은 헛헛함을 느끼며 묵묵히 자기 일을 해나갔다.

　동주가 다녀간 이후 료헤이는 유독 말이 없어졌다. 평소에도 그리 많은 말을 하지는 않았지만 더 깊은 침묵에 빠져 입을 열지 않았다. 동주가 자신의 길을 정해 걸어가는 모습이 료헤이에게 자극이 되었을지도 모른다. 료헤이는 말라비틀어진 잡초를 밟으며 먼 하늘을 바라보는 일로 하루를 보냈다. 감기라도 걸릴까 염려해 복순이 몇 번이나 집 안으로 들어오라 했지만 료헤이는 요지부동이었다. 하얀 서리가 내리던 이른 아침, 그는 다른 때와 달리 아침 일찍 일어나 세수를 하고 단정히 양장으로 옷을 차려입었다. 옷을 갖춰 입고 료헤이는 몇 년 동안 한 번도 들린 적이 없는 본가로 향했다. 아버지에게 긴히 할 이야기가 있다며.

　료헤이는 아버지 마츠모토 교장과 마주 앉았다. 그리고 자신의 결심을 털어놓았다. 문학부를 그만두고 의대에 진학하고 싶다는 뜻이었다. 항상 소설책에만 빠져 살던 아들이 난데없이 의대를 가겠다 하니 마츠모토 교장으로서는 의아할 뿐이었다. 그는 아들의 속 깊은 이유를 알아차리지 못했다. 그저 실용적인 학문을 하기로 마음을 정했다는 아들의 말을 있는 그대로 받아들였다.

료헤이가 의대에 진학하겠다는 결심을 한 이유는 오로지 병에 대한 두려움 때문이었다. 그는 언젠가 어머니처럼 발병하게 될지도 모른다는 막연한 공포에서 벗어나고 싶었다. 문학에 빠져 현실을 회피하고자 했던 이유도 그 두려움을 잊고 싶어서였다. 하지만 이제 더는 현실을 외면할 수 없었다. 언제까지 방 안에서 책만 읽으며 살아갈 수는 없으니. 만약 어머니처럼 발병한다 해도 료헤이 자신은 자신이 무슨 병에 걸린 것인지 스스로 알고 싶었다. 스스로를 위해서라도. 료헤이는 아버지에게 자기 뜻을 말하며 한 가지 조건도 덧붙였다. 복순에게 외국어 강습을 받게 하겠다는 것이었다. 마츠모토 교장은 료헤이를 보필하기 위해 복순이 서양어 하나 정도는 배워도 좋으리라 여겼다. 그러니 료헤이의 조건은 받아들이지 않을 이유가 없었다. 방 안에서만 지내던 아들이 뜻을 세우고 공부를 한다니 다른 조건은 아무래도 상관없는 일이었다. 료헤이는 자신이 바라던 바를 모두 얻고 나서 별채로 돌아왔다. 벼르고 벼르던 일이 잘 성사되어서인지 료헤이는 유달리 기분이 유쾌해 보였다.

그날 오후 료헤이는 복순을 데리고 시내 백화점으로 가 자신의 옷은 물론 복순의 옷까지 샀다. 료헤이는 그날 유달리 고집을 피우며 복순에게 치마 정장과 코트를 입혀보고 옷을 한 보따리 사왔다. 복순은 양장을 하고 다닐 때도 없는 자신에게 료헤이가 왜 그런 큰돈을 써가며 옷을 사들였는지 알 도리가 없었다. 며칠 후 료헤이는 새 옷을 차려입은 복순과 집을 나섰다. 그를 따라나서며 복순은 자신의 옷차림이 어색해 자꾸만 주변을 흘깃거렸다. 누군가 자신을 보고 비웃을 것만 같았다. 남의집살이를 하는 주제에 번듯하게 차려입고 다닌다고. 그런 터무니없는 걱정에 빠져 료헤이만 졸졸 쫓아다니던 복순은 난생처음 전차를 타기도 했다.

 두 사람은 동경 외곽지역 주택가 골목을 한참 걸어서 어느 이층집 목조주택을 찾아갔다. 그곳은 동주가 하숙을 하는 집이었다. 그날 료헤이가 올 것을 알고 있었던 동주는 두 사람을 반갑게 맞아주었다. 짧은 인사와 함께 어찌 된 영문인지 료헤이는 동주의 하숙집에 복순을 남겨두고 집을 나섰다. 자신이 왜 홀로 동주의 거처에 남게 된 것인지 모른 채 복순은 방구석에 앉아 몸 둘 바를 몰라 했다. 동주의 방은 작고 비좁았다. 벽에는 그의 몇 벌 되지 않는 옷들이 걸려 있었고 방 한편에는 작은 책상이 자리를 차지하고 있었다. 책상 위에는 동준이 무언가를 끼적이던 노트와 낡은 책들이 어지러이 펼쳐져 있었다.

 소박한 방을 멀뚱멀뚱 둘러보며 어쩔 줄 몰라 하는 복순에게 동주는 조선어가 쓰여 있는 책을 내밀었다. 동주가 건네준 책을 받아들고 복순은 한 장씩 책장을 넘겨보았다. 기호와 선으로 이루어진 글자가 이어져 있었다. 만주에서 일본인 소학교를 다녔던 복순은 조선어가 있다는 사실만 알고 있을 뿐 읽고 쓸 줄은 몰랐다. 학교에서 배우는 글이라고는 일본어와 중국어뿐이었으니까. 만주에서는 조선어로 된 책을 구하기가 쉽지 않았다. 그런 까닭에 복순은 조선어를 배울 기회조차 가지지 못했었다.

　복순은 조선어를 보아도 읽지 못하고 그 뜻을 알지 못하기에 까막눈과 다름이 없었다. 동주는 복순이 전혀 조선어를 읽지 못한다는 사실을 알고 그녀에게 자음부터 가르쳐주었다. 자음을 하나씩 쓰고 읽어주면서. 그렇게 동주에게 글자를 배우고 있으니 문밖에서 소란스러운 소음이 들리면서 사람들이 하나둘 동주의 하숙방으로 들어섰다. 허름한 복장을 한 어른부터 어린아이들까지 나이를 불문한 다양한 사람들이 동주의 하숙방을 찾아왔다. 그들이 동주의 방으로 모인 이유는 복순과 같았다. 모두 조선어를 배우기 위해서였다. 그들 중 몇몇은 복순보다 먼저 글을 배워 책을 읽는 이들도 있었고 애초에 복순처럼 한 글자도 읽지 못하는 이도 있었다. 복순은 자신보다 어린 소년과 짝꿍이 되어 자음과 모음을 읽고 썼다. 그렇게 저녁 내내 공부를 하고 나자 하숙방에서 공부하던 이들이 하나둘 떠나고 다시 복순만 남게 되었다. 홀로 남은 복순에게 동주는 글을 읽어주었다. 어색한 시간을 흘려보내기 위해 그리했을 것이다. 동주가 읽어준 이야기책 내용에 빠져 복순은 시간 가는 줄도 모를 정도였다.

　사방에 어둠이 내리고 책 속의 이야기가 끝날 무렵 료헤이가 두 손 가득 음식을 사 들고 돌아왔다. 세 사람은 료헤이가 사 온 음식을 먹으며 술을 나눠 마셨다. 복순이 처음으로 쓰고 단 술을 마신 날이었다. 취기가 돈 동주와 료헤이는 이야기를 나누며 평소보다 자주 웃었다. 전차가 끊기기 전에 돌아가야 했기에 두 사람은 다음을 기약하며 동주의 하숙집을 나섰다.

   료헤이가 복순에게 외국어를 가르치겠다고 한 말은 그저 복순을 집 밖으로 데리고 나오기 위한 핑곗거리였다. 동주가 찾아온 그날부터 료헤이는 복순에게 조선어를 가르치고 싶다는 친구의 뜻을 잊지 않고 있었다. 그에게는 친구를 만날 구실이기도 했으니 마다할 이유가 없었다. 복순이 조선어를 배우면 그도 동주를 만나러 집을 나서야 되니 말이다. 일주일에 한 번 복순은 료헤이를 따라 집을 나섰고 동주의 하숙방에서 글을 배웠다. 몇 번 배우고 읽히니 어려운 받침이 있는 글자 외에는 대강 글을 읽을 수 있게 되었다. 처음 몇 번은 료헤이와 함께 동주의 집을 찾아갔지만 료헤이가 대학 진학을 준비하느라 바빠지자 복순은 혼자 동주의 하숙방을 찾아가게 되었다. 같이 공부하는 이들과도 낯을 익혀 서로 안부를 물으며 친구처럼 지냈다. 매일 별채에서만 지내던 그녀에게 바깥세상 일은 먼 나라의 일이었지만 동주의 하숙방에서 공부를 시작하면서 그녀도 전쟁이 어떻게 진행되고 세상이 얼마나 험악해졌는지 차츰 알아가게 되었다.

   그즈음 징용령이 내려져 일본 젊은이들뿐만 아니라 조선인 유학생들도 전쟁터에 끌려가고 있었다. 대학 내에도 군인들이 배치되어 군사교련을 시행했는데 조선인 유학생들에게는 더욱 가혹하게 실시되었다. 학교라는 곳도 예외 없이 전쟁을 위한 도구로 전락하고 있었다. 무엇을 위한 전쟁인지도 모른 채 학생들은 전쟁터로 끌려갔고 죽임을 당했다. 세계공황으로 인한 엄청난 경제적 불황을 전쟁으로 해결하겠다는 통치자들의 야욕 때문에 학생들은 죽어나갔고 식민지는 물자를 착취당했다. 그 고통을 감내하고 얻을 수 있는 것이 과연 존재하기는 하는지 그 실체도 알지 못하면서.

　복순은 대공황과 전쟁이라는 폭풍의 중심에 있었다. 마츠모토 가는 폭풍의 핵 안에 있는 고요한 세상이었다. 그 두꺼운 방어벽 안에서 혼돈의 시기를 보냈기에 복순에게 전쟁은 먼 나라의 이야기처럼 느껴졌었다. 그런 그녀가 처음으로 접한 바깥세상이 동주였다. 그의 세계는 밖의 세상과 맞닿아 있었고 그는 조선과 연결되어 있는 유일한 끈이었다. 그녀의 기억 속에는 조선이라는 나라가 없었다. 그녀가 자란 곳은 중국인의 세력과 일본인들이 다툼을 벌이던 만주 벌판이었다. 조국이라는 개념이 그녀에게는 존재하지 않았다. 어린 시절에는 중국 지주들의 멸시를 받으며 자랐고 학교에 다닐 무렵부터는 일본 군인들의 폭압에 전전긍긍하며 살았다. 허허벌판에서 그녀의 가족을 지켜줄 이는 그 누구도 없었다. 그러니 부모에게 배운 말도 점차 잊어버리고 자신이 누구인지 알 수 없게 되어버렸다. 만약 마츠모토 가의 별채로 동주가 찾아오지 않았다면 그녀는 자기 자신을 잃어버린 채 살아갔을 것이다.

하지만 그녀는 동주를 만났고 새로운 세상을 알게 되었다. 동주에게 글을 배우는 것은 신기하고 재미있는 일이었다. 아직 능숙하지 못하지만 한 글자씩 적어가며 배우는 과정이 전혀 힘들지 않았다.

다른 학우들이 모두 돌아가면 동주는 전차를 타는 곳까지 복순을 데려다주었다. 길지 않은 거리를 함께 걸어가는 것이 두 사람이 할 수 있는 유일한 일이었지만 그 짧은 산책이 복순에게는 인생을 통틀어 가장 가슴 설레는 순간이었다. 동주는 단정한 외모처럼 말이 많은 편이 아니었다. 하지만 복순이 궁금해하는 것에는 언제나 조용조용 대답해주었다. 그는 북간도에서 보낸 어린 시절과 평양유학 시절에 겪었던 이야기를 자주 들려주었다. 그 이야기를 할 때마다 동주는 친하게 지냈던 동창생들의 이름을 자주 언급했다. 동주의 이야기 속에 가장 빈번하게 등장하는 이는 제국대학을 다니는 송몽규였는데 그는 동주와 사촌지간이었다. 동주는 사촌이자 친구인 몽규와 축구를 하거나 교내잡지를 만들었던 추억담들을 자주 이야기했다. 동주의 학창 시절 이야기를 들으며 복순은 오빠 복철을 떠올렸다. 복순의 오빠는 몇 달에 한 번씩 마츠모토 가로 편지를 보냈다. 바다를 건너오는 그 편지는 남매를 이어주는 유일한 끈이었다. 복순은 동주를 통해 오빠의 모습을 보기도 하고 조국인 조선을 상상했다. 동주는 그녀에게 가족이자 국가인 하나의 세계였다. 따뜻하고 온화한 그의 기질이 그녀에게 그 세계를 여과 없이 받아들이게 했다.

그렇게 가장 차가운 계절이 지나갔다. 아름드리나무들이 새하얀 꽃잎을 터트릴 무렵 동주는 경도로 집을 옮겼다. 편입학을 하게 된 대학 근처로 이사를 가게 된 것이다. 그가 학교를 옮기자 하숙방에서 했던 조선어강습도 종지부를 찍게 되었다. 강습이 끝나자 복순도 더는 동주를 만날 수 없었다. 매주 한 번씩 그의 하숙방에서 공부를 하고 그와 산책하던 시간은 고작 몇 달간이었지만 그녀의 세상은 그 몇 달 사이에 달라져 있었다. 그녀는 자신이 누구인지 모국어는 어떻게 쓰고 읽는지 알게 되었고 자신의 목숨만큼 소중한 존재가 세상에 있음을 깨닫게 되었다. 경도로 떠난 동주는 매주 복순에게 편지를 보냈다. 그의 편지에는 강의 대신 군사훈련을 받아야 하는 상황에 힘들어하는 내용이 자주 등장했다. 그의 글에는 아무것도 할 수 없는 무력함과 부끄러움이 배어 있었다. 복순은 편지를 읽으며 그의 심중을 헤아렸다. 동주를 만나러 경도에 가고 싶었지만 그녀의 수중엔 돈이 될 만한 것이 아무것도 없었다. 그녀가 마츠모토 가에 머물게 된 경위는 그저 그녀의 몸을 의탁하기 위함이었다. 별채에서 료헤이의 생활을 돌보면서 말 그대로 먹고 자는 것이 그녀의 품삯이었다. 더군다나 료헤이는 의대 진학을 목전에 두고 있어 별채를 관리하는 일도 언제까지 하게 될지 알 수 없었다. 료헤이가 대학에 진학하게 된다면 그도 학교 근처 하숙집으로 거처를 옮길 가능성이 높았다. 복순이 원한다면 언제까지고 별채에 머물 수 있겠지만 그렇게 우물 안 개구리로 살아갈 수는 없었다. 그녀는 스스로 일어서고 싶었다. 자신의 몫을 하면서.

의지는 있으나 어떻게 뜻을 행해야 하는지 방법을 찾지 못하고 있던 시기에 복순은 의외의 제안을 받게 되었다. 료헤이로부터 아사코의 일을 도와달라는 청을 받은 것이다.

"부담 가질 필요는 없어. 하고 싶지 않다면 안 해도 돼."

"무슨 일을 하는 건가요?"

"아사코가 만주에서 살아가는 중국 여인 역할을 해야 한다나 봐. 발음이나 그런 걸 고쳐주면 되지 않을까?"

료헤이의 설명을 듣고 나서야 복순은 아사코가 자신을 필요로 하는 이유를 이해했다. 이 집에서 대륙 출신은 그녀뿐이니.

복순은 본가를 드나들며 하녀들의 시중을 받는 아사코를 몇 번 스치듯 본 적이 있었다. 귀한 존재로 사람들의 떠받듦을 받으며 자란 아름다운 소녀를 볼 때마다 복순은 천계에서 살고 있다는 선녀를 상상하곤 했다. 선녀가 있다면 아마도 그녀와 같으리라고.

복순과 한 살 차이인 아사코는 누가 봐도 감탄할 만한 외모를 가지고 있었다. 눈처럼 하얀 살결에 짙고 까만 눈동자를 가진 그녀의 갸름한 얼굴은 그 자체로 사람들의 눈길을 사로잡았다. 그 외에도 그녀의 외모를 칭찬할 말은 무궁무진했다. 화려한 꽃장식을 수놓은 후리소데를 입고 아사코가 사뿐사뿐 걸어 다니는 모습은 누가 봐도 사랑스럽기 그지없었으니까. 그녀의 외모는 마츠모토 가의 자랑이자 자부심이었다. 아사코의 친모인 마츠모토 부인도 손님이 오면 자신이 낳은 딸을 자랑하느라 여념이 없었다. 그런 특출한 외모에 음악적 재능까지 겸비한 아사코는 어느새 가수가 되어 유명인이 되어 있었다. 그녀의 노래는 듣는 이들의 귀를 사로잡기에 충분했다. 그런 아사코가 사람들의 지대한 관심을 받는 배우가 된 것은 어찌 보면 당연한 수순이었다.

노래로 큰 인기를 얻은 그녀는 이후 배우로도 활동하게 되었다. 아사코는 누가 봐도 눈부신 외모를 가진 여가수이자 배우였다. 그런 그녀에게 일생일대의 기회가 찾아왔다. 아시아 전역에 상영될 대형 영화시리즈의 여주인공으로 발탁된 것이다. 만약 영화가 성공한다면 그녀는 이제 배우로서도 최고의 자리를 차지할 수 있었다. 당시 대륙침략의 야욕을 이루기 위해 끊임없이 전쟁을 벌이던 일본 정부는 일만친선을 강요하는 영화를 제작 중이었다. 실제로는 가혹한 식민통치를 하고 있었지만 그런 잔혹한 현실을 감추기 위해 그들은 모든 민족이 사이좋게 합심하여 이상 국가를 만들자는 선동을 해야 했다.

사람들을 선동하기 위한 가장 효과적인 방법은 영화였다. 영화에 자신들의 주장을 주입하는 것이다. 국가정책에 힘입어 영화사는 대륙 이야기라는 영화시리즈를 기획하고 있었다. 각 시리즈마다 내용은 달랐지만 그 면면을 살펴보면 큰 줄거리는 대동소이했다. 일본에 반감을 품은 중국 여인이 일본 남성에게 반해 일본을 사모하고 따르게 된다는 내용이었다. 식민지 여인으로 대변되는 중국 여인 역할을 소화하기 위해 아사코는 중국어를 비롯해 중국 여인처럼 행동하며 연기해야 했다. 이국의 여인을 완전히 표현해내는 일은 그곳에서 살아본 적 없는 어린 여배우에게 쉬운 일이 아니었다. 영화사에서도 중국 여인 역을 위해 중국 배우를 섭외하려고 시도한 적이 있었다. 하지만 영화 내용이 민감한 탓에 선뜻 나서는 배우가 없었다. 그렇게 여주인공을 찾던 중 일본 배우라도 영화 속에서 중국 여인처럼 보이기만 하면 된다는 생각을 가지게 되었다. 영화 관계자들은 일본 여배우 중에서 주인공을 찾았고 여주인공 자리를 아사코가 차지하게 된 것이다. 그녀처럼 어리고 아름다운 주인공이라면 가짜로 연기를 한다 해도 보는 이의 눈과 마음을 끌어당길 수 있으리라고 영화사는 판단했다.

아사코가 여주인공이 되기 전까지 그녀에게 복순은 그저 별채에서 일하는 사람이었다. 그 시절 둘은 서로 얼굴을 보며 인사를 한 적도 대화를 나눈 적도 없었다. 두 사람이 처음으로 마주한 날은 료헤이의 뜻에 따라 복순이 아사코를 돕기로 마음먹은 날이었다.

아사코는 자신 앞에 앉아 있는 복순이 다른 하인들과 다르다는 것을 느꼈다. 복순은 고개를 숙이지 않았고 똑바로 아사코를 바라보았다. 그녀의 시선은 아사코 앞에서도 주눅 들지 않았다. 아사코는 그 미지의 시선에 움찔하면서도 심중의 동요를 겉으로 드러내지 않았다.

"앞으로 잘 부탁해요."

아사코는 얼굴에 은은한 미소를 지으며 정중히 인사까지 건넸다.

"저도 잘 부탁드립니다. 제가 도울 수 있는 일이라면 성심껏 돕겠어요."

복순은 복순대로 어른스러운 아사코의 성숙함이 내심 놀라웠다. 아사코의 눈빛은 열아홉의 나이라고 하기에는 너무나 조숙해 보였다. 아사코는 자신의 우월한 존재감을 스스로 잘 알고 있었으며 사람을 부리는 요령을 터득한 이였다. 그녀의 눈빛에는 료헤이에게서 찾아볼 수 없는 욕망이 보였다. 그녀는 료헤이와 전혀 다른 마츠모토 가의 사람이었다. 아사코는 다른 하녀를 대하는 행동보다 더 정중하게 복순을 대했다. 복순에게서 필요한 것을 얻어야 하는 입장이었으므로. 도도한 교육자 집안의 딸이었지만 그녀는 자신의 욕망을 위해 잠시 고개를 숙일 줄도 알았다.

료헤이의 부탁이자 권유로 복순은 아사코의 연기를 도와주게 되었다. 아사코의 옷과 화장도구를 가지고 촬영장까지 쫓아가 아사코가 연기를 할 때면 중국 여인들의 행동을 조언했다. 영화 속 중국 여인의 고향은 만주였고 복순은 그곳의 생활과 풍습을 누구보다 잘 알고 있었다. 아사코는 복순의 도움을 받으며 중국 여인들이 입는 옷을 입고 중국 여인처럼 연기했다. 복순의 어린 시절 이야기를 들으며 아사코는 그곳의 생활상을 익히고 철저하게 중국여인이 되었다. 아사코가 처음으로 주인공 역할로 출연한 영화는 일본뿐만 아니라 만주와 조선에서도 상영되었다. 아름다운 여인의 애절한 연기는 그 영화의 의도가 어떠하든 간에 사람들의 눈을 사로잡았다. 대륙침략을 정당화하는 영화의 내용에 일본인들은 열광했고 여주인공의 인기는 하늘 높이 치솟았다.

중국에서도 영화가 상영되었는데 영화 내용에 모욕감을 느낀 중국인들은 울분을 토하며 영화를 욕하기도 했다. 하지만 중국 여인으로 나온 아사코에 대한 인지도는 점차 높아졌다. 그녀가 부른 노래가 라디오를 통해 흘러나오고 사람들은 그녀가 나온 영화를 봤다. 아사코는 열도와 대륙의 별이었다. 그리고 그런 아사코 옆에는 복순이 있었다.

아사코의 정중한 태도에 복순은 그녀의 배우 활동을 도우며 지내는 시간이 그리 힘들지 않았다. 아사코의 옷과 화장품을 나르고 그녀의 시간에 맞추어 생활하는 것이 좋았다. 자신도 무언가를 할 수 있다는 자신감이 생기기도 했다. 무엇보다 연기하는 아사코의 모습을 지켜보는 일은 황홀한 일이었다. 아름다우면서도 영리한 아사코는 촬영이 시작되면 순박한 중국 처녀로 변신했다. 그녀의 애절한 목소리와 몸짓에 촬영을 지켜보는 이 모두 숨을 죽이고 바라볼 정도였다. 그렇게 연기를 능숙하게 끝내고 나면 언제 그랬냐는 듯이 아사코는 다시 도도한 상류층 아가씨로 돌아왔다. 아사코는 타고난 배우라며 주변 사람들이 칭찬을 하는 것이 당연할 정도였다. 아사코의 연기는 큰 극장 화면을 가득 채우고도 모자람이 없었고 영화를 볼 때마다 복순은 왠지 모를 뿌듯함을 느꼈다. 복순은 아사코를 도와 일을 하며 차곡차곡 돈을 모으고 있었다. 아사코의 인기가 열도를 뒤덮고 대륙까지 번질수록 복순은 자신도 대단한 일을 하고 있다는 착각에 빠지곤 했다.

아시아를 넘나드는 아사코의 인기는 일반 대중들만 사로잡은 것이 아니었다. 중국에 상영된 아사코의 영화를 본 대륙낭인들 또한 그녀에게 매료되었다. 대륙낭인들은 중국부터 시베리아와 동북아시아에 걸쳐 정치활동을 벌이는 인물들이었다. 그들은 어떤 조직에도 소속되어 있지 않은 민간인 신분이었지만 실제로는 정계와 재계의 힘 있는 인물들과 연결되어 있는 이들로 그들만의 조직을 이끌며 대륙 침략의 첨병 역할을 하고 있었다. 아사코는 그들에게 제국주의를 표방하는 여신과도 같은 존재였다. 그러니 대륙낭인들 사이에서도 거두로 통하는 인물이 아사코를 후원하고 그녀의 지지자가 된 것은 당연한 일이었다. 그들은 나라를 위한다는 일개 협객이 아니었다. 정치적으로 일본 정부의 숨겨진 또 다른 정부와 다름이 없었다. 그들의 우두머리들은 일본 수상도 갈아치울 수 있는 위세를 가지고 있었으며 이들의 뜻이 곧 법이었다. 대륙낭인들의 거두를 거스른다는 것은 죽음을 자초하는 것으로 기업가든 정치인이든 이들이 원한다면 돈과 권력을 모조리 내주어야 했다.

대륙이야기라는 영화시리즈로 큰 인기를 얻은 후 아사코는 대

류낭인들의 거두인 아다치의 후원을 받게 되었다. 물심양면으로 낭인들의 지원을 받게 된 아사코는 때때로 아다치의 저택에 초대를 받기도 했다. 아다치의 저택을 찾아갈 때면 아사코는 언제나 복순을 대동하고 그의 집을 방문했다. 아사코가 아다치와 차를 마시며 담소를 나누는 사이 복순은 저택 안에서 아사코를 기다려야 했다.

복순은 대륙낭인들 중에서도 거물이라는 이의 저택을 드나들며 그들의 위세가 어떠한지 몸소 느낄 수 있었다. 아다치의 저택으로 많은 이들이 그를 만나기 위해 찾아왔다. 그들은 모두 '일미회'라는 조직의 회원들로 정부요직에서 근무하는 이부터 기업가까지 다양한 직종에 종사하는 사람들이었다. 그들의 면면을 자세히 알지는 못하지만 복순은 그런 사실들을 귀동냥으로 들어 알게 되었다.

복순을 대동하고 아다치의 저택을 방문한 아사코는 아다치가 이끄는 '일미회' 회원들과 종종 차를 마시곤 했다. 정치적으로 가장 영향력을 가지고 있다는 여러 인물을 만난다는 사실에 아사코는 내심 심장이 떨렸지만 속내를 겉으로 드러내지 않고 언제나 여유 있게 행동했다.

"이번 영화에서 연기가 아주 인상 깊더군요."

아다치는 항상 그녀의 연기를 칭찬하곤 했는데 그럴 때면 아사코는 항상 겸손한 대답으로 그를 만족시켰다.

"별말씀을요. 그저 주어진 역할에 충실했을 뿐이에요."

"아니요. 아사코의 연기는 어떤 정치인보다 큰 역할을 하고 있어요. 놀라운 일이죠. 앞으로 기대가 큽니다."

"감사합니다. 제 일을 그렇게 평가해주시니."

겸손하게 대답하며 아사코는 살며시 미소를 지어 보였다.

'일미회'를 이끄는 아다치의 어투는 항상 겸손했지만 그의 형형한 눈빛은 보통사람과 달랐다. 그의 시선은 부드러웠지만 힘을 내포하고 있었다. 그의 위치가 그것을 대변해주고 있듯이. 아다치가 조직한 '일미회'라는 민족주의 단체는 아시아 전역에서 일본 정부의 배후 역할을 하고 있었다. 아다치의 조직이 장악한 정보력이 곧 일본 정부의 힘이 되었다. 그렇기에 많은 재력가들이 아다치에게 자금을 후원했고 그 힘은 곧 정치적 힘이 되었다. 아다치의 후원을 얻게 된 아사코는 그들의 뜻에 따라 대륙침략을 옹호하는 영화에 열성적으로 출연했고 그로 인해 막대한 부를 쌓을 수 있었다.

그렇게 아사코의 인기가 절정을 이루고 있었지만 반대로 복순의 자부심은 철저하게 무너지고 있었다. 동주가 아사코의 일을 도우며 돈을 벌고 있는 복순의 상황을 못마땅하게 여겼기 때문이었다. 동주는 편지로 그녀가 하고 있는 일을 혹독하게 비난했다. 황국 시민이 되어 전쟁에 참여하라는 메시지를 담은 영화를 자랑스러워하는 것은 부끄러움을 모르는 후안무치라고. 그런 동주의 말에 복순은 처음에 화가 났지만 그가 더 심한 말을 하고 싶었을지도 모른다고 생각했다. 그의 비난은 화를 억누르고 쓴 글이었다.

편지에 적힌 내용 중 가장 빈번하게 등장한 말은 부끄럽다는 말이었다. 복순은 그가 자신을 부끄러워한다는 점이 무서웠다. 그러면서도 동주가 왜 자신을 그렇게 여기는지 이해하지 못했다. 그녀의 세상은 폭풍 안에 있어 너무나 고요했기에. 땅을 빼앗기고 정든 땅에서 쫓겨나 굶주리던 기억은 너무 오래되어 흐릿해졌다. 고통받았던 기억이 희미해졌다는 사실조차도 그녀는 인지하지 못했다. 동주는 그녀에게 수십 장의 편지를 보냈다. 조선에서 살아가는 다른 조선인들의 억압된 상황과 조선인의 아들과 딸이 끌려가 고된 노역을 하며 짐승처럼 살아가는 현실을 적어서. 일만친선의 구호는 거짓이며 일제의 뜻은 오직 식민지에서 빼앗은 재화로 전쟁을 하는 것뿐임을.

복순의 일생에서 가장 치욕스럽고 후회스러운 순간이었다. 복순은 미련 없이 아사코의 일을 그만두고 마츠모토 가를 나왔다. 료헤이는 이미 의과대학에 입학해 하숙집에 들어가 있었다. 아사코의 일을 돕지 않는다면 그녀가 별채에 남아 있을 이유가 없었다. 복순의 갑작스런 변화에 아사코는 놀라긴 했지만 그리 긴 시간 동요하지 않았다. 그녀는 이미 복순에게서 필요한 것을 모두 취했으니까. 잠시 새 사람을 부리는 번거로움만 참아내면 그만이었다.

마츠모토 가를 나온 복순은 동경을 떠나 경도로 향했다. 그녀가 만나야 할 사람이 있는 유일한 곳으로.

7
201X,
애국회

진료가 없는 토요일 아침, 코헤이는 평소와 달리 잠자코 집을 지켰다. 윤하가 깨어나길 기다리면서. 두 사람은 아침을 먹고 천천히 외출 준비를 했다. 그의 계획대로 열 시 경 집을 나섰다. 두 사람은 버스를 타고 어딘가로 향했다. 윤하는 그 목적지가 번잡하고 화려한 곳이기를 바랬다. 그동안 하지 못했던 쇼핑도 하고 먹고 싶었던 음식들도 마음껏 먹으리라 기대하면서. 동전 한 푼도 없는 빈털터리였음에도 불구하고 말이다.

버스로 10여 분을 달려 도착한 곳은 묘지마을이었다. 전깃줄이 뒤엉켜있는 하늘 아래, 단층 건물들이 길가에 나란히 이어져 있었다. 채소가게, 이용원 그리고 묘지용품을 파는 가게들이 낡은 간판 아래 조용히 자리 잡고 있었다. 소박한 상점들을 지나 걷다 보니 적송과 단풍나무가 심겨 있는 가로수 길이 나왔다. 하늘 위로 길게 뻗은 나뭇가지가 서로 얽혀 햇살을 가려주었다. 잎들 사이로 생긴 작은 틈으로 하늘 조각들이 보이고 가끔 그 작은 구멍으로 빛줄기가 들어와 눈이 부셨다.

묘지는 공원 같았다. 여러 식물들이 조화롭게 자라도록 잘 가꾸어진 아름답고 단정한 공간이었다. 죽은 이들을 모시는 묘만 없었다면 누구나 찾아와 여유롭게 산책하는 정원이라고 해도 될 정도였다. 실제로 가벼운 외출복 차림으로 산책을 하러 나온 이들도 몇몇 눈에 띄었다. 세상과 연결된 정원을 지나 공원 안쪽으로 향하자 작은 숲이 나왔다. 그 숲 안쪽에는 넓은 잔디밭이 펼쳐져 있었고 그 잔디 위에는 묘비들이 나란히 열을 지어 서 있었다. 하얀 대리석 벽들이 일렬로 서 있는 공간을 초록빛 아름드리나무들이 둘러싸고 있었다. 때때로 나무 사이를 날아다니는 까마귀 떼의 울음소리가 허공에서 들려왔다. 코헤이는 익숙하게 부모님의 묘비를 찾았다. 하얀 국화를 단 위에 올려놓고 두 손을 모아 기도했다. 원치 않는 일들이 생기지 않도록.

병풍처럼 묘소를 둘러싼 나무들이 막아주어서인지 묘지에는 바람 한 점 불지 않았다. 그곳을 지배하는 기운은 오직 고요뿐이었다. 죽음이라는 종착점에 다다른 이들의 휴식에는 끝이 없었다. 죽음으로 생은 끝났지만 죽음은 끝나지 않는다. 우주가 팽창하고 또 팽창하다 결국 소멸한다 해도 죽음은 끝나지 않는다. 한 번 시작된 죽음은 영원하므로. 죽음이 끝나기 위해서는 다시 생명이 시작되어야 하지만 그건 불가능한 일이다. 죽은 인간은 이 현실에서 다시 살아날 수 없으므로. 죽음은 무한대의 시간이다. 그리고 그 시간에는 무거운 침묵만이 존재했다.

코헤이는 부모님의 묘소를 찾아올 때마다 그들의 죽음을 떠올렸다. 그 끝에는 암흑뿐이다. 죽음이 두렵지는 않으나 죽음 후에 찾아오는 영원한 침묵은 두려웠다. 죽음 앞에선 죽음이 생각나지 않는다. 그는 부모님을 찾아올 때마다 그것을 느꼈다. 어둠 속에 혼자 남겨진 날마다 불현듯 찾아오는 죽음의 유혹을 매번 물리칠 수 있었던 것도 묘비 앞에서 얻은 깨달음 덕분이었다. 살기 위해 살아야 하는 것이 아니라 죽지 않기 위해 살았다. 윤하를 묘지에 데리고 온 이유도 자신의 이런 마음을 그녀가 알아주길 바라서였다. 코헤이의 등 뒤에서 물끄러미 비석을 바라보던 윤하가 그에게 물었다.

"누구 묘예요?"

"부모님."

"아……"

그녀는 짧은 대꾸를 하고선 더 이상 아무것도 캐묻지 않았다. 그저 묵묵히 그의 의식이 끝나기만을 기다렸다.

"사고였어요. 자동차 사고. 고등학교 1학년 여름방학 전이었죠. 여행을 가신다고 했는데 돌아오지 않았어요. 영원히. 죽는 건 그런 거죠."

둘 사이에 침묵이 흘렀다. 그 무언의 대화에는 그의 질책이 서려 있었다. 묘지를 떠나 숲길을 걸으면서도 두 사람은 한마디 말도 주고받지 않았다. 벚꽃이 떨어진 벚나무 사이를 지나 공원묘지를 나왔다. 길게 뻗은 가로수 그늘 길을 걸으며 버스 정거장으로 향했다. 늦은 봄 햇살이 따가웠고 공기는 후덥지근했다. 긴 거리를 걷다 보니 윤하의 이마에도 코헤이의 콧잔등에도 땀방울이 송골송골 맺혔다. 버스 정거장 근처 상점들 사이에 작은 카페가 있었다. 동네 후미에 있는 곳이라 겉모습이 허름했다.

"저기서 잠깐 쉬어가요."

묘지를 나선 후 코헤이가 처음으로 말을 꺼냈다. 윤하는 그의 말에 가만히 고개를 끄덕였다.

테이블 3개가 전부인 작은 카페는 꽤 오랫동안 그 동네에서 같은 자리를 지킨 듯 구석구석 사람의 손때가 묻어 있었다. 한적한 카페는 묘지를 찾는 손님들이 지친 몸을 이끌고 와 쉬었다 가는 공간이었다. 코헤이도 묘지를 방문할 때면 가끔 이곳에 들러 잠시 쉬었다 가곤 했었다. 누군가를 기억한다는 추모의 글과 낙서가 곳곳에 쓰여 있었다. 그곳은 죽은 이와 대면 후 현실로 돌아가기 위한 중간 지점이었다. 빈 카페에서 창가 자리를 차지한 두 사람은 차갑고 새큼달큼한 레모네이드를 주문했다. 상큼한 맛을 느끼자 몸에 기운이 돋았다. 묘원 앞에서 마시는 레모네이드였지만 맛은 어느 도심 카페에서 마시는 것과 다르지 않았다. 혀를 자극하는 신맛 때문이었을까? 윤하는 무겁게 가라앉았던 머리가 산뜻해지는 느낌이었다. 다시 기운이 솟고 눈이 초롱초롱해졌다.

"빨리 돌아가라는 말을 하려고 여기 데리고 온 거죠?"

창밖을 멍하니 바라보던 코헤이가 윤하의 말에 슬쩍 웃는다.

"무슨 말을 하려고 하는지 알아요. 나도 살 만큼 산 어른이니까. 그냥 잠깐 누군가에게 투정을 부리고 싶었나 봐요. 그동안 힘들었던 것들 때문에."

윤하는 자기 본심을 내보인 것이 쑥스러워 괜히 빨대를 더 빨리 휘저었다.

"이해해요. 사람마다 각자 사정이 있는 거니까."

그는 조심스럽게 대꾸하며 윤하의 기색을 살폈다. 그녀의 입에서 자신이 원하는 대답이 나오기를 바라면서. 윤하는 머뭇거리다 결국 한국으로 돌아가겠다는 말을 꺼냈다. 다시 항공권을 예약해야 하겠지만.

"돌아가야겠죠. 그때처럼 충고를 무시하다가 무슨 일이 벌어질지 알 수 없으니."

윤하는 코헤이가 느끼고 있는 불안감을 완전히 이해할 수 없었지만 그래도 떠나야 한다고 생각했다. 도망치고 피하는 것만으로는 아무것도 해결되지 않았다. 한국으로 돌아가서 할 수 있는 일이 생길지 걱정이 되긴 했지만 걱정만으로는 아무것도 할 수 없었다.

코헤이는 생각보다 윤하가 순순히 자신의 뜻을 따라 준 것이 좀 의아했다. 더 고집을 부리거나 막무가내로 억지를 부릴 수도 있었는데 말이다. 어쩌면 그녀는 그저 응석을 부리고 싶었던 걸지도 모른다. 코헤이 자신이 가끔 시노하라에게 불평불만을 늘어놓는 것처럼. 감당할 수 없는 현실과 고통이 찾아오면 누구나 어딘가로 숨고 싶어 한다. 그녀도 견디고 싶지 않은 현실로부터 도망치기 위해 이곳으로 온 것이다.

코헤이는 그녀를 잘 알지 못한다. 알고 싶다는 생각도 하지 않았다. 그저 자신의 생활을 불안하게 만드는 그녀의 존재를 빨리 보내버리고만 싶었다. 분명히 그랬다. 묘지에서 나오는 길에서도. 카페에 들어온 후에도 그녀가 한국으로 돌아가길 바랐다. 그런 그의 마음을 그녀도 알게 되었다. 그가 그녀에게 하고 싶은 말이 무엇이었는지. 그녀는 순순히 떠나겠다고 말했고 그는 그녀의 말을 당연하게 받아들여야 했다. 문제를 해결했다는 홀가분함이 느껴져야 했다. 분명히 그래야 했다. 하지만 막상 바라던 일이 이루어졌음에도 코헤이는 무언가를 해결했다는 명쾌함을 느끼지 못했다. 도리어 공허했다. 자신이 가지고 있던 물건을 빼앗긴 것처럼 허전한 감정과 무력감이 온몸에 퍼졌다.

윤하가 애써 웃는다.

"이제 가요. 가서 떠날 준비를 해야죠."

귀마개를 한 것처럼 그녀의 말이 잘 들리지 않았다. 아니 듣고 싶지 않았다. 그 이유는 알 수 없었지만.

 계산을 하고 밖으로 나와 버스 정류장으로 향했다. 둘은 서로 말없이 걸었다. 주고받는 대화는 없었지만 두 사람 사이는 불편하지 않았다. 버스를 기다리며 나무 그늘 사이로 보이는 먼 하늘만 바라보았다. 하늘은 높고 청아했으며 그늘로 불어오는 바람은 냉수처럼 시원했다.

 텅 빈 버스를 타고 돌아오는 길에서 코헤이는 자신을 사로잡고 있는 낯선 감정의 정체를 고민했다. 그녀가 머문 기간은 고작 2주간이었다. 그 짧은 날들이 어찌 그리 자연스럽게 지나갔는지 지금 생각해보면 이상한 일이었다. 제대로 연락을 주고받은 적도 만난 적도 없는 이였다. 그런 그녀를 그는 거리낌 없이 받아들였다. 그녀는 공기처럼 그의 생활에 뒤섞여 전혀 낯설지 않았다. 생면부지의 타인이라고 생각되지 않았다. 그녀의 존재는 자연스러웠다. 처음부터 그랬다. 그녀가 불쑥 진료실에 들어선 순간부터. 그녀는 남들과는 다른 인연일지도 모른다. 유일무이한 단 하나의 인연일지도. 하지만 그녀가 그런 존재라 해도 결과는 달라지지 않는다. 그녀가 이곳에 머무는 순간 검은 그림자가 그녀의 목을 조이고 말 테니. 그녀는 이곳에서 생을 이어나갈 수 없다. 그러니 단념해야 한다. 12년 전 그때처럼. 다시 마주치지 말아야 한다.

 마츠모토 의원에 돌아오자마자 윤하는 한국으로 돌아가는 항공권을 확인했다. 관광을 해보지 못한 것이 아쉽기는 하지만 그런 이유로 돌아가는 것을 미룰 수는 없었다. 결심은 신속하고 빠르게 진행해야 한다. 그렇지 않으면 갖가지 이유가 그녀의 발목을 붙잡아버릴 테니. 떠나야 한다는 강박증이 그에게서 그녀에게로 전염된 것처럼 그녀는 마츠모토 의원으로 돌아오고 나서부터 계속 노트북 앞을 떠나지 않았다. 한참 동안 그렇게 앉아 있더니 결국 그녀는 가장 빨리 한국으로 돌아갈 수 있는 티켓을 예약했다. 일요일 밤 나리타공항에서 떠나는 한국행 비행기 티켓이었다. 항공권을 예약하고 윤하는 저도 모르게 안심했다. 죽어도 상관없다며 뻔뻔하게 고집을 부리고 있었지만 그녀도 내심 마음 한구석에서 두려움을 느끼고 있었던 것이다. 실제로 12년 전 코헤이가 그녀를 구해주지 않았다면 그녀의 생은 그때 끝났을지도 모른다. 그는 그녀의 위험을 누구보다 먼저 알고 있었다. 그랬던 그가 위험을 경고하고 있으니 무작정 무시할 수는 없는 일이었다. 그녀는 두려움을 들키고 싶지 않아 죽어도 상관없다며 괜히 자신만만하게 굴었었다. 코헤이와 함께 묘지 앞에 선 순간 깨달았다. 죽음에 대한 자신의 두려움을. 애써 감추고 외면하려 했지만 죽는 것은 두려웠다. 죽고 싶을 만큼 힘들어도 살아있는 자신을 아직 놓치고 싶지 않았다. 그래서 떠나기로 결심했다. 더 이상 회피하지 않고.

윤하는 방 안에 늘어놓았던 자신의 물건을 정리했다. 옷과 화장품 그리고 자질구레한 것들을 다시 짐 가방에 차곡차곡 정리했다. 하루도 채 남지 않았지만 시간이 더디게 흐르는 것처럼 느껴지면서 초조감이 엄습해왔다. 내일이다. 내일까지만 버티면 한국으로 돌아갈 수 있다. 그렇게 생각하며 윤하는 자신의 불안한 마음을 진정시켰다.

 마지막 식사는 나베였다. 온 가족이 모여 먹었던 나베 요리를 코헤이는 집에서 만들어본 적이 없었다. 혼자서 나베를 해 먹는 건 왠지 더 쓸쓸한 느낌이 드니까. 여러 가지 재료를 끓고 있는 육수에 익혀 먹는다. 서로 고기를 차지하기 위해 아버지와 젓가락질을 서둘렀던 기억이 문득문득 떠올랐다. 아버지와 코헤이는 유달리 식성이 비슷해서 식사시간에는 형제처럼 다투기도 했었다. 그런 소소한 신경전과 다툼이 지금은 그저 꿈처럼 여겨진다.

 따뜻한 온기가 나베 요리와 함께 식탁 주변으로 퍼졌다. 윤하는 떠나는 사람답지 않게 태연하게 식사를 했고 코헤이도 내색하지 않았다. 사이좋게 식탁을 치우고 함께 설거지를 했다. 식사 후 두 사람은 항상 각자의 방에서 시간을 보냈지만 그날 밤에는 누구도 먼저 방으로 들어가지 않았다. 평소에 잘 보지 않았던 TV를 켜고 거실 소파에 나란히 앉아 있었다. 누구도 말하지 않았다. 말하지 않고 손을 잡았다. 부드러운 피부로 따뜻한 체온이 흐른다. 전류가 흐르는 것처럼. 사람의 체온은 그 어느 난방기구보다 부드럽게 따뜻한 열기를 전해준다. 체온에 가장 적합한 온도로. 손이 이어지고 몸이 가까워지자 몸은 더 따뜻해진다. 따스한 열기가 꿈틀거리며 몸을 간질였다. 몸 안을 떠도는 열기를 참지 못하고 코헤이는 윤하의 입술에 입술을 맞대었다. 부드러운 살결이 닿아 따뜻하고 축촉했다. 손은 목덜미를 감싸고 등과 허리를 쓰다듬었다. 서로의 몸을 더 가까이 끌어안고 체온을 느꼈다.

  두 사람은 부모님의 침대에서 함께 잠들었다. 서로의 숨소리를 들으면서 깊은 잠에 빠졌다. 밤은 그들이 원하는 것보다 길지 않았다. 연기처럼 어둠이 사라지고 빛줄기가 커튼 사이로 길게 뻗어 들어왔다. 코헤이는 낯선 감각에 눈을 뜨고 자신의 옆을 돌아보았다. 그의 옆에서 윤하가 잠들어 있었다. 조심스럽게 침대를 빠져나와 자신의 방으로 향했다. 일요일 아침에도 어김없이 울리는 알람 소리를 끄고 가벼운 운동복을 입었다. 집을 나와 타마 강을 향해 달렸다. 평소와 다름없이 일정한 보폭과 빠르기로. 강줄기를 따라 달리자 숨이 조금씩 차오른다. 거친 호흡을 조절하며 그는 흐르는 강물과 함께 뛰었다. 심장이 뛸수록 지난밤 기억이 머릿속을 파고든다. 부드러운 살결을 맞대고 숨 쉬던 순간들을. 따뜻한 몸을 그렇게 가깝게 안아본 적이 있었는지 기억이 나지 않는다. 가질 수 없다고 생각했던 그 안락함은 여태껏 느껴보지 못한 쾌감이었다. 그녀는 타인이되 타인이 아니었다. 분명 10여 년 전에도 그랬다. 떨어지는 유리등을 피해 그녀를 끌어안고 구르는 순간에도 그 아이는 자신이라고, 몸의 일부가 떨어져 나간 것이라고 생각했다. 수없이 보고 또 본 꿈속의 얼굴이 자기 자신처럼 느껴졌기에. 윤하의 손을 붙들고 지진으로 흔들리는 계단을 내려오면서 생각했었다. 그 아이의 손을 잡고 집까지 뛰어가고 싶다고. 그 아이가 함께 있어 준다면 더 이상 부모님이 사라진 집도 무섭지 않을 거라고. 간절했지만 이룰 수 없는 꿈이었다. 그 아이를 보는 건 꿈속에서 보는 것으로 만족해야 했다. 이제 다시 헤어져야 할 때가 온 것이다. 서로 다른 방향으로 뻗어나가던 시간의 직선이 한 지점에서 만나 다시 엇갈리는 것처럼 그와 그녀는 각자의 삶으로 돌아가야 한다.

코헤이는 강을 따라 뛰던 걸음을 멈추고 가쁜 호흡을 진정시켰다. 흥분한 심장이 제 속도를 찾을 때까지 그 자리에 서서 먼 하늘을 바라봤다. 그리고 방향을 바꿔 집을 향해 달렸다. 강물이 그를 거슬러 흘러간다.

목덜미를 타고 흘러내리는 땀방울을 닦으며 코헤이는 2층으로 올라갔다. 집 안 전체가 고요했다. 사람의 숨소리조차 들리지 않았다. 코헤이는 이상하리만치 조용한 집 안 곳곳을 살폈다. 그의 방과 그녀가 머무는 방을. 그녀가 잠들어 있던 침대 위에는 이불이 어지럽게 구겨져 있었고 그녀가 누워 있던 자리는 싸늘하게 식어 있었다. 욕실과 칸막이가 있는 모든 공간을 확인했다. 그리고 그는 어느 공간에서도 윤하의 모습을 찾지 못했다. 방 안으로 들어온 햇빛에 공중을 떠도는 먼지들이 보인다. 어떤 격한 움직임에 잠자던 먼지들이 모두 깨어나 허공을 헤매고 있었다. 윤하의 짐은 어제와 같은 자리에 있었다. 그녀만 사라졌다. 오직 그녀만.

그가 깨어났던 아침과 공기는 달라져 있었고 세상도 달라져 있었다. 마츠모토 의원에는 이제 그만 남았다. 그가 가장 두려워한 꿈이 현실이 되어서. 그림자가 찾아온 것이다. 항상 자신을 지켜보던 그림자가 그녀를 데리고 사라졌다. 터무니없고 말도 안 되는 생각이지만 그 외에 다른 이유를 떠올릴 수 없었다.

그림자의 의도를 그는 알지 못한다. 그러니 그녀를 어디에서 찾아야 할지도 알 수 없었다. 코헤이는 거실 소파에 바위처럼 앉아 있었다. 아무것도 할 수가 없었다. 먹지도 마시지도 않고 하루를 보냈다. 손가락 하나도 움직일 수가 없었기에. 아니 몸을 움직일 의지가 일 퍼센트도 남아 있지 않았다. 자신이 아무리 노력하고 주의를 기울여도 작은 빈틈을 보이는 순간 그림자가 나타나 가장 소중한 것을 빼앗아 간다. 보이지 않는 적과 어찌 싸워야 하는지 코헤이는 알 수가 없었다.

월요일 아침. 평소대로라면 코헤이는 아침 조깅을 하고 출근 준비로 바빠 시간을 보냈을 테지만 그날은 그렇게 할 수 없었다. 새벽녘 도둑 같은 잠에 빠져 해가 뜨도록 일어나지 못했다. 진료시간 전 출근한 시노하라가 2층으로 올라올 때까지 그는 소파에 앉아 있는 자세로 잠들어 있었다.

시노하라가 조심스럽게 코헤이를 깨웠다. 눈을 뜬 코헤이는 시노하라의 얼굴을 마주하고 나서도 한동안 아무 말도 하지 않았다. 지난밤, 무슨 일이 있었는지, 왜 그가 아직도 진료준비를 하지 않고 있는지 시노하라는 묻고 싶은 말이 많았지만 물을 수 없었다. 이틀 사이에 그의 낯빛은 어둡고 침울하게 변해 있었다. 굳게 닫은 입과 날카로운 눈빛이 그의 분위기를 더 음습하게 만들었다. 코헤이의 변화는 당황스러운 것이었고 시노하라는 아무것도 알지 못했다. 그녀는 그저 자신이 해야 할 일을 할 수밖에 없었다. 오전에 예약된 진료를 모두 취소하고 병원 문을 닫았다. 시급한 상황을 마무리하고 나자 2층에서 꼼짝하지 않던 코헤이가 아래층으로 내려왔다. 두 사람은 진료실에 마주 앉았다. 시노하라는 코헤이가 말을 꺼내기를 기다렸다. 긴 침묵이 이어졌다. 기다림 끝에 코헤이가 힘겹게 말문을 열었다. 당분간 병원을 닫아야 할 것 같다고. 자신은 지금 상태로 환자를 진료할 수 없으며 언제 다시 병원을 열지도 장담할 수 없다고 했다. 그 말인즉슨 시노하라도 이곳에서 더 이상 일할 필요가 없다는 말이었다. 예고 없는 해고였다. 화를 내고 불평을 늘어놓아도 이상하지 않을 상황이었다. 그럼에도 불구하고 시노하라는 언성을 높이지도 얼굴색이 달라지지도 않았다. 코헤이의 망가진 모습을 안타깝게 바라볼 뿐이었다.

"한 가지만 물어볼게요. 어제 무슨 일이 있었던 거죠?"

시노하라의 걱정스런 물음에 코헤이는 단조로운 어투로 자신이 겪은 일을 털어놓았다.

"그녀가 사라졌습니다. 먼지만 남기고."

"사라졌다고요?"

"네. 거짓말처럼. 짐도 여권도 모두 남겨둔 채로 몸만 사라졌습니다."

"그럼 실종신고를 해야죠. 당장 경찰서로 가요."

"실종신고요? 그런 방법이 소용 있을까요?"

코헤이는 고개를 가로저었다. 자포자기한 그와 달리 시노하라는 재빨리 경찰서로 전화를 걸었다. 다급한 목소리로 그녀는 그들이 처한 상황을 전했다. 일본으로 여행 온 서른 살 정도의 한국인 여자가 일요일 아침에 갑자기 사라졌다고. 다급한 시노하라의 신고를 받고 경찰들이 그녀에게 해준 말은 일단 기다려보라는 말뿐이었다. 그녀의 짐과 여권이 그대로 있다고 했지만 범죄와 관련된 상황이거나 급박한 위험에 처한 때에만 수사가 진행된다는 설명만 되돌아왔다. 계속되는 시노하라의 요청에도 전화기 너머 경찰은 당장은 수사를 할 수 없다는 입장이었다. 그들의 입장은 그들 나름대로 일리 있는 의견이었다.

시노하라의 행동을 묵묵히 지켜보던 코헤이는 어찌할 바를 몰라 안절부절 못하는 그녀를 진정시키며 말했다.

"이제 돌아가셔도 됩니다. 지금부터는 제가 알아서 하겠습니다."

단호한 그의 말투에 시노하라는 어쩔 수 없이 그를 홀로 남겨두고 마츠모토 의원을 떠났다. 코헤이는 다시 혼자가 되었다. 그 고독감은 익숙한 것이었다. 예전에도 느꼈던 적이 있는. 누군가 사라진 후에 홀로 남겨진 그 외로움은 항상 혼자일 때와는 다르다.

더 깊고 어두우며 우울하다. 우물 안에 혼자 남겨진 것처럼 영원히 외로움에 갇혀 벗어날 수 없을 것 같다. 두렵고 고독하다는 단어 외에 그 상황을 설명할 다른 단어는 존재하지 않는다. 윤하가 사라진 지 만 하루가 지났다. 24시간이 지났지만 그녀가 사라졌다는 것 외에는 아무 일도 일어나지 않았다. 누군가의 납치라면 분명 요구 조건이 있을 것이다. 돈을 요구하든 그 외의 다른 것을 원하든 간에. 코헤이가 말없이 마츠모토 의원을 지키고 있었던 건 그 요구 조건을 기다린 것이었다. 그들은 무언가를 원하고 있었다. 그들이 누구이든.

코헤이는 잠자코 그들을 기다렸다. 그가 집 안에서 한 일이라고는 집 안을 촬영한 CCTV 영상을 확인한 것뿐이었다. 예상대로 보안시스템과 CCTV는 모두 꺼져 있었다. 그들은 집 안 어디에 CCTV가 있다는 사실조차 이미 알고 있었다. 그가 해볼 수 있는 일은 더 이상 없었다. 그렇게 섬처럼 고립되어 있는 마츠모토 의원으로 뜻밖의 손님이 찾아왔다. 미야비 할머니였다. 코헤이는 진료를 하지 않는다는 사실을 알지 못한 할머니가 무심코 병원을 찾아온 것이라 생각하고 그녀의 방문을 대수롭지 않게 여겼다.

"죄송하지만 오늘은 진료하지 않습니다."

최대한 담담하게 코헤이는 병원 사정을 할머니에게 설명했다. 대기실에 앉아 주변을 두리번거리던 미야비 할머니는 코헤이의 말에 고개를 끄덕이며 안타까운 한숨을 쉬었다.

"이런. 꼭 10여 년 전 그때처럼 병원이 삭막하네. 환자도 없고. 그러게 그런 여자를 들이지 말았어야지. 벌 받은 거야. 벌 받은 거라고. 조선인은 예의 없고 배은망덕한 인간들이거든. 그런 여자를 만났으니 이런 꼴을 당한 거라고."

그녀는 고개를 가로저으며 혀를 끌끌 찼다. 그러고는 살며시 입가에 만족스런 미소를 지었다. 꼴 보기 싫은 흉물이 사라져 속이 시원한 것처럼.

할머니의 엉뚱한 행동이 코헤이의 예민함을 자극했다. 그가 처한 힘겨운 상황을 그녀는 만족스럽게 여기다 못해 기뻐하고 있었다. 흔들거리는 다리를 일으킨 미야비 할머니는 병원을 나서는 와중에도 새어 나오는 웃음을 감추지 않았다. 숨을 들이마시는 것처럼 끅끅 소리를 내면서. 그 괴상한 웃음으로 그녀의 이상한 행동은 끝나지 않았다. 병원을 나서기 전 그녀는 웃음기를 싹 거둔 얼굴로 속삭이듯 말했다.

"내가 그들에게 모두 말해줬어. 마츠모토 의원에 이상한 여자가 찾아왔다고. 선생도 안됐어. 마음이 모질지 못해서 그런 여자를 집에 머물게 하고 말이야. 선생이 잘못하고 있으니까 그들이 해결해준 거라고. 고마워해야 해. 그 사람들한테."

"도대체 무슨 말을 하시는 겁니까. 그 여자는 제 손님이었고 잠시 머물다 떠날 사람이었습니다."

"아니야. 그건 의사 선생이 속고 있는 거라고. 그 여자는 좋지 못한 여자였어. 그들이 그랬다고. 마츠모토 의원을 망하게 하러 온 여자라고."

"그들이요? 그들이 누구죠?"

말도 안 되는 횡설수설을 떠드는 할머니의 말 속에서 그는 미심쩍은 부분을 캐물었다.

"그들은 애국자지. 이 나라를 위해 희생을 감수하는 진정한 애국자. 대일본 애국회."

코헤이는 그 이름이 낯설지 않았다. 일본에 사는 사람이라면 뉴스에서 한 번쯤은 들어 봤을 이름이니.

"그 사람들이 왜 그 여자를 데리고 간 겁니까?"

"그야 그 여자가 나쁜 사람이니까."

미야비 할머니는 당연한 걸 묻는다는 표정으로 대답했다. 코헤이는 윤하가 단순한 여행객이며 나쁜 의도를 가진 이가 아니라고 몇 번이나 할머니에게 설명했지만 그녀는 그의 말을 전혀 믿지 않았다. 그녀가 믿고 있는 것은 오직 애국회 회원들의 말뿐이었다. 윤하가 나쁜 의도를 가지고 있지 않았다 해도 그들이 나쁘다고 하면 나쁜 것이라 믿었다. 납치라는 행동이 불법이긴 하지만 그들의 행동은 선의에 의한 것이며 전체를 위한 것이니 타당하다는 말이었다. 그 말도 안 되는 논리는 고집스럽고 우직한 것이었다. 어떤 다른 이유도 용납될 수 없는. 미야비 할머니의 말은 얼마 전 공원 노숙자를 살해한 청소년들의 주장과 맞닿아 있었다. 무의식적으로 내재된 선의에 의한 폭력. 그 존재를 모르고 있었던 것은 아니다. 그도 그 논리 안에서 존재하던 때가 있었다. 자신도 선의에 의한 폭력을 정당화 시키면서. 전체를 위해서 불필요한 존재는 사라져도 된다는 논리를 믿으면서.

미야비 할머니는 이제 여든 중반이 넘은 나이이다. 그녀의 정신세계는 오래전 전쟁 후의 가치에 갇혀 있었다. 반세기가 넘는 시간이 지났지만 정신은 변하지 못했다. 그녀가 애국회 회원이고 그들이 한국에서 온 젊은 여자를 불필요한 존재로 그녀에게 각인시켰다면 할머니는 충분히 그렇게 생각할 수 있었다. 불필요한 존재를 제거해 자신의 세계를 정화해야 한다고. 할머니의 고정된 생각을 바꾸는 것은 불가능 한 일이었다. 그녀를 설득하는 것도.

코헤이는 다시 마음을 다잡고 차분하게 물었다. 그녀가 그들에게 어떤 말들을 들었는지. 미야비 할머니는 순순히 그에게 털어놓았다. 그들의 말에 따라 자신이 한 행동들을. 그건 선의에 의한 일이었고 옳은 일이었기에 그녀에게는 어떤 죄책감이나 주저함을 찾아볼 수 없었다.

"그들이 부탁한 일은 한가지뿐이었지. 마츠모토 의원을 다니면서 그곳에서 무슨 일이 벌어지는지 알아오는 것이었어. 그래서 난 소화가 잘 안 되는 날이면 여기 와서 진료를 받았지. 그동안 난 내가 보고 들은 걸 애국회 지부장에게 말해줬지. 그 여자가 찾아온 일을 듣고는 그 사람이 관심을 보이며 자세히 알려달라고 하더군.

난 본대로 그 여자가 병원에서 살고 있다고 했지. 그게 다야. 내가 말한 내용은."

미야비 할머니가 말한 대로 그녀가 한 일은 마츠모토 의원의 정황을 그들에게 말해준 것이 전부였다. 할머니를 돌려보내고 코헤이는 애국회에 대해 알아보기 시작했다. 그들이 무엇을 하는 조직인지 어디에 지부가 있는지.

애국회는 말 그대로 애국을 위해 모인 단체였다. 그들은 나라의 이익이 되지 않는 이들을 공격했다. 불필요한 존재를 탄압하고 제거하면 자신들의 나라는 더 깨끗해지고 순수해질 것이라고 선동하며. 순수는 그들이 추구하는 애국의 궁극적 목적이다. 그 순수를 위해서라면 나라를 좀먹는 존재는 없어져야 했다. 전후에 자신들의 나라로 돌아가지 않고 이 나라에 남아 일본 국민들이 낸 세금으로 복지혜택을 받은 재일조선인이 가장 큰 타도의 대상이었다. 애국회의 가장 대표적인 구호는 '조선인을 죽여라'였다. 그들의 궁극적 목적을 위해선 그 구호가 가장 큰 목표인 것이다. 그들이 집단으로 모여 시위를 하는 모습이 뉴스에 방송될 때면 그 구호가 가장 빈번하게 들린다. 그들은 다른 구호들도 외치는데 그 또한 그리 듣기 좋은 표현이 아니었다.

"조선인 매춘부를 내쫓아라."

"조선인은 너희 나라로 꺼져라."

더 듣기 괴로운 욕설도 많았다. 그들이 그런 험한 말을 떠들어도 정부는 언론의 자유라며 그들을 제어하지 않았다. 모두 말은 하지 않았지만 같은 생각을 가지고 있다는 것이다. 전체를 위해서 불필요한 존재는 없어져도 괜찮다고.

애국회의 공식 홈페이지 회원은 1만 명이 넘었고 30개의 지부는 전국에 흩어져 있었다. 회원가입은 누구에게나 개방되어 있었기에 클릭 몇 번만으로 회원자격을 얻을 수 있었다. 애국회는 모든 사람에게 공개되어 있었고 제한 없이 가입할 수 있다는 점에서 평등하고 민주적인 집단이었다.

그들의 도쿄 지부는 아키하바라에 있었다. 그날 저녁 코헤이는 애국회 도쿄 지부를 찾기 위해서 아키하바라역 근처를 배회했다. 역 주변 번화한 거리를 지나 한적한 뒷골목을 돌아다니다 사무실용 오피스텔 건물에서 애국회 중앙 지부를 찾았다. 공교롭게도 오피스텔은 비어 있었다. 중앙 지부로 사용되는 오피스텔은 그저 애국회의 근거지일 뿐 그들의 진정한 활동무대가 아니었다. 애국회 회원들은 그곳에 상주하지 않았다. 그들의 주 활동 무대는 거리였다. 거리에서 만나 거리에서 시위하고 해산했다. 그러니 오피스텔에 누구도 남아 있지 않았던 것이다. 그들을 만나기 위해서는 거리로 나가야 했다. 그들이 주로 활동하는 신오쿠보 거리로.

신오쿠보는 도쿄에 있는 코리아타운으로 한국 음식점과 상점이 즐비한 곳이다. 그 거리는 한류 바람으로 일본인들이 많이 찾으면서 도쿄의 새로운 명소가 되었다. 그런 흥겨운 분위기에 찬물을 끼얹듯 얼마 전부터 애국회가 그 거리에 나타났고 그들은 일요일 오후 그곳을 찾는 사람들을 괴롭혔다.

코헤이가 찾아간 그날도 신오쿠보 거리에서 애국회 사람들은 무리지어 행진하며 자신들의 구호를 큰소리로 외쳤다.

"조선인을 쫓아내자. 죽여버리자."

그들은 거침없이 행진하면서 확성기를 통해 입에 담기조차 힘든 욕설과 폭언을 떠들었다. 자랑스럽게 일장기를 휘두르면서 행진하는 그들 주위에는 시위자들을 보호하는 경찰관들이 드문드문 배치되어 있었다.

"조선인에게 일본인의 세금을 쓰는 것은 부당하다. 조선인은 당장 돌아가라!"

시위 주동자가 신경질적으로 구호를 외치자 동조자들이 그 말을 따라 외쳤다.

한류라는 새로운 오락거리를 찾아 신오쿠보 거리를 구경하러 온 사람들은 시위대의 악의적인 언행에 눈살을 찌푸렸다. 시위는 천천히 오래 지속되었고 사람들은 그 거리를 벗어나기 위해 걸음을 재촉했다. 애국회가 시위를 하는 날이면 신오쿠보 거리의 음식점과 상점들은 일찍 문을 닫았다. 듣고 싶지 않은 욕설을 들으며 외식과 쇼핑을 하려는 이들은 없었다. 한 시간 가까이 지속된 애국회의 시위에 사람들은 거리를 떠났고 시위대의 외침만 텅 빈 거리에 울려 퍼졌다. 건드리면 바로 폭발할 것처럼 그들은 사방에 자신들의 울분을 토해냈다. 코헤이는 시위대에서 멀찍이 떨어져 그들의 행동을 지켜봤다. 그들이 이동할 때면 그도 따라 움직였다. 수많은 사람들이 욕을 하고 소리치는 광경을 지켜 보면서. 그들 중 윤하를 납치한 장본인이 섞여 있을지도 모른다. 어떻게 하면 시위자들 중에서 납치범을 찾을 수 있을까? 시위대를 따라가며 코헤이는 그 한 가지 생각에 골몰했다.

시위대는 평범한 이삼십 대 젊은이들이 대부분이었고 간혹 십대로 보이는 아이들도 있었다. 시위를 이끄는 선두에는 중장년 남성들이 여러 명 섞여 있었다. 연장자인 그들이 나이 어린 회원들을 이끌며 시위를 주도했다. 그 선두 그룹에는 평범한 직장인처럼 양복을 입은 이들이 서너 명 끼어 있었다. 그들은 시위대의 진행 방향을 결정하고 구호를 정해 선창했다. 코헤이는 그 양복 무리를 자세히 살펴보기 위해 시위대 앞쪽으로 자리를 옮겼다. 시위대와 몇 걸음 떨어진 곳에서 선두를 따라갔다. 한 명 한 명 양복 입은 이들의 얼굴을 자세히 살폈다. 수많은 얼굴들 위를 지나치던 코헤이의 시선이 어떤 이에게 고정되었다. 낯이 익었다. 모르는 사람이었지만 그 얼굴윤곽과 체형이 눈에 익었다. 검은 양복으로도 가려지지 않는 두꺼운 상체와 우람한 덩치. 그는 코헤이가 주변에서 몇 번 목격했던 그 회색 점퍼와 흡사한 실루엣을 가지고 있었다. 분명 그다. 건너편 건물에서 코헤이 자신을 지켜보고 있던. 설령 그가 납치범이 아니라 할지라도 그는 윤하를 납치한 이들과 연관되어 있을 것이다. 그가 미야비 할머니에게 지령을 내린 이라고 확신할 수는 없지만 그는 윤하의 행방을 알아낼 수 있는 유일한 단서였다.

코헤이는 심호흡을 하며 주먹을 불끈 쥐었다. 온몸의 피가 심장에 모이는 느낌이었다. 점점 더 빠르게 심장박동이 뛰고 호흡도 빨라졌다. 검은 양복을 입은 사내가 코헤이의 피를 흥분시켰다. 코헤이는 검은 양복을 향해 달려들었다. 그를 저지하는 경찰관을 제치고 시위대 속을 파고들었다. 놀란 시위자들이 코헤이에게 달려들어 그의 옷을 잡아당겼다. 그의 옷자락을 움켜쥔 사람들의 손아귀 힘에 셔츠가 뜯어져 나갔다. 지옥 불에 떨어진 이에게 악귀들이 달려들 듯이 사람들이 그에게 들러붙었다. 코헤이는 자신의 몸을 잡아당기는 이들을 떨쳐내고 검은 양복을 향해 돌진했다. 코헤이가 자신을 향해 달려들자 검은 양복을 입은 사내는 멈칫거리며 뒷걸음질을 쳤다. 큰 덩치에 어울리지 않게 겁에 질려 도망가던 그는 잽싸게 상점가 뒷골목으로 내달렸다. 옷이 뜯기고 온몸에 상처를 입었지만 코헤이는 날쌘 사냥개처럼 검은 양복을 쫓았다. 코헤이의 등장에 어수선해진 시위대는 그 두 사람이 으슥한 골목으로 사라지자 사냥감을 놓친 이들처럼 허탈해했다. 시위대 중 몇 명은 대열을 이탈해 그들 뒤를 쫓기도 했다. 경찰관들은 무너진 시위대를 수습하느라 뒷골목으로 사라진 두 사람을 쫓을 여력이 없었다. 폭격을 맞은 것처럼 길거리는 아수라장이 되었고 행인들은 하나둘 거리를 떠났다.

　사람들의 발길이 드문 골목길을 코헤이는 있는 힘을 다해 뛰었다. 검은 양복을 놓치지 않기 위해. 눈앞에 검은 양복이 보였지만 그와 코헤이의 간격은 좀처럼 줄어들지 않았다. 어둡고 좁은 길은 미로처럼 이어져 있었고 검은 양복은 코헤이의 추격을 피해 달아났다. 끝나지 않을 것처럼 이어지던 추격전은 검은 양복이 막다른 골목에 들어서고 나서야 끝났다. 시멘트벽으로 가로막힌 곳에서 검은 양복은 도망갈 곳을 찾지 못했고 가쁜 숨을 몰아쉬며 그의 뒤를 쫓아온 코헤이와 마주했다. 잠시 호흡을 고른 후 두 사람은 서로를 마주보았다. 피할 수 없는 싸움이었다. 검은 양복의 선제공격이 들어왔다. 두꺼운 어깨에서 뻗어 나온 주먹이 코헤이의 안면으로 날아 들어왔다. 아슬아슬하게 묵직한 주먹을 피한 코헤이는 몸을 숙여 검은 양복의 허리를 움켜잡고 넘어뜨렸다. 힘으로 검은 양복을 당해낼 순 없었다. 그의 펀치를 한 대라도 맞는다면 그대로 기절해버릴 테니. 검은 양복의 배 위에 올라타자마자 다시 주먹이 날아왔다. 얼굴을 향해 날아오는 주먹을 피하고 그 팔을 제압해 어깨와 팔 사이를 꺾어버렸다. 꺾일 수 없는 방향으로 팔을 비틀자 검은 양복은 고통에 몸부림치며 소리를 질러댔다. 코헤이가 조금만 더 힘을 가한다면 어깨와 팔의 연결 부위가 부러질 수도 있었다.

　"말해! 그 여자를 어디로 끌고 갔는지!"

검은 양복이 납치범이 아닐 수도 있었지만 코헤이는 그를 다그쳤다.

"아냐! 아니라고. 내가 아니야!"

참기 힘든 고통에 다급한 검은 양복은 머리를 크게 가로저으며 호소했다. 그의 부정이 미덥지 못했지만 일말의 단서라도 잡아야 한다는 생각에 코헤이는 꺾는 힘을 조금 뺐다. 팔이 부러지는 위기를 모면한 덕에 검은 양복은 안도의 한숨을 쉬었다. 하지만 아직 완전히 팔이 풀린 것은 아니었다. 꺾인 팔 아래로 아직 코헤이가 힘을 가하고 있었다.

"우리는 그저 시키는 대로 했을 뿐이야. 정말이야. 너도 알잖아. 우리가 항상 너를 지켜보기만 했다는 걸."

그의 말대로다. 그들은 항상 먼 곳에서 지켜보기만 했다. 코헤이의 행동반경 안으로 직접 다가온 적은 없었다. 그들과 코헤이의 사이에는 일종의 거리감 같은 것이 존재했으므로 만약 그들이 코헤이에게 직접 위해를 가했거나 시비를 걸었다면 그렇게 오래 코헤이의 주변을 맴돌지 못했을 것이다.

"그럼 누구야! 누가 납치를 한 거냐고!"

"몰라! 그걸 우리가 어떻게 알아! 우리는 그저 네가 그 여자와 함께 살기 시작했다는 것만 보고했을 뿐이라고."

"보고? 누구한테?"

"그야, 회장이지. 우리한테 널 지켜보라고 지시한 사람도 회장이니까."

"그럼 미야비 할머니도 그 사람 지시를 받은 거야?"

"뭐, 그렇겠지. 나도 자세히는 몰라. 회장이 개별적으로 지시사항을 전달해주니까."

"그러니까 넌 그냥 회장 지시대로 내 주변을 맴돌면서 상황만 보고 했단 거야?"

"맞아. 그것밖에 한 일이 없다고. 나같이 평범한 장사꾼이 뭘 할 수 있겠어."

검은 양복은 억울함을 토로했다. 그가 거짓말을 하고 있을지도 모르지만 설사 거짓이라고 해도 그의 말을 믿어야 했다. 믿지 않고는 더 이상 아무것도 알아낼 수 없었다. 코헤이가 할 수 있는 유일한 일은 그를 믿는 것이었다.

"당신 이름이 뭐지?"

코헤이의 질문에 검은 양복이 머뭇거리며 대답했다.

"쿠로다 마모루."

"쿠로다, 애국회 회장은 어디 있지?"

감정이 삭제된 코헤이의 말투는 낮고 서늘했다. 그의 차가운 눈동자가 쿠로다를 정면으로 바라보았다. 쿠로다의 답이 마음에 들지 않으면 당장이라도 그의 목숨 줄을 끊어놓을 것처럼. 쿠로다는 두려움에 말을 더듬었다.

"내가……. 만나게 해줄게. 만나게 해준다고. 그…… 그러니까

이 팔 풀어줘."

그의 말에 코헤이는 말없이 고개를 끄덕였다.

두 사람은 신오쿠보 거리를 떠나 시부야로 향했다. 목적지는 시부야역 근처 논베이요코쵸에 있는 쿠로다의 가게였다. 좁은 골목 양옆으로 다닥다닥 붙어 있는 선술집 사이에 쿠로다라는 작은 간판이 달린 술집이 있었다. 안으로 들어가니 좁은 골목처럼 실내도 길고 좁았다. 바 형태의 자리와 테이블 두 개가 전부인 가게 안은 열 명 남짓 정도의 사람만 들어가도 꽉 찰 정도였다. 해가 지고 사방이 어둑어둑해지자 가볍게 술을 마시려는 손님들이 하나둘 가게 안으로 들어왔다. 손님들이 안주를 주문하자 쿠로다는 주방 안에서 바삐 음식을 만들기 시작했다. 코헤이는 안쪽 테이블에 앉아 문을 열고 들어오는 이들을 주시했다. 오늘 밤 이곳을 찾아오기로 한 애국회 회장을 맞이하기 위해. 몇몇 손님들이 맥주 두세 잔을 마시고 돌아갈 즈음 미닫이문을 열고 한 사내가 들어섰다. 작은 키에 살집이 있는 서른 중반 정도로 보이는 사내였다. 은테 안경을 쓴 그는 조심스레 가게 안을 둘러보더니 쿠로다와 눈인사를 주고받았다. 그였다. 그가 애국회 회장 미즈하라였다. 코헤이는 그의 얼굴을 본 적이 있었다. 애국회 홈페이지에 있는 동영상에서. 영상 속에서 그는 조선인을 모두 일본에서 내쫓아야 한다고 고래고래 소리를 질렀다. 신흥종교의 교주처럼. 강렬한 동작으로 사람들의 이목을 끌면서 카리스마를 내뿜던 그 인물이 코헤이의 눈앞에 서 있었다. 천천히 테이블로 다가온 그가 코헤이의 앞자리에 앉으며 물었다.

"당신이 마츠모토 코헤이입니까?"

그의 물음에 코헤이가 고개를 끄덕였다. 코헤이의 대답을 듣자마자 미즈하라는 혀를 끌끌 차며 이렇게 말했다.

"성급하군요."

"네?"

"성급하다고 했습니다."

"제가 말입니까?"

"네, 우리 지부를 찾아온 것도 오늘 시위대 앞에서 소동을 벌인 것 모두."

"글쎄요. 저는 같은 상황이 벌어진다면 똑같이 행동할 생각입니다만."

"꽤 어린아이 같은 면이 있군요."

미즈하라는 한쪽 입꼬리를 올리며 웃었다. 두 사람 사이에 미묘한 긴장감이 흐르는 순간 쿠로다가 말없이 맥주와 어묵을 테이블 위에 올려놓고 주방으로 돌아갔다. 미즈하라는 쿠로다가 가져다 준 맥주를 천천히 마시며 목을 축였다. 맥주잔을 내려놓으며 미즈하라는 코헤이에게 천연덕스럽게 말했다.

"맥주에 오뎅은 정말 잘 어울리죠? 차갑고 뜨거워서."

미즈하라는 어묵을 입에 넣고 우걱우걱 씹어 먹었다. 입안에 남아 있는 음식물을 모두 삼키고는 다시 맥주를 들이켰다. 그런 미즈하라의 행동을 지켜보던 코헤이는 참지 못하고 단호한 말투로 말했다.

"난 지금 여기에 당신 술 상대나 하러 온 것이 아닙니다. 나를 감시하고 김윤하라는 여성을 납치한 이들이 누구인지 듣기 위해 당신을 만나고 있는 겁니다."

"아, 그래요. 그 이유 때문에 우리가 이렇게 만나고 있죠."

미즈하라는 마치 자신이 이곳에 온 이유를 잊고 있었다는 듯이 고개를 끄덕였다. 그리고 입술을 실룩거리며 웃었다.

"자신이 어떤 상황에 놓여 있는지 알지도 못하면서 잘난 척은 그만하지."

키득거리며 웃고 있는 미즈하라의 도발에 코헤이는 주먹을 날리고 싶었지만 입술을 깨물며 참았다.

"이봐. 이봐. 지금도 날 한 대 치고 싶어 죽겠잖아. 그런데 참고 있지? 진작 그렇게 기다렸어야지. 당신은 여태껏 헛고생만 한 거야. 그 여자를 납치한 사람은 우리가 아니니까."

미즈하라는 코미디 프로를 보고 박장대소하는 사람처럼 큰 소리로 웃었다.

"그럼 누가 납치범이라는 겁니까?"

미즈하라의 억지스런 행동에도 코헤이는 침착하게 물었다.

"그들이지. 그들이 데리고 갔지. 우리가 무엇 때문에 당신을 감시했다고 생각해? 당신 때문에 우리 회원들의 소중한 시간을 허비해가면서 말이야. 그 이유부터 생각해보라고. 우리와 당신의 접점을. 그건 돈이야. 당신을 감시하면서 우리는 돈을 받아. 그리고 그 돈으로 애국회를 키우지. 누가 돈을 주냐고? 그야 그들이지. 그들이 우리에게 지원금을 주지. 이 나라를 위해 투쟁해달라는 명목으로. 그럼 그들은 왜 당신을 감시한 걸까? 뭘 알고 싶어서? 나도 그 점이 궁금하긴 해. 당신같이 평범한 인간을 위해서 그렇게까지 할 이유가 없는데 말이야. 그러니까 당신은 여태껏 헛물을 켰다는 소리지. 아무것도 모르는 우리를 찾아와 행패를 부리고 있으니. 우리는 그저 우리의 생각을 사람들에게 알리기 위해 애쓰는 시민단체일 뿐인데 말이야."

미즈하라의 긴 설명을 듣고 나니 온몸의 피가 빠져나간 것처럼 코헤이의 얼굴이 창백해졌다. 자신의 도발적인 행동이 모두 무의미한 것이었으므로. 미즈하라의 말이 거짓일지도 모르지만 그의 말이 사실이 아니라는 이유도 없었다. 납치범이라면 자고로 납치한 이유와 요구 조건이 있기 마련이다. 애국회 회장인 그가 굳이 윤하를 납치할 이유는 없었다. 그들은 재일조선인을 타도하려는 목적을 가지고 있을 뿐이다. 조금만 더 깊이 생각해봤다면 그런 의문점을 발견할 수 있었을 텐데. 예상치 못한 사건에 코헤이의 행동이 성급했었다.

그럼 도대체 그들은 누구란 말인가? 애국회에 거액을 후원하며 코헤이를 감시하게 하고 윤하를 납치한 그들은.

"그들이 누굽니까?"

낮고 단호한 음성으로 코헤이가 물었다. 정색한 얼굴로 묻는 코헤이의 질문에 미즈하라도 얼굴에서 웃음기를 거두고 대답했다.

"일본의 미래 연구회. '일미회'라고 불리는 단체야. 일본의 현재와 미래를 책임지는 사람들이지. 나도 자세히는 몰라. 그들 개개인이 누구인지. 하지만 그들은 일본 곳곳에서 큰 힘을 가지고 있는 존재지. 그들은 모래처럼 흩어져 있지만 모이면 거대한 바위가 돼지. 누구도 함부로 대적할 수 없는 거대한 바위가. 당신은 그들이 누구인지 어디 있는지 알지 못해도 괜찮아. 우리가 그들에 대해 모르는 것처럼. 그들은 자신들이 필요하면 그때 스스로 당신에게 찾아올 테니. 우리에게 다가왔던 것처럼. 그러니까 쓸데없이 돌아다니지 말고 마츠모토 의원으로 돌아가. 그들이 메시지를 보낼 때까지."

"메시지?"

"이제야 말이 좀 통하는군. 이미 도착해 있을지도 모르지. 그들이 당신에게 보낸 요구사항이."

미즈하라는 의미심장한 표정을 지으며 웃었다. 코헤이는 미즈하라의 말이 끝나자마자 자리에서 벌떡 일어나 좁디좁은 가게를 뛰쳐나갔다. 미즈하라의 말대로 메시지가 도착해 있다면 코헤이는 하루를 무의미하게 허비한 셈이었다. 그들은 코헤이의 행동을 계속 지켜보며 그가 좀 더 초조해지고 불안해지길 바라고 있었다. 그래야 자신들이 원하는 대로 그가 움직일 테니까. 그들이 원하는 바대로 좌충우돌하며 벌인 모든 행동이 무의미한 일이었다는 것을 알게 되면서 코헤이는 낭패감을 느꼈다. 자신이 쫓을 수 없는 상대를 쫓고 있는 것처럼.

  불이 꺼져 있는 마츠모토 의원은 어두컴컴했다. 오랜 시간 텅 비어 있던 집 안은 그 공기까지 냉랭하고 싸늘했다. 어둠과 침묵으로 짓눌려 있는 그 공간에 불을 켜니 그 삭막함이 적나라하게 드러났다. 온기라고는 전혀 찾아볼 수 없는 그곳을 코헤이는 샅샅이 훑어보았다. 작은 흐트러짐조차 지나치지 않고 누군가 남기고 간 메시지를 찾았다. 1층을 샅샅이 살펴보았지만 단서를 찾을 수 없었다. 허탈한 심정으로 2층으로 올라가 무심코 거실을 한번 둘러보았다. 모든 물건은 그가 그 장소를 떠났던 그때와 똑같은 위치에 있었다. 단 한 곳 식탁 위만 빼고. 네모난 테이블 위에 못 보던 하얀 메모지가 놓여 있었다. 작은 종이에는 프린트된 글로 이렇게 쓰여 있었다.
  '강복순을 찾으시오.'라고.
  너무나 단순한 문구에 그 내용에서 얻을 수 있는 단서는 한 가지뿐이었다. '강복순'이라는 단 하나의 이름.

강복순을 찾지 못할 때 윤하는 어떻게 되는지 언제까지 찾아야 하는지 그런 기본적인 조건이나 요구사항도 적혀 있지 않았다. 그들이 원하는 바는 너무도 간단했다. 다른 어떤 조건도 그들에겐 무의미해 보였다. 코헤이가 한 달이라는 시간을 걸려 찾아내든 일 년 동안 찾아 헤매든 말이다. 시간조차 의미가 없어 보였다. 몇 년이 걸려도 찾지 못한다면 윤하는 납치된 상태로 계속 머물게 된다는 말이기도 했다. 게다가 그들은 자신들이 누구인지 알려주지도 않았다. 그들이 누구인지 어디에 있는지 코헤이는 알 필요도 없다는 듯이. 코헤이가 강복순을 찾게 된다면 그들은 스스로 알아서 메시지를 보낼 것이다.

코헤이는 식탁 주변을 서성거리면서 어디선가 들어본 적이 있는 그 이름을 입으로 중얼거려 보았다. 그 이름이 낯설지 않다는 느낌이 들었다. 흐릿한 기억 너머 어딘가에 그 이름과 일치하는 이름이 있었다. 그 이름은 부모님이 돌아가시기 전날 남겨주고 간 서류봉투 안에 있었다. 그 안에서 코헤이는 그 이름을 무심코 읽고 기억 속에 묻어두었다. 오랜 시간 봉인되었던 그 이름이 메모지의 이름과 같은 이름인지 확인해야 했다. 코헤이는 봉투를 넣어둔 장소를 떠올려보았다. 정확히 기억이 나지 않는다. 부모님의 방인지 자신의 방인지. 10여 년 전 기억은 망가지고 부서져 희미한 윤곽조차 남아 있지 않았다. 서랍이라는 서랍을 모두 열어보고 책과 서류 더미들을 뒤졌다. 오래된 서류 봉투는 코헤이의 책상 서랍 맨 아래 칸에 넣어둔 그 모습 그대로 존재하고 있었다.

켜켜이 쌓인 먼지를 털어내고 봉투를 확인하자 그 안에는 세월의 흔적이 고스란히 묻어 있는 사진과 편지가 있었다. 예전에 본 그 사진이었다. 사진은 모서리가 헤지고 접힌 자국이 깊어져 금방이라도 찢어질 것 같았다. 편지지도 조심스럽게 펴서 다시 읽어 보았다. 그 글귀들은 예전에 한 번 읽었던 내용이었다. 문장 하나하나마다 의문이 가득했지만 고등학생이었던 그때는 내용이 전혀 눈에 들어오지 않았었다. 지금에 와서 찬찬히 살펴보니 부모님의 죽음도 윤하의 납치만큼이나 의문스러운 사건이었다. 그때 해결되지 못한 의혹들이 남아 다시 코헤이 주변을 혼란스럽게 하고 있었다. 오랫동안 곪아 있던 상처가 터지듯이 잠재되어 있던 의혹들이 수면 위로 떠오른 것이다. 이번에야말로 모든 의문을 파헤치고 제자리를 찾아야 할 때였다.

몇 번을 반복해 편지를 읽었지만 도대체 준영이라는 아이가 누구인지 편지 내용만으로는 판단할 수 없었다. 그저 어설프게 추리해본다면 준영이라는 아이가 코헤이의 아버지일지도 모른다는 사실이었다. 엄마와 자신은 절대로 준영이 될 수 없으니. 게다가 사진 속의 아이는 어린 시절 아버지의 이목구비와 닮아 있었다. 사진 속의 아이가 아버지라면 아버지의 부모님은 코헤이가 알고 있던 그분들이 아니다. 아버지가 마츠모토 가의 사람이 아니라면 코헤이 자신도 마츠모토 가의 사람이 될 수 없다. 그렇다면 자신이 쓰고 있는 마츠모토라는 성은 가짜일 수도 있었다.

  코헤이는 서류 봉투를 좀 더 자세히 살펴보았다. 혹시라도 다른 단서를 찾을 수 있을까 하는 마음에. 봉투를 탈탈 털어보니 작은 명함 하나가 떨어졌다. 누렇게 바랜 명함에는 검고 굵은 글씨로 'Coffee & Lunch'라는 로고가 쓰여 있었다. 그리고 뒷면에는 작은 글씨로 카페의 주소가 적혀 있었다. 오사카 쓰루하시 어딘가를 뜻하는.

8
1945~,
복순

마츠모토 가를 나온 복순이 찾아갈 곳은 단 한 곳뿐이었다. 그녀가 유일하게 의지하고 있는 이가 있는 경도다. 하지만 경도에 간다고 해서 살아갈 방도가 생기는 것은 아니었다. 복순은 동주의 주변에 머물면서 살 길을 찾아보고 싶었다. 도와줄 이 하나 없는 이국에서 어린 그녀가 홀로 살아갈 길을 찾는 것은 그리 쉬운 일이 아니었다. 바로 동주를 찾아가고픈 마음이 없진 않았으나 자신의 일로 그에게 폐를 끼치고 싶지 않았다.

전쟁이 한창인 시기에 조선인 여성으로 할 수 있는 일이라고는 험하고 힘든 일뿐이었다. 일본에서 일하는 조선인 노동자들은 하루 12시간이 넘는 고된 노동에 학대까지 받는 삶을 살아야 했다. 탄광이 아닌 건설현장에서도 조선인 노동자들이 도주하지 못하게 감시대를 두고 그들을 지켰으며 밤에는 지옥실이라는 집에 가두고 자물쇠로 채워두는 일도 있었다. 여자들의 경우에는 군수물자를 생산하는 방직공장에서 여공으로 일하는 이들이 많았는데 과도한 노동과 상습적인 체벌에 시달렸다. 조선인 노동자로 살아가는 길은 짐승보다 못한 삶을 사는 것과 같았지만 복순은 아직 그 실정을 알지 못했다. 그녀는 당연히 일자리를 찾으면 그에 대한 정당한 대가를 받으며 일할 수 있으리라 생각했다.

경도에 도착한 복순은 제일 먼저 조선인에게 일자리를 중개해주는 직업소개소를 찾아갔다. 허름한 건물 1층에 자리 잡고 있는 직업소개소 입구에는 조선인 회원 모집이라는 문구가 쓰여 있었다. 물어물어 직업소개소를 찾아왔지만 막상 소개소 앞에 당도하고 나니 복순은 안으로 들어갈 용기가 나지 않았다. 마츠모토 가와 연결된 이들 외에는 교류해본 적이 없기에 그녀는 전혀 알지 못하는 이들을 만나야 한다는 것이 무섭고 두려웠다. 몇 번이나 주저하던 마음을 다잡고 나서야 복순은 소개소 안으로 들어갔다.

"무슨 일로 오셨어요?

여직원이 복순을 맞았다. 복순이 바로 대답을 하지 못하고 머뭇거리는 사이 구릿빛 얼굴을 한 험악한 인상의 청년 무리가 갑자기 소개소 안으로 들이닥쳤다. 그들은 다짜고짜 좁은 사무실에 놓여 있는 책상과 의자들을 집어던지고 사무소 직원들을 난데없이 폭행했다. 조용하던 사무실은 괴한들의 난동에 아수라장이 되었고 사무소 직원들은 매를 맞고 쓰러지거나 도망가기 바빴다. 갑작스럽게 벌어진 습격사건 때문에 복순은 얼이 빠져 어찌할 바를 몰랐다. 그녀는 난투극을 피해 이리저리 도망을 다니다 사무소 구석에 주저앉았다. 한바탕 난동이 벌어지고 있는 그 상황 속에서 검은 학생복을 입은 청년이 떨고 있는 복순에게 다가와 그녀를 일으켜 세웠다.

"여기서 나가요. 어서."

그는 다짜고짜 복순의 팔을 잡아당기며 야단법석인 그곳을 빠져나왔다. 학생복을 입은 청년은 복순을 끌고 달리다 사무소에서 한참 떨어진 곳에 다다라서야 걸음을 멈췄다. 청년은 불안해하는 복순을 안심시키며 자신이 누구인지 밝혔다.

"저는 제국대학 학생 송몽규라고 합니다."

그의 이름을 듣고 복순은 팽팽하게 긴장했던 마음을 한시름 내려놓았다. 동명이인일지도 모르지만 수재도 들어가기 힘든 제국대학을 다니는 송몽규가 두 명 일리는 없었다.

"혹시 윤동주라는 분을 아세요?"

복순이 조심스럽게 묻자 몽규가 얼빠진 얼굴로 되물었다.

"동주를 아십니까?"

동주의 이름이 난생처음 보는 여자아이의 입에서 튀어나오자 몽규는 어리둥절한 표정을 지었다. 그리고 동주를 찾아왔다는 어린 처녀를 보고 은근슬쩍 미소를 지었다. 책만 보는 문학도가 자신도 모르게 연애를 해왔다는 사실이 우스워서.

몽규는 동주와 달리 다부진 몸집에 선이 굵은 얼굴을 가지고 있었다. 성격도 적극적이고 활달한 편으로 처음 만난 복순과도 스스럼없이 말을 잘했다.

일을 찾기 위해 소개소를 찾은 몽규가 복순을 만나게 된 것은 작은 우연이었지만 어찌 보면 필연이기도 했다. 집안 사정상 넉넉한 생활비를 받지 못하는 조선 유학생들은 조선인 노동자들 못지않게 일을 하며 학업을 병행하고 있었다. 몽규와 동주도 그런 유학생 처지와 다르지 않았다.

"불행 중 다행이오. 요즘 직업소개소마다 습격과 난투극이 벌어지는데 그 와중에 친분이 있는 조선인을 만났으니."

몽규의 말에 따르면 오늘 복순이 간 곳은 조선 노동자들만의 조합으로 반일 반공주의 노선을 채택한 조선 자유노동자 조합 사무소였다. 그리고 그 사무소를 습격한 이들은 친일반동 단체 회원들이라고 했다. 노동조합은 무엇이고 친일단체는 또 무엇인지 전혀 알지 못하는 복순에게 몽규가 들려주는 말들은 모두 생경한 것이었다. 몽규를 따라가니 동주가 머무는 하숙집까지 쉽게 찾아갈 수 있었다. 몽규와 함께 복순이 찾아오자 동주는 놀란 표정을 지으며 한동안 말을 잇지 못했다. 연락도 없이 복순이 홀로 먼 길을 찾아왔으니. 그보다 더 놀란 일은 몽규가 복순을 만난 경위였다. 자신 때문에 복순이 마츠모토 가를 나온 것이라 생각한 동주는 그날 일어난 사건이 모두 자신의 책임이라 여겼다. 하지만 자신의 책임이라고 자책한다 해도 동주가 복순에게 해줄 수 있는 일은 많지 않았다. 급한 대로 복순은 동주의 방에 기거하고 동주는 아래층에 세 들어 사는 몽규의 방에서 함께 지내기로 했다.

 복순은 며칠 뒤 다시 직업소개소를 찾아가 보았지만 일자리를 구하기는 쉽지 않았다. 전쟁으로 인해 물자가 극도로 부족한 때였고 식량부족으로 쌀까지 배급하는 현실에 사람을 쓸 만큼 사정이 넉넉한 곳은 많지 않았다. 여기저기 일자리를 구해 봐도 군수물자를 만드는 공장 외에 그녀가 일할 만한 곳은 없었다.

 그렇게 일자리 문제로 전전긍긍하던 차에 다행히 몽규가 여러 곳을 수소문한 끝에 적당한 자리를 얻어주었다. 어렵사리 유학생들의 인연이 닿아 몽규의 학교 선배 병욱이 운영하는 식당에서 일할 수 있게 된 것이다. 몽규의 선배 병욱은 대학생 신분이었지만 일본인 여자와 결혼해 그나마 다른 유학생들에 비해 넉넉한 생활을 하고 있었다. 그 덕에 복순은 일본인 부인 에리코가 운영하는 식당에서 일하며 생활비를 벌 수 있었다.

 에리코는 아름다운 얼굴을 가진 성숙한 여인이었다. 성격도 조용하고 상냥했으며 마음도 넉넉한 이였다. 가난한 유학생들 중 그녀의 식당에서 공짜로 식사대접을 받아보지 않은 이가 없을 정도였다. 복순은 처음엔 식당 일이 손에 익지 않아 실수도 많이 했지만 점차 일이 익숙해지자 손님들의 주문이 들어올 때마다 능숙하게 음식을 준비할 수 있게 되었다.

　일을 하며 동주의 옆에서 살아갈 수 있게 된 것은 불안한 시대에 다시 찾아온 작은 행복이었다. 비록 식당에서 하루 종일 부엌일을 하고 식당 뒷방에서 잠을 자는 생활이었지만 복순은 자신의 일에 자부심을 가지고 있었다. 스스로의 힘으로 부끄럽지 않게 살아갈 수 있었으니까.

　몽규를 필두로 경도에서 학교를 다니는 조선 유학생들은 에리코의 식당에 모여 자주 토론을 벌였다. 그들은 주권을 잃어버린 조국에 대한 걱정으로 울분을 토하기도 하고 차별대우를 받는 조선인의 처지와 조선어 말살에 대한 걱정으로 독립에 대한 방책을 모의하기도 했다. 전쟁으로 먹고사는 것조차 힘든 시기였지만 유학생들의 마음만은 열정으로 가득 차 있었다.

　동주는 가끔 식당일이 끝날 무렵 복순을 찾아와 공부를 도와주곤 했다. 공부가 끝나면 바로 돌아가지 않고 복순과 함께 책을 읽고 이야기를 나누었다. 복순은 동주가 가르쳐준 공부를 복습하며 언젠가 그녀도 학교에 입학할 날을 꿈꿨다. 그녀가 학업을 이어간다면 그녀도 동주처럼 대학생이 될 수 있을 테니까. 동주는 자상하고 조용한 이라 복순을 대하는 태도에 지나침이 없었다. 한 발짝 떨어진 곳에서 그녀가 따라오길 기다렸다. 여동생처럼 대해주었지만 간혹 그녀의 손을 말없이 꼭 잡아주기도 했다. 경도에서의 나날은 그렇게 잔잔히 흘러갔다.

붉은 꽃들이 흐드러지게 핀 날이었다. 식당이 쉬는 날 오후 오랜만에 복순과 동주는 두 사람만의 시간을 보내기 위해 산책을 나섰다. 두 사람은 한동안 말없이 걸었다. 짙은 녹음에 풀 내음이 가득한 공기는 어느 때보다 사랑스러웠다.

"만주에도 꽃이 피었을까요?"

떨어지는 꽃잎을 보며 복순이 물었다. 동주는 희미한 미소를 지으며 대답했다.

"아니, 아직 그곳은 꽃이 피지 않았을 거야."

"그렇겠죠. 만주의 꽃들은 여기보다 늦게 피니까."

"조금 늦긴 하겠지만 그곳에도 곧 꽃이 필거야. 올해는 그 꽃을 보지 못하겠지만 나중에 우리 같이 만주에 가서 보자."

"좋아요. 그런 날이 올 거라고 생각하니 벌써 설레요. 그런데 정말 우리가 같이 그곳으로 돌아갈 수 있을까요?"

복순은 기대와 걱정이 뒤섞인 표정으로 동주를 바라보았다. 동주는 그녀의 질문에 대답하지 않았다. 그저 그녀의 손을 살며시 잡아주었다. 손을 통해 동주의 따스한 체온이 복순에게 스며들었다. 그의 손이 말하고 있었다. 지금은 대답할 수 없지만 언젠가는 두 사람이 이렇게 손을 잡고 고향으로 돌아갈 것이라고. 그날 처음이자 마지막으로 두 사람은 같이 사진을 찍었다. 둘이 함께 만주로 돌아갈 날을 기약하며.

그리고 그날 두 사람은 함께 밤을 지새웠다. 혼란으로 가득한 시대의 어둠이 자신들을 집어삼키기 전에. 불안하고 불안한 시간들이었지만 함께한다는 작은 느낌만으로도 살아있음을 느꼈다. 서로의 체온만이 불안을 잠재울 수 있는 유일한 방법이었다.

평온한 날들은 오래 지속되지 않았다. 먼바다에서는 아직도 전쟁이 한창이었고 혹독한 전쟁은 바다와 멀리 떨어져서 살아가는 그네들에게까지 어두운 이빨을 드러내었다. 공포와 불안이 연기처럼 퍼지고 전쟁을 지휘하는 이들은 초조감에 폭주하기 시작했다. 그들을 제어할 힘은 어디에도 없었다.

그날이 오기 전 전쟁은 절정으로 치닫고 있었다. 진주만 기습공격으로 일본은 한동안 동남아시아는 물론 남태평양까지 점령했으나 미드웨이 해전에서 미국에 패배한 이후 태평양 지역에 대한 장악력을 상실하고 말았다. 일본군의 패전은 기정사실로 되었으나 패색이 짙어가는 와중에도 전쟁을 끌고 나가기 위한 징병제가 더 확대되었다.

학생 신분으로 징병을 모면했던 이들도 모두 전쟁터에 끌려가게 된 것이다. 전쟁은 그 끝을 향해 치닫고 있었으나 마지막 발악을 시작한 일본군은 징병에 사활을 걸었다. 모두 전쟁에 나가 싸워 죽는 한이 있더라도 질 수 없다는 고집 때문이었다.

징병제가 대학을 휩쓸고 있던 그 시기에 에리코의 식당으로 특고 경찰들이 들이닥쳤다. 몽규를 체포하기 위해서였다. 몽규는 일본으로 유학 오기 전 중국에 있는 낙양군관학교를 다닌 적이 있었는데 그곳에서 김구 선생을 따르는 독립지사들과 교류를 한 적이 있었다. 그 일로 그는 요시찰인 명부에 이름이 올라 있었다. 특고경찰들은 요시찰인인 몽규의 일거수일투족을 감시하고 있었는데 그가 한 특정 발언이 경찰들의 심기를 건드리고 만 것이다. 몽규가 특고경찰에 체포된 후 그와 관련된 이들도 하나둘 형사에게 체포되어 경찰서 유치장에 감금되었다. 몽규가 끌려가고 사흘 뒤 동주가 체포되었다. 이 사건은 '조선인 학생 민족주의 사건'으로 불리었고 죄명은 '조선 독립 모의'로 기록되었다. 몽규와 다른 조선인 유학생들이 토론을 벌였던 대화내용은 몽규를 감시하던 일경에 의해 모두 기록되었으며 사건으로 만들어졌다.

복순은 동주의 면회를 가려고 하던 차에 경찰들에게 연행되었다. 그녀는 동주가 잡혀간 과정과 똑같이 경찰서 유치장에 갇혔다가 다시 검사국 감방으로 보내졌다. 사방이 밀폐된 독방에서 복순은 자신이 왜 그곳에 잡혀 왔는지 이유도 모른 채 감금 생활을 해야 했다. 수감생활을 하면서 복순은 몇 차례 검사 심문을 받았다. 얼마 후 경도 지방 재판소에서 체포된 이들의 재판이 열렸고 이 사건은 치안 유지법 위반 피고사건으로 명기되었다. 검사들은 몽규와 동주의 기숙사 방에서 불온한 사상이 적힌 기록들을 증거로 제출했고 둘은 징역형을 판결받았다. 복순의 경우 직접적인 증거가 없었음에도 재판 과정에서 유죄를 판결받았다. 그녀가 불온사상을 받아들이고 그녀의 오빠인 복철과 서신을 주고받았다는 사실 때문이었다. 그즈음 중학교를 졸업한 복철은 독립군 조직에 참여하고 있다는 혐의를 받고 있었다. 특고의 입장에서 보면 조선 유학생의 불온사상이 독립군 조직과 연결되어 있는 모양새였다.

제1차 세계대전 직후 특고경찰은 조선인 유학생들이 발표한 2·8 독립선언서로 엄청난 낭패를 경험한 적이 있었다. 2·8 독립선언서는 3·1 만세운동의 기폭제가 되어 조선을 들끓게 했던 것이다. 그 이후 특고경찰은 조선 유학생들의 사상과 행동에 유난히 신경을 쓰고 있었다. 그런 상황에 독립운동 조직과 연결된 인물이 그들과 자주 접촉을 하니 특고경찰들에게 큰 위협이 아닐 수 없었다. 작은 불씨가 큰 불씨로 번지는 것을 막기 위해 특고경찰들은 조선 유학생 모두를 사상범으로 몰아 체포했다.

복순은 료헤이의 집을 떠난 후에도 여러 번 복철과 편지를 주고받았다. 복철의 편지에는 일자리를 알아보기 위해 상해로 떠난다는 내용만 쓰여 있었다. 여동생에게 사실대로 자신이 독립군임을 말하지 않았지만 그것이 복순을 위험에 빠지게 한 것이다. 복순이 체포되어 재판을 받게 되었다는 사실은 이미 복철의 독립운동이 일경에 발각된 상황을 의미했다. 재판 후 형이 확정된 이들은 모두 후쿠오카 형무소로 이송되었다. 후쿠오카 형무소는 한반도와 가장 가까운 지역에 있는 감옥으로 독립운동과 관련된 조선인들이 주로 수감된 곳이었다.

사상범들은 사방이 막힌 좁은 독방에 갇혀 지내야 했다. 작은 전구가 온종일 켜져 있는 음침한 공간에서 누구와도 말을 섞지 못한 채 매일매일을 견뎌야 했다. 독방에 갇힌 죄수들은 강제노역도 해야 했다. 하루 종일 간수들이 넣어주는 일감으로 실내에서 노역하는 것이었다.

사람이란 존재는 다른 인격 있는 존재와 관계를 맺음으로 존재 의의가 생긴다. 누구와도 연결되어 있지 않은 인간은 고독함 속에 인간으로서의 모습을 잃어가기에. 누구와도 말 한마디 할 수 없고 허공만 바라보아야 하는 시간이 주어지면 그 공허함과 고립감에 정신이 온전할 수 없었다. 복순도 독방에 갇히고 점점 혼자 있는 시간이 길어지자 스스로 정신을 똑바로 유지할 수 없었다. 자신의 죄가 무엇인지 알지 못한 채 강제로 갇혀 있는 현실에 화가 나고 억울했다. 울컥거리는 감정이 가슴에 쌓여 숨을 쉬는 것조차 고통스러웠다. 어째서 자신은 힘없이 모든 인간으로서의 권한을 빼앗긴 채 독방에 갇혀야 하는지 궁금하고 또 궁금했다. 처음에 가졌던 수많은 의문이 그녀를 매일 괴롭혔지만 몇 달의 시간이 지나자 그 질문도 더 이상 하지 않게 되었다. 그저 매일 자고 눈을 뜨는 독방에서 순응한 채 과거의 기억을 떠올렸다. 처음 느꼈던 분노가 더는 무의미해지자 모든 것을 포기한 심정이 되어 스스로 무너지기 시작했다. 복순을 인간으로 지탱해주는 것은 오로지 그녀가 타인과 나누었던 추억뿐이었다. 희로애락을 느끼며 지냈던 과거만이 그녀의 일상을 지배했다. 단순한 동작으로 강제노역을 하며 그녀의 의식은 과거에 머물렀다. 부모를 잃었던 먼 기억에 빠져 눈물을 흘리기도 하다가 동주를 만난 후 그녀가 느꼈던 새로운 감정들을 떠올리며 혼자 미소를 짓기도 했다. 그녀의 모습을 보고 무어라 나무라는 사람도 없었고 그녀를 질책하는 이도 없었으니 그녀는 자신의 감정대로 웃다가 울기도 하고 울다가 웃기도 했다. 그러다 자신이 독방에 갇혀 있다는 사실을 깨닫고 서럽게 울었다. 그녀 자신이 이리 외롭고 힘든데 동주는 어떠할까 하는 생각이 들어 불안했다. 모진 고문을 받는 것은 아닌지 험한 곳에서 강제노역을 당하는 것은 아닌지.

아무것도 알지 못하는 상황 속에서 몇 개월을 살았다. 사람이었지만 사람처럼 살 수 없었기에 사람이 아니었다. 그저 슬피 우는 짐승이었다. 그녀를 감옥으로 보낸 이는 아마도 그녀가 그렇게 되기를 바랐을 것이다. 죄수들이 더 이상 사람이길 포기하고 힘없이 순응하는 짐승이 되기를.

복순의 감방문이 열리고 그녀가 처음으로 독방을 벗어난 때는 그녀가 자기 자신임을 포기하고 아무것도 하지 않게 된 후였다. 그녀는 묽은 죽을 먹으며 주어진 노역을 꾸역꾸역 해나가는 의지 없는 존재가 되어 있었다. 간수들은 쪼그리고 앉아 바늘 코를 꿰고 있는 그녀의 양팔을 잡아 밖으로 끌어내었다. 복순은 양팔이 붙들린 채 간수들이 이끄는 대로 걸었다. 반항할 기운도 남아 있지 않았던 복순은 간수들에게 매달리듯 끌려갔다. 복순이 간수들의 손에 이끌려 다다른 곳은 감방 복도 끝 시약실이었다. 누더기 같은 죄수복을 입은 이들이 아무런 저항 없이 시약실 앞에 줄을 서 있었다. 그들의 눈동자는 모두 초점을 잃고 먼 곳을 바라보고 있었다. 간혹 "싫어. 주사 맞기 싫어." 소리를 치며 거부하는 이들도 있었지만 그럴 때마다 간수들은 매질을 했고 그 죄수는 억지로 시약실로 들어가 주사를 맞아야 했다. 시약실로 끌려들어 가는 죄수들은 모두 조선인으로 대부분 독립운동과 관련된 사상범으로 감옥에 잡혀 온 이들이었다. 감옥에 오기 전 그들은 한 명의 독립적인 인간이었다. 누군가의 아들과 딸이었고 형제자매였다. 그들을 애타게 기다리는 가족이 어딘가에서 그들을 기다리고 있었다. 그러나 감옥 안에서 그들은 간수들이 시키면 시키는 대로 노역을 하고 무슨 약물인지도 모를 주사를 맞아야 했다. 주사를 맞는 일은 한 번으로 끝나지 않았다. 몇 주 간격으로 지속해서 맞아야 했고 주사를 맞는 횟수가 늘어날수록 죄수들은 차디찬 독방에서 시체가 되어 감옥을 떠났다.

복순은 간수들에게 이끌려 시약실로 들어가는 줄을 섰다. 그리고 무기력하게 주사액을 몸 안으로 받아들였다. 시약실에 끌려갔다 독방으로 돌아온 후에는 온몸에서 힘이 빠져나가고 사지가 부들부들 떨렸다. 차가운 바닥에 웅크린 자세로 누워 밤새 앓는 소리를 내었다. 기운이 모두 빠져 손가락 하나도 움직일 수 없었다. 그렇게 혼절한 채로 하루를 보냈다. 손가락 끝부터 발끝까지 온몸으로 통증이 돌아다니고 차가웠던 몸에 열이 나기 시작했다. 그런 과정을 겪고 정신을 차리면 며칠 후 복순은 다시 시약실로 끌려갔다. 낯이 익은 다른 죄수들의 얼굴도 그사이 더 말라비틀어져 해골처럼 보였다. 살아도 산 자가 아니었다. 그들은 걸어 다니는 송장이었다. 시약실 앞에 서서 기다리던 죄수들의 줄은 시간이 갈수록 점점 더 줄어들었다. 시약실 앞에선 줄이 새로운 죄수들로 채워질 때도 복순은 살아남았다. 그녀는 주사를 가장 오래 버틴 죄수였다. 그녀의 몸은 주사를 맞아 야위어 갔지만 오히려 눈빛만은 형형해졌다. 주사를 맞고 몸부림치는 날이면 그녀는 짐승으로 죽지 않기 위해 입술을 깨물었다. 시체 덩어리가 되어 감옥을 나서고 싶지 않았다. 그녀는 기억했다. 동주가 손을 잡아주었던 따뜻한 감촉을. 만약 이곳에서 눈을 감게 된다면 다시는 그 감각을 느낄 수 없을 것이다. 그래서 복순은 마음속으로 매 순간 다짐했다. 살자고. 죽지 말고 살자고.

고통이 온몸을 갈기갈기 찢어도 살자고 그녀는 마음속에서 소리치고 또 소리쳤다. 어쩌면 고통이 그녀를 짐승에서 인간으로 되돌아오게 한 것일지도 모른다. 아픈 감각이 그녀의 잠들었던 의지를 깨우고 살고자 하는 의욕에 불을 지폈다. 입술을 깨물고 쓰러져가는 몸을 일으키면 또다시 시약실에 끌려가 주사를 맞았지만 결코 그녀는 자신의 정신을 놓치지 않았다. 그녀의 나이는 겨우 열여덟이었다. 그녀에게는 하고 싶은 일이 아직 많았다. 그래서 자신을 포기할 수 없었다. 감방에 갇힌 다른 죄수들이 모두 죽어나간다 해도 그녀는 살겠다고 다짐했다. 살아서 이 감옥을 벗어난다면 동주를 다시 만날 수 있을 거라고 믿었다.

매일매일 불가능한 믿음을 믿으며 지내는 날들이 몇 개월 동안 지속되었다. 그리고 거짓말처럼 그 믿음이 현실이 되었다. 감방 문이 열리고 누군가 그녀의 이름을 불렀다. 차가운 바닥에 쓰러져 겨우 목숨을 이어가던 그녀의 이름을.

"강복순."

복순은 힘겹게 눈을 떠 자신의 이름을 부르는 그들을 바라보았다. 그들은 평소에 보아오던 간수들이 아니었다. 조심스럽게 다가온 간수 한 명이 그녀에게 이렇게 속삭였다.

"이제 자유입니다."

복순은 다른 이들보다 형량이 적었다. 그녀는 토론에 참여하지 않았고 독립운동을 했다는 직접적인 증거도 없었기 때문이었다. 감옥으로 끌려올 때 입었던 옷을 다시 입고 복순은 홀로 후쿠오카 형무소를 걸어 나왔다. 형무소 앞에는 에리코와 그녀의 남편 병욱이 마중 나와 있었다. 투옥 후 넉 달이 지났지만 그들 부부는 복순을 잊지 않았다. 몽규의 선배 병욱도 특고경찰들의 심문을 받았지만 직접적으로 토론에 참여하지 않았던 덕에 무죄로 방면되었다고 했다.

병욱과 에리코의 도움으로 복순은 쇠약해진 몸을 점차 회복할 수 있었다. 감옥을 나온 뒤 몇 주가 지나자 숟가락도 들지 못할 정도로 비쩍 마른 몸에 살이 붙고 창백한 얼굴에 혈색이 돌았다. 복순은 경도에서 동주가 출소하기를 기다렸다. 오직 그와 다시 만날 수 있는 날을 기다리며 하루하루를 살아가던 사이 복순의 몸이 이상하게 변해갔다. 몸에 살이 오르긴 했지만 전과 달리 배가 부풀어 올랐다. 그리고 몸 안에서 이상한 꿈틀거림이 느껴졌다. 에리코는 점차 변해가는 복순의 몸을 보며 그녀가 임신했음을 알았다. 에리코의 짐작을 듣고도 복순은 자신의 몸에 일어나는 변화가 쉽게 받아들여지지 않았다. 분명 벚꽃이 피던 날 그녀는 동주와 함께 있었다. 단 하루였다. 그리고 그날 이후 동주는 감옥으로 끌려갔다. 복순은 자신의 몸에서 어떤 변화도 느끼지 못했다. 아니 느낄 새가 없었다. 너무나 엄청난 일들이 그녀에게 닥쳤기에. 게다가 제대로 먹지도 입지도 못한 채 알 수 없는 주사를 맞아가며 몇 개월을 지냈다. 그런데 어떻게 그 험난한 시간 동안 몸 안에서 새로운 생명이 자랄 수 있었단 말인가? 모든 이들이 죽어나가는 감옥 안에서.

 새로운 의지가 그녀의 의도와 상관없이 그녀의 몸 안에서 자라났다. 복순의 몸 안에서 아이는 험난한 시간을 버틴 끝에 세상에 나왔다. 양수에 젖은 아이를 받아들며 복순은 동주를 떠올렸다.

 복순이 아이를 낳은 후 동주의 소식이 전해졌다. 동주가 싸늘한 시체가 되어 형무소를 나왔다는 내용이었다. 동주의 가족들이 그의 죽음을 서신으로 전달받고 먼 만주에서 후쿠오카까지 시신을 찾으러 왔다는 것이다. 시체를 확인하던 가족들이 해골처럼 마른 동주의 몸을 보고 모두 그 자리에 주저앉아 통곡했다는 이야기를 병욱이 전해주었다.

복순은 자신이 살아있는 현실이 진짜가 아닐지도 모른다고 생각했다. 자신도 이미 죽어 저승에서 꿈을 꾸고 있는 것이라고. 현실이 현실 같지 않았다. 감옥에 있었던 그때보다 더 괴로운 시간들이었다. 희망이 사라지고 현실이 절망으로 변한 무기력한 나날들은 고통 그 자체였다. 몸이 아픈 고통이 아니라 가슴이 미어지고 찢어지는 고통이었다. 죽음이 그녀를 조금씩 유혹했다. 가끔 살아야 할 이유를 찾지 못해 죽어도 괜찮겠다고 생각했다. 하지만 아이가 그녀를 붙들었다. 죽지 않고 살아야 한다고.

몇 달 후 세상은 하루아침에 모든 것이 뒤바뀌었다. 1945년 8월 15일. 복순은 영원히 그날을 잊을 수 없었다. 그날 천황은 항복을 선언했고 일본은 패망했다. 그녀가 태어난 이래로 일본은 언제나 조선을 지배하던 나라였었다. 그런 나라가 항복했다는 것이다. 일본이 망한 세상은 복순이 한 번도 경험해본 적이 없는 시대였다. 패망한 일본에는 승리국의 군인들이 밀려들어 왔다. 제국주의를 부르짖던 이들이 잡혀가고 세상은 하루아침에 모든 것이 뒤바뀌었다.

복순은 병욱과 에리코의 도움을 받으며 평범한 삶을 살았다. 그녀는 더 이상 예전의 그녀가 아니었다. 이제 그녀는 새로운 사람이 되어야 했다. 누군가에게 의지하고 도움을 바라기만 하는 사람이 아니라 자신의 삶을 스스로 헤쳐 나가는 그런 이가 되어야 했다. 이제는 그녀가 누군가의 버팀목이 되어야 하므로. 아이를 키우기 위해 그녀는 자신의 모든 힘을 쏟아부었다. 돈을 벌 수 있는 일이라면 닥치는 대로 일을 했다. 식당 일이며 청소 일까지. 열심히 일을 하며 돈을 벌었고 그 돈으로 아이를 키웠다. 아이가 커가는 모습을 지켜보는 것이 그녀의 유일한 낙이었다. 아이는 그녀의 바람대로 별 탈 없이 자라주었다. 아이는 가끔 그녀에게 의미를 알 수 없는 미소를 지어 보이곤 했는데 그런 표정을 볼 때면 복순은 동주가 아이의 몸 안에 살고 있는 것처럼 느껴졌다. 조용하고 똘똘한 아이는 점점 그를 닮아 갔다.

  혼자였다면 더 편하게 살 수 있지 않을까 하는 생각을 복순은 해 본 적이 없었다. 그녀가 독방에 갇혀 지내던 시간 동안 깨달은 것이 있다면 사람은 혼자 살아남기에는 너무나 허약한 존재라는 점이었다. 아이가 없다면 그녀는 이미 예전에 생을 포기했을지도 모른다. 아이는 따뜻한 체온을 가진 사랑스러운 존재였다. 말을 하고 걷기 시작하면서부터는 더욱더 친밀한 사이가 되었다. 고된 노동으로 일구어가는 삶이었지만 그녀에게 불만과 후회는 없었다. 전후의 불안한 사회도 그녀에게는 그저 작은 어려움일 뿐이었다.

  감옥과 죽음이 그녀를 강하게 단련시켰다. 살아있는 한 살아야 했다. 그것은 권리이자 의무였다. 살아있기에 매일의 삶을 살아간다. 그런 다짐으로 시간을 견디며 아이를 키웠다. 아이가 소학교를 가고 중학교를 갈 때까지.

아이의 키가 그녀와 비슷해지고 코 아래 거뭇거뭇한 수염이 자라나기 시작했다. 아이는 평범하게 자라고 있었다. 아이의 성장은 다른 의미에서 시간의 흐름이었다. 아이는 커가고 부모는 늙어가는 것이 자연의 이치이니. 그런데 그 이치를 복순의 몸이 거스르고 있었다. 시간이 더 흘러 아이의 키가 그녀의 키를 훌쩍 넘어섰을 때 시간의 변화가 아이의 몸에는 고스란히 투영되었지만 그녀의 몸은 비껴갔다. 인간이란 흘러가는 시간에 자유롭지 못한 존재다. 아이의 몸이 성장해 어른이 되어간다면 그녀의 몸도 늙어가야 마땅했다. 그런데도 그 자연스러운 현상이 그녀에게는 일어나지 않았다. 아이가 어릴 때는 누구도 알아차리지 못했지만 어느 순간부터 주변 사람들이 그녀의 나이를 의심하기 시작했다. 처음엔 부러움이 섞인 농담이었지만 아이가 무시할 수 없을 만큼 커버리자 사람들은 그녀를 이상하게 바라보기 시작했다. 그녀를 평범하지 않게 바라보는 의심스러운 눈초리가 점점 더 많아졌다. 아이는 이제 청년이 되어가지만 그녀의 얼굴에는 주름 하나 생기지 않았다. 아이를 낳았던 그 예전의 얼굴과 달라진 것이 없었다.

시간은 그녀와 아이 사이를 갈라놓았다. 더 이상 함께할 수 없는 지경에 다다르자 그녀는 아이를 포기해야 할 순간이 다가왔음을 직감했다. 그녀는 아이에게 불필요한 존재가 되었다. 시간이 흐르면 흐를수록 그 현실은 더 확실해질 것이다. 더 오래 고민할 시간이 복순에게는 남아 있지 않았다. 그녀에게는 아들을 보호하고 지켜줄 후원자가 필요했다. 누구보다 믿고 의지할 수 있는 이가.

그런 대상을 찾고 고민하다 복순은 마츠모토 료헤이를 떠올렸다. 패전 후 복순은 료헤이에게 동주의 죽음을 전하는 서신을 보낸 적이 있었다. 그 이후 료헤이는 가끔 복순의 안부를 물어왔고 두 사람은 서신으로 소식을 주고받았다. 료헤이는 의대를 졸업하고 마츠모토 본가의 주인이 되어 있었다. 그의 아버지가 갑작스럽게 돌아가시고 두 번째 부인인 새어머니가 재혼하면서 아사코와 함께 그 집을 떠났기 때문이다. 마츠모토 가에 남은 이는 료헤이 혼자였다. 그는 외가의 병력이 자식에게 이어질까 두려워 결혼을 하지 않았다. 그러니 자식이 있을 리 만무했다.

복순은 아들을 데리고 마츠모토 본가를 찾아갔다. 그녀가 그곳을 떠나온 이래로 처음이었다. 대문을 넘어서니 예전에 그녀가 첫발을 내디뎠던 정원이 그녀를 맞아주었다. 오래도록 사람의 손을 타지 않아 정원수는 제멋대로 자라 있었고 여기저기 잡초가 뒤엉켜 있었다. 그녀가 너무나 신기하게 바라보았던 금붕어들도 이미 사라져버린 뒤였다. 그녀의 기억 속에 남아 있던 아름다운 정원의 모습은 더 이상 찾아볼 수 없었다. 언제나 일손들로 분주하던 마츠모토 가의 큰 저택은 누구도 찾지 않는 고독한 장소가 되어 있었다.

복순이 안채에 들어서자 허리가 굽은 할머니 한 분이 나와 복순과 그녀의 아들을 사랑방으로 안내했다. 할머니는 복순도 얼굴을 익히 알고 있는 이로 예전부터 마츠모토 가에서 일하던 하녀였다. 그녀는 나이가 많은 탓에 다른 하녀들처럼 새로운 일자리를 구하지 못하고 여전히 마츠모토 가를 지키고 있었다. 마츠모토 가의 가정사를 꿰뚫고 있는 나이 든 하녀는 단번에 복순을 알아보았다. 그리고 긴 시간 동안 변하지 않은 그녀의 외모에 놀라움을 금치 못했다.

"너는?"

나이 든 하녀는 놀라움과 의아함에 말을 잇지 못했다. 그녀의 그런 반응을 이미 예상한 터라 복순은 희미한 미소로 답을 대신했다.

료헤이는 사랑방에서 그녀를 기다리고 있었다. 두 사람은 10여 년 만에 첫 대면을 했다. 시간은 료헤이를 지나치지 않았다. 그에게도 다른 이들과 똑같은 시간이 흘렀다. 료헤이는 더 이상 스무 살 청년이 아니었다. 그도 나이를 먹었다. 젊고 생생했던 눈빛은 사라지고 눈가에는 잔주름이 패여 있었다.

"준코, 넌 하나도 변하지 않았구나."

료헤이의 눈빛에는 아련한 그리움과 애석함이 담겨 있었다. 아직도 그는 복순을 준코라고 불렀다. 준코란 이름은 또 다른 누군가를 떠오르게 만든다. 료헤이와 복순은 만나려고 마음만 먹었다면 언제든 만날 수 있었지만 긴 시간 동안 서로 만나지 않았다. 두 사람 사이에는 같은 슬픔이 존재했다. 처참히 사라진 한 사람의 생이 그들에겐 아물지 않는 상처로 남아 있었다. 복순은 쓰디 쓴 미소를 지으며 료헤이의 환대를 받았다. 다시 만나지 않았다면 예전의 기억들도 떠오르지 않았겠지만 그 고통을 감수하고서라도 그녀는 료헤이를 만나야 했다. 아들을 위해서.

복순은 료헤이가 기다리고 있던 방에서 또 다른 한 사람을 만났다. 마츠모토 가를 떠난 후 한 번도 만난 적이 없었던 아사코를. 아사코 또한 마츠모토 가의 후손이다. 그러니 마츠모토 가에 복순의 아들이 들어오게 되는 것에 대해 자신의 의견을 내놓을 자격을 가지고 있었다. 료헤이는 복순의 이상한 점을 대수롭지 않게 받아들였지만 아사코는 그렇지 않았다. 복순의 외모를 마주한 순간 오랫동안 갈망했던 보물을 찾은 것처럼 그녀는 눈을 반짝였다. 료헤이에게 복순의 젊음은 그저 자연의 이치를 살짝 벗어난 예외적인 현상이었을 뿐이지만 아사코에게는 자신의 모든 것을 걸고서라도 소유하고 싶은 보석과도 같았다. 복순은 아사코와 한 살 차이였지만 그날 마주 앉은 두 사람은 전혀 그렇게 보이지 않았다. 아사코의 외모는 이미 싱싱한 빛을 잃어가고 있었다. 복순이 아직 파릇함을 간직한 봄 잎이라면 아사코는 붉게 물들어가는 가을 잎이었다.

복순은 료헤이와 아사코에게 자신이 찾아온 이유를 차분히 털어놓았다. 료헤이는 그녀의 부탁을 거절하지 않았다. 그녀가 그 어떤 부탁을 했더라도 거절하지 않았을 테지만.

아사코 또한 오빠의 뜻을 거스르지 않았다. 아사코는 충분히 부유했고 부족함이 없는 생활을 하고 있었다. 그러니 마츠모토 가의 그 어떤 것에도 미련을 가지고 있지 않았다.

복순이 료헤이를 찾아간 그날 이후 복순의 아들은 마츠모토 본가에서 살게 되었다. 료헤이의 양아들이 되어.

복순은 아들과 떨어져 먼 곳에서 살았다. 살아있다면 언젠가 다시 만날 수 있을 거라고 믿으며. 아들을 떠나보낸 후 그녀는 홀로 해야 할 일들이 있었다. 자신의 몸이 왜 다른 이들과 다른 시간의 흐름 속에서 살게 되었는지. 그 의문을 풀어야 했다. 그녀의 시간이 어그러지기 시작한 곳은 그곳이었다. 그녀를 철저하게 파괴해 죽음의 문턱으로 끌고 갔던 그곳. 후쿠오카 형무소. 형무소를 거쳐간 많은 이들의 증언을 그녀는 기록했다. 형무소에서 살아남은 죄수들과 간수 그리고 시약실을 운영했던 제국 의대 관련자들에 대해서. 그들 모두가 의문의 열쇠를 쥐고 있었다. 패전 후 여러 곳에 그들이 남긴 자료들이 있었다. 복순은 그것들을 기록하는 것이 자신의 의무라고 생각했다. 신이 자신에게 더딘 시간을 준 이유는 다른 사람들이 하지 못한 일들을 해내라는 뜻이라 믿었다. 그녀는 살아있는 생존자로 그 모든 과거의 일을 기억하고 있었다.

그녀를 떠난 아들은 마츠모토라는 성으로 학교에 다니고 결혼도 했다. 결혼 후에는 동경시 외곽에 단독주택을 장만하고 그곳에

개인 병원을 열었다. 아이를 하나 낳았고 그 아이의 이름은 마츠모토 코헤이였다. 아들이 성장해 가정을 꾸리고 아이를 기르는 사이 복순은 마네키라는 이름으로 살다가 시노하라라는 새로운 이름을 얻었다. 그때까지 그녀는 아들을 위해 멀리서 지켜보는 것만이 자신의 역할이라고 여겼다. 아들의 아이는 무럭무럭 자랐고 그녀의 존재는 잊혀도 좋을 만큼 그들은 평온하게 살았다.

  평화로운 날들이 흘러가던 중 불행은 어느 날 느닷없이 찾아왔다. 그녀의 아들이 마지막 의문을 풀고 그녀를 찾아가던 중 사고로 목숨을 잃은 것이다. 무엇을 얻기 위해 살아온 시간들이 아니었다. 그저 살아있는 생명들이 온전하길 소망하며 살아왔다. 그런데 가장 소중한 생명이 으스러진 것이다. 복순은 자신이 마주한 현실을 외면하고 싶었지만 그녀의 몸은 그녀를 시간 속에 가두고 놓아주지 않았다. 더디게 흐르는 시간 속에서 그녀는 이제 자신의 나이 절반 정도로 보이는 외모를 가지게 되었다. 남아 있는 마지막 소망은 위태롭게 남은 코헤이가 아무 탈 없이 사는 것뿐이었다. 그 아이가 자신의 생을 온전히 살아가기를 바랐다. 그 마지막 소망은 그녀의 바람처럼 조금씩 이루어져 갔다. 그들이 나타나기 전까지.

9
201X,
일미회

코헤이가 쿠로다의 가게를 뛰쳐나간 후에도 미즈하라는 자리를 떠나지 않고 남은 맥주를 홀짝거렸다. 유리잔에 담긴 맥주를 모두 비우자 그는 천천히 주머니에서 핸드폰을 꺼내 어딘가로 전화를 걸었다. 신호가 연결되고 상대가 전화를 받자 미즈하라는 조금 전까지 있었던 상황을 보고했다. 코헤이가 자신을 만나자고 한 일과 두 사람이 주고받았던 대화 내용에 대해. 전화 상대는 미즈하라의 말을 잠자코 듣고만 있었다. 두 사람은 코헤이와 관련된 사항 외의 다른 내용은 서로 언급하지 않았다. 보고를 끝낸 미즈하라가 전화를 끊기도 전에 상대의 신호음이 끊어졌다. 미즈하라는 자신에게 주어진 임무를 모두 마치자 홀가분한 기분으로 맥주 한 잔을 더 주문했다. 이제 애국회는 기부금으로 좀 더 진취적인 활동을 벌일 수 있게 되었다. 만족감에 기분이 좋아진 미즈하라는 맥주를 마시며 혼자 웃었다.

미즈하라의 보고를 받은 후 코우지는 무표정한 얼굴로 노트북 모니터를 바라보았다. 화면은 일시정지로 멈추어놓은 것처럼 변화가 없었다. 하얀 방에는 병원에서 흔히 볼 수 있는 철제 침대가 덩그러니 놓여 있었고 그 위에 젊은 여자가 의식을 잃은 채 누워 있었다. 죽어 있는 것처럼 보이긴 하지만 그녀는 아직 살아있었다. 그저 깊은 잠을 자고 있을 뿐이다. 방에는 창문이 하나도 없었고 오직 철제문으로만 그곳을 드나들 수 있었다. 여자의 모습을 마지막으로 확인한 코우지는 '미래 의학 연구소'라는 로고가 가슴 언저리에 박혀 있는 흰 가운을 벗었다. 그가 지켜보지 않아도 방안에 누워 있는 여자는 마취제에 취해 있는 상태라 당분간 깨어나지 않을 것이다.

정신을 잃고 쓰러져 있던 윤하는 하얀 방에서 처음 의식을 회복하자마자 문을 두드리고 내보내달라고 소리쳤다. 예상했던 상황이었다. 낯선 곳으로 납치된 이라면 누구라도 그녀처럼 행동할 테니까. 남자 간호사 서너 명이 달라붙어 겨우 안정제를 투여하고 나서야 그녀를 다시 잠재울 수 있었다. 만약 그녀가 다시 깨어나 소동을 벌인다면 그때 또다시 잠을 재우면 된다. 그런 일이 반복된다면 그녀도 깨닫게 될 것이다. 그녀의 의지로 이곳을 벗어날 수 없다는 사실을. 그리고 그때가 되면 그녀도 코우지의 뜻을 이해할 수 있을 것이다. 그녀의 자유는 그녀가 아니라 그의 의지에 달려 있다는 사실을.

　코우지가 일하고 있는 미래의학 연구소는 도심을 벗어난 외딴 지역에 자리 잡고 있었다. 후쿠오카시 북서부지역 바닷가에 위치한 연구소는 그 외관을 겉에서는 잘 알아볼 수 없다. 연구소 외부가 모두 숲으로 둘러싸여 있기에. 연구소로 들어가기 위해서는 숲으로 이어진 도로를 한참 동안 달려야 했다. 숲 안에 숨어 있는 연구소는 단순한 구조의 건물이었지만 그 출입은 자유롭지 못했다. 각 분야의 연구소는 분야별로 독립된 의사결정 구조로 되어 있었기에 다른 랩에서 어떤 실험을 하고 있는지 서로 알 수 없었다. 그곳은 세상과 단절된 곳이었고 아무도 찾아오지 않는 곳이었다. 누군가 하얀 방에서 꺼내달라고 울부짖어도 그 외침은 그 건물 너머로 전달되지 않았다. 고립된 감옥처럼.

　시계 초침 소리조차 들리지 않는 하얀 방에서 의식을 잃고 누워 있던 윤하는 톱날이 머리를 자르는 것 같은 통증을 느끼고 미간을 찡그렸다. 축 늘어진 몸 구석구석이 저리고 쑤셨다. 무거운 눈꺼풀을 뜨자 하얀 벽이 보였다. 몇 시간 전과 같은 공간이다. 천장에 뚫려 있는 작은 환풍구를 제외하면 그 방은 모두 흰색 페인트칠이 되어 있었다. 마츠모토 의원에서 정신을 잃고 처음 눈을 떴을 때부터 그녀는 하얀 방에 누워 있었다. 처음엔 자신이 갇혀 있다는 사실에 당황하고 분노했지만 이제는 그럴 기력도 없었다. 울부짖고 소리쳐도 이 하얀 방에서 벗어날 길은 없었다. 모든 걸 포기하고 나니 그녀는 자신이 처한 상황에 대해 의문을 가지게 되었다. 도대체 왜 자신이 이 답답한 방에 갇혀 있어야 하는지 그녀로서는 그 까닭을 알 수 없었다. 다만 한 가지 확실한 것은 그녀가 이 사건과 무관하다는 것이었다. 불과 몇 주 전만 해도 그녀는 평범한 여행객이었다. 그러니 그녀와 연관되어 이런 일이 벌어졌다고는 생각할 수 없었다. 윤하는 자신이 마츠모토 의원을 찾아간 첫 날을 떠올렸다. 불안해하며 당황하던 코헤이를. 그는 그녀를 되돌려 보내려 했다. 그녀가 살았던 곳으로 최대한 빨리. 코헤이는 알고 있었을지도 모른다. 그녀에게 이런 일이 벌어지리라는 것을. 그의 충고를 들었어야 했다. 그랬다면 이렇게 갇혀 있지 않았을 테니. 이미 기회는 떠났고 그녀는 더 이상 선택할 여지가 없었다. 그가 자신을 구해내기를 기다릴 수밖에. 지금 그는 혼신의 힘을 다해서 그녀를 찾고 있을 것이다. 12년 전 지진이 일어났던 그날 밤처럼. 윤하는 천천히 철제 침대에서 일어났다. 아무것도 없는 방을 둘러보았다. 하얀 벽들이 이어진 이 공간에서 그녀는 기약할 수 없는 시간을 버텨야 했다. 그녀를 위협하는 어떤 것도 존재하지 않았지만 두려움이 몰려왔다. 무너지면 안 된다는 생각만이 그녀의 머릿속을 맴돌았다. 자신을 놓아버리면 버틸 수 없다. 그녀는 침묵의 공간에서 할 수 있는 것들을 생각했다. 생각하고 또 생각했다. 시간을 흘려보낼 수 있는 방법들을.

 하얀 방에서 윤하가 깨어난 시각, 연구소를 나온 코우지는 자신의 검은색 세단을 타고 바닷가 도로를 달리고 있었다. 코우지의 차는 어둠 속에서 빛을 발하며 인적이 드문 언덕길을 올라갔다. 한참을 달리던 그의 차가 높은 철문 앞에서 멈추어 섰다. 코우지는 철문이 열리기를 기다렸다. 무거운 쇳소리와 함께 철문이 서서히 열리자 코우지의 차는 서서히 문안으로 들어섰다.

 정원을 가로지르는 길은 유럽풍 저택 앞까지 이어져 있었다. 저택의 주인은 연구소를 후원하는 단체의 회원이었다. 이곳에서 오늘 코우지는 그동안 자신이 맡고 있었던 프로젝트의 진행 상황을 보고해야 했다. 관리인의 안내를 받으며 천장이 높은 홀을 지나 넓은 회의실로 들어갔다. 회의실 안에는 코우지보다 먼저 온 몇몇 회원들이 자리를 지키고 있었다. 코우지는 자신보다 먼저 온 회원들에게 예의를 갖추어 정중히 인사를 건넸다. 얼마 지나지 않아 회의실에 중요 회원들이 모두 모였다. 병환으로 참석하지 못한 아사코 여사를 제외하고. 회원들은 모두 코우지가 진행하고 있는 프로젝트에 지대한 관심을 가지고 있었다. 그렇기에 바쁜 와중에도 직접 이 회의에 참석한 것이다. 그들 중 누군가는 일분일초가 돈인 기업인이었고 누군가는 정권을 좌지우지하는 정치인이었다. 가장 힘이 없다고 치부하는 이들도 한 명 한 명 살펴보면 명성이 있는 학자이거나 조직을 거느리는 우두머리 정도는 되었다. 각계 각층에 퍼져 있는 그들이 모인 이유는 단 하나 애국이었다. 자신들이 살아가는 조국을 더 발전시켜 누구도 침범할 수 없는 강력한 나라로 만들어 다시 일본 제국시대를 부활시키는 것. 그것이 '일미회'의 모토였다.

개개인의 능력을 모아 국가를 발전시키기 위한 밑거름을 만든다는 취지에 많은 이들이 동참했고 그 조직은 비밀스럽게 유지되었다. 그들이 자신들의 모임을 드러내지 않는 것은 자신들의 뜻과 반대되는 여론의 쓸데없는 비난을 피하기 위해서였다. 각계 각 층의 유력인사들이 모였기에 정치적 알력에 '일미회'의 힘이 이용되거나 왜곡될 수 있다는 우려도 있었다. 그런 우려에도 불구하고 그들이 모인 이유는 하나였다. 찬란했던 일본제국을 부활시키기 위한 계획들을 이루어나가는 것이었다. 수많은 계획 중 오늘의 안건은 특히 중요했다. 그들이 그 계획으로 직접적인 수혜를 얻을 수 있기에. 의학 박사이면서 유전공학을 전공한 코우지의 발표는 그래서 모두의 기대를 받고 있었다. 일본의 미래를 짊어질 그들이 스스로 영원할 수 있는 길을 그가 찾아내고 있으니까. 자신들의 미래가 곧 나라의 미래라고 믿는 이들이었다. 그러니 그들의 젊음은 미래의 안정과 번영을 위해 필수불가결한 요소였다.

긴 회의 테이블에 서로의 존재를 알지만 애써 감추고 있는 이들이 앉아 있었다. 그들은 오늘의 발표자인 코우지의 보고를 기다리고 있었다.

"바쁘신 와중에도 이렇게 참석해주셔서 감사합니다. 오늘 이 회의의 주체자인 아사코 여사는 지병으로 오지 못하셨지만 모든 내용을 공유하고 계시니 걱정하지 않으셔도 됩니다."

"서론은 그만하고 진행 상황을 듣고 싶소."

성미 급한 회원이 코우지의 발표를 재촉했다.

"알겠습니다. 그럼 바로 진행 상황을 보고 드리지요. 저희는 여러 해 동안 실험체를 찾고자 노력했지만 그 행적을 찾을 길이 없었습니다. 그런데 이번에 그 실마리를 찾을 수 있는 미끼를 확보했습니다."

"어떻게 확보했다는 거요?"

회원 중 유력정치인 한 명이 코우지의 말에 의문을 던졌다.

"그동안은 우리가 실험체를 찾기 위해 여러 해 동안 노력을 해왔지만 이제 정반대의 방법을 쓰고자 합니다. 실험체 스스로 모습을 드러내도록 말이죠."

코우지의 긍정적인 발표에 회원들의 기대감은 높아졌다. 코우지의 발표가 끝나고 일미회가 추진하고 있는 다른 프로젝트들의 진행 상황이 보고되었다. 늦은 밤까지 이어진 회의가 끝나고 회원들은 조용히 자리를 떠났다.

반세기 넘게 철저히 폐쇄되었던 생체실험 정보들을 하나씩 끄집어내어 새로운 연구를 기획하겠다는 코우지의 프로젝트에 회원들이 처음부터 관심을 기울인 것은 아니었다. 오히려 모두 부정적인 반응을 보였었다. 불가능하게 보였던 그 계획이 급물살을 타고 추진될 수 있었던 것은 이 회의의 주체자인 아사코 여사의 조언 덕분이었다. 과거의 기록을 더 이상 묻어두지 말고 발전시켜야 한다는 코우지의 이상이 아사코 덕분에 구체적인 실체를 갖추게 되었다. '일미회'가 추진 중인 여러 계획 중 아사코 여사는 코우지의 연구 계획에 많은 관심을 가졌고 그에게 한 가지 제안을 했다. 그리고 그녀가 준 아이디어는 그의 연구에 도화선이 되었다.

강복순, 그녀는 생체실험 대상이었다. 아사코는 아주 오래전부터 강복순을 알고 있었다. 그녀가 실험체가 되기 전부터. 일본이 항복한 1945년 이후 아사코는 복순을 단 한 번 만난 적이 있었다고 했다. 그때의 기억이 얼마나 놀라웠는지 그녀는 코우지에게 과거를 이야기하는 순간에도 놀라움을 감추지 못했다.

도움을 받기 위해 찾아온 복순은 아사코가 보지 못한 긴 세월 동안 전혀 변하지 않은 외모를 가지고 있었다. 복순은 많은 나이에도 불구하고 앳된 얼굴을 간직한 채였고 그에 반해 아사코의 얼굴은 생기를 잃어가고 있었다. 그 짧은 만남을 끝으로 아사코는 복순을 다시 볼 수 없었다. 뒤늦게 그녀를 찾아보려 했지만 이미 복순이 자신의 정체를 숨긴 후였다. 복순의 젊음을 대면했던 놀라움은 오래도록 아사코의 머릿속을 떠나지 않았고 순간순간 그녀를 괴롭혔다. 서서히 나이를 먹어가며 얼굴에 주름이 늘어갈 때마다 아쉬움은 더 커졌다. 복순의 비밀을 파헤친다면 아사코 자신도 더 오래 젊음을 유지할 수 있을 거라고.

  아사코의 때늦은 후회는 코우지에게 전달되었고 코우지는 자신에게 더할 나위 없는 기회가 찾아왔다는 것을 직감했다. 강복순을 찾기만 한다면 그는 노화 연구에 새로운 신기원을 이룩할 수 있을 테니까. 생체실험 과정 중 어떤 변이 때문에 유전자 형질이 바뀐 것인지 그 기제를 찾는 과정은 순탄치 않을 것이다. 생각보다 막대한 자금과 시간이 필요할지도 모른다. 그래서 더더욱 그는 살아있는 실험체가 필요했다. 자신의 연구를 급진전시켜 줄 인간 실험체가.

10
201X, 코헤이

덜컹거리던 전철이 쓰루하시역에 멈추어 섰다. 코헤이는 다른 승객들과 함께 천천히 역사를 빠져나왔다. 오사카는 아주 오랜만이었다. 어린 시절 부모님과 여행으로 오사카에 며칠 머문 적 이후 처음이니. 그때 이후 그는 이곳에 올 일도 없었고 오고 싶다고 생각한 적도 없었다.

낡고 오래된 상점가 건물에는 간판들이 다닥다닥 붙어 있었고 골목마다 전깃줄이 어지럽게 엉켜 있었다. 쓰루하시역 주변은 예전 모습과 달라진 것이 없었다. 그곳에는 조선인 동포들이 많이 거주하고 있었으며 코리아타운도 조성되어 있었다. 좁고 어수선한 골목에는 김치나 반찬을 파는 가게부터 한국 음식을 파는 음식점들이 모여 있었다. 코헤이가 찾아가려는 곳도 그 골목과 멀지 않았다. 코헤이는 번잡한 상점가 골목을 지나 한참을 안쪽으로 걸어 들어갔다. 음식점들이 주로 모여 있는 건물 사이를 두리번거리면서. 길가를 따라 길게 이어진 가게들 중에서 코헤이는 명함에서 본 간판을 찾았다. 그는 명함에 쓰여 있는 로고와 똑같은 간판을 확인하고 주저 없이 가게 안으로 들어갔다.

전반적으로 정돈이 잘 되어 있는 깔끔한 가게였지만 오래된 세월의 흔적이 느껴지는 카페였다. 손님들은 대부분 중년 아저씨들이었는데 그들은 커피를 마시며 신문을 보거나 잡담을 나누고 있었다. 코헤이는 빈자리를 찾아 앉은 후 다른 이들처럼 커피를 주문했다. 하얀 도자기 찻잔에 담긴 커피와 각설탕이 함께 나왔다. 코헤이는 설탕을 넣지 않은 채 김이 모락모락 피어오르는 커피를 조금씩 마셨다.

아버지는 어째서 이런 곳의 명함을 남겨주신 것일까? 그 의문에 대한 해답을 찾는 것처럼 그는 뜨거운 커피를 마시며 주변을 둘러보았다. 시간의 흐름이 고스란히 배어 있는 나무테이블은 사람의 손길이 닿아 윤을 낸 것처럼 반질거렸다. 실내장식도 몇십 년 전 스타일로 예스러운 티가 났다. 그 때문인지 카페는 이 동네에 사는 이라면 누구나 한 번쯤 들러 커피를 마시고 갔을 것처럼 편안한 분위기를 가지고 있었다. 단순히 커피를 마시기 위해 아버지가 이곳까지 찾아왔을 리 없다. 이곳에는 구수한 커피 외에 다른 무엇이 있을 것이다. 누군가를 찾으려는 사람들이 와야 하는 그 무언가. 천천히 커피를 마시다 보니 어느새 찻잔 밑바닥이 드러났다. 더 이상 주저할 필요가 없었다. 이곳에서 단서를 찾지 못한다면 그는 윤하를 구하지 못할 테니까. 카운터 앞에서 커피값을 계산하며 코헤이는 나이 든 주인아주머니에게 넌지시 물었다.

"혹시 강복순이라는 분을 아십니까?"

계산을 마친 아주머니는 아무 말 없이 고개를 들어 카페 한곳을 시선으로 가리켰다. 그녀의 시선이 향한 곳은 카페 모퉁이에 있는 계단이었다.

"저기로 올라가란 뜻인가요?"

코헤이가 다시 묻자 그녀는 무표정한 얼굴로 고개를 끄덕였다. 코헤이는 반신반의하는 마음으로 낡은 철제 계단을 올라갔다. 손님들 누구도 2층으로 올라가는 그를 눈여겨보지 않았다. 전혀 이상한 광경이 아니라는 듯이. 코헤이는 좁은 계단을 조심스럽게 올라갔다. 계단을 다 올라가 보니 1층 카페보다 작은 공간이 나왔다. 벽을 둘러싼 서랍장에는 서류들이 삐져나와 있었고 바닥에는 문서 더미들이 빽빽이 쌓여 있었다. 계단 입구를 막고 있는 서류 더미들을 피해 안으로 들어서자 안쪽 깊숙한 곳에서 카랑카랑한 목소리가 들려왔다.

"누구요?"

희끗희끗한 머리에 등이 구부정한 노인이었다. 코밑까지 내려온 은테 안경을 고쳐 쓰면서 그가 코헤이에게 다가왔다.

"누구냐고 묻잖소."

의혹이 가득한 노인의 눈빛에 코헤이는 그제야 정신을 차리고 자신이 누구인지 밝혔다.

"저는 마츠모토 코헤이입니다."

"마츠모토? 근데 여긴 무슨 일로 왔소?"

"사람을 찾으러 왔습니다. 강복순이라는 사람을."

"음. 언젠가 들어본 이름 같군. 근데 댁은 강복순이란 사람하고 무슨 사이요?"

"글쎄요. 그건 저도 잘……"

코헤이는 노인의 날카로운 지적에 말을 얼버무렸다.

"무슨 관계인지도 모르는 사람을 어찌 찾아주겠소. 그만 돌아가시오."

냉정하게 말을 끊고 노인은 다시 자신의 책상에 앉아 무언가를 끼적거렸다. 노인의 단호함에 코헤이는 당황했다. 강복순이라는 이름을 찾기 위한 유일한 끈이 끊어질 위기였다.

"확실하지는 않지만 가족이라고 생각합니다. 아버지께서 그 분의 사진과 편지를 남겨 주셨습니다."

코헤이는 자신이 알고 있는 일을 모두 털어놓았다.

"아버지? 이름이 어떻게 되지?"

"마츠모토 준페이라고 합니다. 그리고 정확하다고 말할 수는 없지만 한국 이름은 준영입니다."

"준영이라…… 들어본 이름인지 아닌지 기억이 가물가물하군. 좀 있어 보게. 내 좀 찾아봐야 할 것 같으니까."

노인은 책상 뒤편 철제 서랍장에 쌓여 있는 서류더미들은 뒤지기 시작했다. 누렇게 바랜 종이들을 넘길 때마다 뽀얀 먼지들이 공중으로 퍼져 나갔다.

"음, 여기쯤 있어야 하는데."

그는 낡은 공책과 서류 더미에서 보물을 찾는 것처럼 분주했다. 그가 한참 동안 이곳저곳 살피는 사이 코헤이는 그의 행동을 멀뚱히 바라보며 서 있었다. 10여 분 동안 노인은 먼지 속에서 종이더미를 헤매고 다녔다. 그리고 마침내 노인은 금은보화를 발견한 사람처럼 들뜬 목소리로 코헤이를 불렀다.

"이보게. 찾았네. 찾았어. 강복순의 아들 윤준영."

"윤준영?"

준영이라는 이름 앞에 붙은 '윤'이라는 성은 그 발음도 생소했지만 난생처음 들어본 이름이었다.

"이것 보게, 여기 사진도 있네. 모자가 함께 찍은 사진이야."

그가 보여준 사진은 코헤이가 가지고 있는 사진과 같은 것이었다.

"그 사진은 저도 봤습니다."

"그래, 그럴 줄 알았지. 이제 생각해보니 10여 년 전쯤 강복순이라는 이름을 찾던 남자가 있었지."

"그 남자가 누군지 기억하십니까?"

"누구냐고? 바로 이 사람이지."

노인은 사진 속 아이를 가리켰다.

"그가 자신의 어머니를 찾는다고 했지. 그 이름이 강복순이었어. 그때도 난 이 사진을 보여줬지."

"그래서 그 사람은 어머니를 찾았나요?"

코헤이는 다급하게 물었다. 코 아래로 내려온 은테 안경을 추어올리며 남자는 고개를 끄덕였다.

"찾았지. 강복순이라는 이가 여기에 주소를 남겨 놓았으니까."

"그렇습니까? 그럼 그 주소 알려주세요. 제가 꼭 그분을 만나야 하거든요."

"알려줄 순 있지만 그 사람은 만나지 못할 거네."

"왜죠?"

"그 주소는 이제 사라진 주소니까."

"사라진 주소라고요?"

"여기 강복순이라는 이에 대한 기록은 모두 쓸모없는 것들이네. 너무 오래돼서 그 동네 집들은 모두 철거되었고 그 이후 연락처를 적어놓지 않았으니까. 일부러 찾아왔는데 소용없게 되었군. 그런데 여긴 어떻게 알고 찾아온 건가?"

노인은 의아한 시선으로 코헤이를 바라보았다. 노인은 코헤이의 이야기를 들어줄 마음이었다. 그에게는 아주 많은 시간이 남아 있었고 코헤이는 아주 오랜만에 방문한 고객이었으므로.

켜켜이 먼지가 쌓인 2층에서 내려오니 드문드문 테이블이 비어 있었다. 비어 있는 테이블에 노인과 코헤이는 마주 앉았다. 노인은 코헤이의 이야기를 듣기 전에 자신의 이야기를 들려줬다. 자신의 이름은 박성근이고 아주 오래전부터 이곳에서 카페를 운영해왔다고. 그리고 그는 이 카페에서 사람들이 서로를 찾게 된 사연을 이야기해주었다.

쓰루하시 시장에 위치한 이 카페는 주변 조선인들의 사랑방 같은 장소였다. 사람들은 이 카페에서 헤어진 가족이나 친구에 대한 연락처를 묻기도 하고 자신의 연락처를 남기기도 했다. 그렇게 사람들의 정보가 모이자 사람들은 이곳을 이용해 연락이 닿지 않는 가족이나 친구들을 찾았다. 이곳에 자신의 연락처를 남기고 가면 그를 찾는 이가 나타났을 때 카페 주인이 서로를 연결해주는 것이었다. 핸드폰도 인터넷도 없던 시기 일본에 남아 있던 조선인들은 자신들만의 네트워크를 만들기 위해 자연스럽게 이 카페를 이용했다. 카페 주인인 박 노인의 말에 따르면 강복순이라는 이도 처음엔 자신의 연락처를 이곳에 남겼다고 했다. 누군가 자신을 찾아오길 기다리면서. 그러다 어느 순간 잠적을 한 것처럼 사라져버렸다고 했다. 노인은 그 점에 대해서는 여러 번 고개를 갸웃거렸다. 좁은 동포사회에서 그녀처럼 완전히 사라질 수 있는 경우는 거의 불가능하다고 하면서. 자신이 조선인 출신인 것을 완전히 숨기고 살아가는 이들도 있지만 그들도 친척이나 친구들을 통하면 어느 정도 선이 닿아 있다고 했다. 그런 면에서 강복순이라는 이는 죽은 이와 같았다. 실제로 1920년대에 태어난 그녀는 이미 죽었다고 해도 이상하지 않을 나이였다. 박 씨 노인은 코헤이가 그녀를 찾는 이유를 물었다. 그의 물음에 코헤이는 바로 답을 하지 못하고 머뭇거렸다. 말을 하지 못할 이유는 없었지만 모든 상황을 털어놓는다고 해도 그가 믿어줄지는 의문이었다.

"제 말이 믿기 어려우시겠지만 끝까지 들어주셨으면 합니다."

어렵게 말문을 연 코헤이는 부모님의 죽음 이후 일어났던 일과 유하가 납치된 일을 간략하게 이야기했다. 노인이 피해망상증 환자의 헛소리라고 치부해버리는 건 아닐지 노심초사하면서.

"믿어지지 않는다면 믿지 않으셔도 괜찮습니다. 하지만 지금 저는 지푸라기라도 잡을 수밖에 없는 상황입니다. 저로 인해 무고한 사람이 피해를 보고 있으니까요."

코헤이가 자신의 난감한 상황을 설명하던 그때 건물 밖에서 요란한 사이렌 소리가 들려왔다. 확성기를 통해 들려오는 그 기분 나쁜 소음은 고요하던 카페 분위기를 순식간에 바꾸어놓았다. 한낮 오후의 편안함은 연기처럼 사라지고 카페 안에 긴장감이 감돌았다. 조용히 대화를 나누던 손님들도 입을 다물었다.

"조선인은 물러가라. 당장 조국으로 돌아가라."

카페 안에 카랑카랑한 목소리가 울려 퍼졌다. 다들 숨을 죽이고 이 불쾌한 시간이 빨리 지나가길 기다렸다. 귀를 자극하는 확성기

소리와 함께 그에 호응하는 사람들의 외침이 들려왔다. 신오쿠보 거리에서 보았던 애국회가 쓰루하시에도 출몰하고 있었다. 어제였다면 코헤이는 카페를 뛰어나가 확성기에 대고 소리 지르는 그 누군가를 향해 주먹을 날렸을 것이다. 하지만 이제 그는 그렇게 하지 않았다. 무의미한 폭력으로는 그들을 멈추게 할 수도 무너뜨릴 수도 없는 것을 알기에.

"저들이 이곳에 자주 오나요?"

"음. 자주 오지. 아주 성가시게 자주."

"저렇게 집회를 하는 걸 막을 수는 없는 겁니까?"

"막는다고? 저들을? 오히려 경찰이 저들을 보호하고 있는데? 그들이 우리에게 모욕적인 말을 해도 우리는 그들에게 아무것도 할 수 없네. 경찰이 그들에게 다가가지 못하도록 진을 치고 있으니까. 자국민을 보호해야 한다는 의무감으로. 우리는 외국인이 아닌가. 아니 외국인보다 못한 처지지."

박 노인은 씁쓸한 표정으로 주인아주머니가 가져다준 물 한 잔을 마셨다.

윤하가 납치되기 전까지 애국회의 특이한 활동은 뉴스에서나 볼 수 있는 먼 곳의 일이었다. 그런데 막상 이틀 내내 가까운 곳에서 그들의 만행을 보고 들으니 불쾌한 감정이 차올랐다. 며칠밖에 애국회를 겪지 않은 코헤이도 참기 힘든 일을 이곳 사람들은 매일 겪고 있었다. 그러니 그 고통이 이루 말할 수 없이 클 것이다.

"어떻게 참고 지내십니까? 저런 행동들을."

"처음엔 화가 났지. 참을 수 없을 정도로. 시위대에 가서 항의도 하고 싸움을 한 적도 있네. 그렇게 화를 냈지만 저들은 달라지지 않더군. 더 집요하게 욕을 하고 입에 담을 수 없는 상스러운 말을 하더군. 결국 우리는 침묵하기로 했네. 폭풍이 지나가길 기다리는 것처럼. 다른 이들이 본다면 무기력하다고 하겠지만 어쩔 수 없네. 그들은 멈추지 않을 테니까. 우리가 격렬하게 항의하면 할수록 더 강해질 테니까. 그러다 이런 생각이 들더군. 저들이 정말로 증오하고 미워하는 존재가 과연 조선인인가라는 의문이."

"그건 무슨 뜻입니까?"

"저들은 그저 분풀이를 하고 있는 걸지도 모르네. 사회에서 제대로 대접받고 잘살고 있다면 저런 일에 뛰어들 이유가 없을 테니. 자신들도 어쩌지 못하는 불만을 약한 상대에게 터트리는 것이지. 저들이 주장하는 재일조선인들의 이득은 허무맹랑한 소리거든. 조선인이 일본인들의 것을 빼앗아 혜택을 누리고 있다는 환상은 잘 따져보면 이치에 맞지 않는다는 걸 저들도 알 걸세. 저들은 일부러 눈과 귀를 막고 애국회 활동을 하고 있는 거야."

"불합리한 것을 알면서도 무시한 채 자신들의 불만을 터트리는 도구로 애국회 활동을 한다는 건가요?"

"그렇지. 술 취한 사람이 술주정하는 것과 같지. 그렇게 생각하고 나니 저들이 무섭게 느껴지지 않더군. 기분이 나쁜 건 어쩔 수 없지만."

 박 노인은 물을 마시려다 부인에게 맥주를 청했다. 그의 갈증은 물로 해소할 수 없는 것이었다. 마뜩잖은 표정을 지으며 주인아주머니는 맥주와 마른안주를 테이블에 내놓았다.

 박 씨는 유리잔 가득 맥주를 따라 코헤이에게 건넸다. 차갑고 씁쌀한 액체가 목을 타고 내려가니 답답했던 가슴이 조금은 홀가분해졌다.

 "애국회는 그래도 솔직한 편이라고 생각하네. 그들은 자신의 속내를 숨기지 않고 드러내니까. 정말 무서운 이들은 정중한 이들이지. 해를 끼치지는 않지만 절대로 자신의 속을 보여주지도 곁을 내주지도 않거든. 겉으론 드러내지 않지만 혐오감을 마음속에 가지고 있는 이들이 있지. 아니 혐오감이라면 그래도 낫지. 증오하는 정도는 아니니. 한류는 그저 유행처럼 번진 바람에 불과하네. 한국에 대해 잘 알지 못한 채 그저 환상을 가지고 좋아한 거라고나 할까? 나이 든 일본인들은 한국을 자신들이 지배했던 식민지라고 아직도 생각하고 있고 그보다 젊은 세대들은 한국을 먼 외국쯤으로 여길 뿐 자신들의 조상이 한국에서 무슨 짓을 저질렀는지 알지 못하네. 무지한 거지. 아무도 지난 역사를 가르쳐주지 않았으니까. 모르니까 유행을 좇아 좋아했던 것뿐이야. 언젠가는 한류를 좇던 이들도 그 유행에서 벗어나 현실을 보기 시작할 걸세. 자신들의 뒤를 바짝 쫓아오는 경쟁국으로서의 한국을. 그저 연예인이나 좋아했던 나라가 자신들을 제치고 앞서나가는 것이 꼴 보기 싫겠지. 뒤통수를 얻어맞은 것처럼. 더 나아가면 두렵기까지 하겠지. 한국인들이 가진 일본인에 대한 뿌리 깊은 반일 감정을 알게 된 후에는. 그러니까 애국회 활동을 하는 이들이 오히려 무섭지 않은 걸세. 정말 무서운 건 일본 사회 전체가 한국에 대한 혐오감에 전염되는 것이지. 그 숨어 있는 혐오감은 더 지독하게 우리를 억압할 걸세. 아마도."

박 노인은 긴 넋두리를 끝내고 한숨을 쉬었다. 전쟁이 끝나고 평화로운 시기가 반세기 넘게 이어졌지만 제대로 치유되지 못한 상처는 아물지 못하고 곳곳에서 피를 흘리고 있었다.

"이런, 괜히 말이 길어졌군. 지금 급한 건 자네 문제일 텐데."

박 노인의 말에 코헤이는 가만히 고개를 끄덕였다. 박 노인의 말처럼 지금 그는 지푸라기만 한 단서도 없이 강복순이라는 사람을 찾아야 했다.

"정 방법이 없다면 자네도 저들처럼 하게."

"저 사람들처럼요?"

"그래. 애국회처럼 하는 거야. 다 드러내고 겁주고 협박하고. 납치범들이 자신들의 정체를 드러내지 않고 은밀히 행동한다면 분명 그들도 떳떳지 못한 무언가가 있는 게 틀림없네. 그러니까 오히려 겁을 먹고 숨죽일 대상은 자네가 아니라 그들이란 거지. 자네가 당한 일을 모두 사람들한테 떠벌리게. 사람들의 이목을 끈

후 자신의 불만을 알리는 애국회처럼."

"그러니까 사람들의 시선을 끄는 행동을 한 후에 제 상황을 알리라는 겁니까?"

"맞네. 그 방법이야. 그 수밖에 없어."

"하지만 그러다 윤하가 위험에 처하면 어쩌죠?"

"거절할 수 없는 제안을 제시해야지."

"거절할 수 없는 제안이라면?"

"이에는 이, 눈에는 눈. 그들이 자네를 불안하게 만들어 조종한 것처럼 자네도 똑같이 하는 거지."

"불안하게 만들어 조종하라고요?"

"그렇지. 아니 그들보다 더 강하게 해야 해. 그들이 한 명을 해하면 자네는 두 명을. 그들은 자신들의 이익과 권리를 위해 다른 사람을 억압하고 공격하는 이들이니까 그들보다 더 강하게 하지 않으면 꿈쩍도 하지 않을 걸세."

박 노인은 흡사 자신의 가족이 위해를 당한 것처럼 강한 대응을 해야 한다고 말했다. 그는 코헤이의 일을 마치 자기 일처럼 여겼다. 다른 조선인의 고통도 모두 제 일인 양. 그 감정에는 전염력이 있었다. 그들은 긴 세월 동안 핍박을 받으며 숨죽여 살아왔기에 같은 민족의 고통에 민감했다. 피해의식이 그들을 그렇게 만들었다.

그날 박 노인을 만난 이후 코헤이는 다시 집으로 돌아가지 않았다. 쓰루하시의 오래된 카페에서 그는 사라졌다. 마츠모토라는 성도 버린 채.

11
201X,
폭발사고

어두컴컴한 밖과 달리 슬롯머신 가게 안은 대낮처럼 밝았다. 알록달록한 색깔들의 슬롯머신 앞에는 다양한 연령대의 사람들이 자신의 행운을 뽑기 위해 기계 조작에 열중하고 있었다. 행운을 뽑기 위해 혈안이 되어 있는 사람들 사이로 모자를 깊게 눌러 쓴 젊은 남자가 서성거렸다. 그의 얼굴은 마스크로 가려져 있었으며 한 손에는 종이봉투가 들려 있었다. 그는 가게 안을 훑어보며 게임에 열중하는 이들의 모습을 조심스럽게 살폈다. 그의 시선이 게임에 열중하고 있는 한 중년 남자의 등에 머물렀다. 남자는 초조한 듯 발을 구르며 게임에 빠져 있었다. 젊은이는 그 나이 든 남자의 옆 자리에 자리를 잡았다. 그리고 서너 번 게임을 하다 은근슬쩍 옆에 앉은 남자에게 말을 걸었다.

"오늘 운이 좋지 않으신가 봐요?"

"무슨 상관이오. 내 운이 좋든 말든."

슬롯머신 기계에 가진 돈을 다 잃은 중년의 남자는 무뚝뚝하게 대답했다.

"혹시 돈이 급하시다면 제가 좀 융통해드릴 수 있는데. 생각 있으십니까?"

모자를 쓴 젊은이가 뜬금없이 돈 이야기를 꺼내자 도박에 빠져 있던 남자는 눈을 동그랗게 뜨고 의아한 표정을 지었다.

두 사람은 짧은 대화를 나누고 슬롯머신 가게를 빠져나왔다. 가게를 나온 두 사람은 그 길에서 각각 다른 방향으로 헤어졌다.

평범한 운동복 차림의 중년 남성은 옆자리의 남자가 건네준 종이봉투를 들고 신주쿠역 서쪽 출입구 쪽으로 걸어갔다. 모자를 쓴 젊은이가 그에게 서쪽 출입구 근처 철도 아래에 그 종이봉투를 가져다 놓아달라는 부탁을 했으므로. 종이봉투를 정해진 장소에 놓아두는 조건으로 젊은이는 남자에게 그가 잃은 돈의 두 배를 주기로 약속했다. 반은 선금으로 받고 나머지는 일이 끝난 후 서쪽 출입구 앞에서 받기로 했다. 출입구만 200여 개 이상에 달하는 신주쿠역은 지하 미로와 같았다. 거미줄처럼 이어져 있는 그 미로에 수많은 인파가 집중되어 움직였다. 출퇴근 시간에는 사람들의 물결로 갑갑할 지경이었다. 사방을 연결하는 역 출입구 중에서 서쪽 출입구 근처에는 철도선이 도로 위로 이어져 있었다. 철도선 아래에는 사람들이 지나다니는 보도가 있었는데 그곳은 대낮에도 어두컴컴했다. 철도 아래 방치된 물건들은 비닐 천막으로 쌓여 있었고 그 옆에는 주인이 찾아가지 않는 버려진 자전거들이 세워져 있었다. 그렇게 지저분하고 어두운 장소에 종이봉투 하나를 두고 오는 건 어려운 일이 아니었다. 중년 남성은 그 일의 대가로 큰돈을 받는 것이 오히려 미안할 정도였다. 남자가 버려진 물건들 사이에 종이봉투를 놓고 서쪽 출입구 쪽으로 걸어가자 길 가던 행인 한 명이 그의 손에 코인로커 키를 쥐여주고 사라졌다. 너무 순식간에 일어난 일이라 남자는 얼떨떨한 표정으로 주위를 두리번거렸다. 행인들 중에서 누가 자신에게 코인로커 키를 주고 갔는지 찾기 위해. 수많은 이들이 그를 스쳐 각자의 방향으로 흩어졌다. 여러 방향으로 동시에. 그들 사이에서 자신에게 키를 준 이를 찾는 것은 불가능한 일이었다. 소나기처럼 쏟아지는 빗줄기 속에서 단 하나의 빗방울을 찾는 것처럼.

  그날 새벽, 역 주변의 인적이 가장 드문 시간. 서쪽 출입구 근처 철도선 아래에서 갑작스럽게 폭발음이 들렸다. 폭발 후 그 주변으로 불길이 번져 작은 화재가 발생했다. 역 근처 소방서에서 일제히 화제 현장으로 출동했고 불길은 몇 분 만에 진화되었다. 폭발을 일으킨 원인은 아주 간단한 구조로 만들어진 파이프 폭탄이었다. 배관용 파이프를 개조해 기폭장치와 연결한 수준 낮은 폭발물이었다. 낮은 위력을 가진 화약을 사용했기에 신주쿠역 폭발사고는 폭발이라기보다 폭연 현상을 일으키는 연출에 불과했다. 소리에 비해 규모가 작은 폭발이었고 인명피해나 재산피해도 없었다. 그런데도 아침 뉴스에 신주쿠역 폭발사고라는 제목이 뜨자 사람들은 불안해했고 신주쿠역을 이용하는 승객들의 수가 급격히 줄어들었다. 주변 상가에도 사람들의 발길이 끊어졌다. 언제나 사람들로 붐비던 거리가 거짓말처럼 한적해졌다. 서쪽 출입구는 도쿄도청과 근거리에 위치한 곳이기에 뉴스에서는 정부 정책에 불만을 가진 이들의 소행일지도 모른다는 섣부른 보도를 내보내기도 했다.

신오쿠보역 근처 호텔 방에서 코헤이는 아침 뉴스로 지난밤 일어난 폭발사고에 관한 뉴스를 확인했다. 슬롯머신 가게에서 만난 남자는 계획대로 적절한 위치에 폭발물을 갖다두었고 그가 바라던 대로 폭발사고가 뉴스에 보도되었다. 오늘 그가 해야 할 일은 신주쿠역 폭발사건을 일으킨 이가 자신이라는 사실을 밝히는 일이었다. 그 일은 몇 번 클릭만 하면 되는 간단한 일이었다. 정해진 시간 코헤이는 호텔 방을 나와 오사카로 돌아왔다. 오사카 시내를 돌아다니다 미리 알아보았던 네트카페에 자리를 잡고 두 번째 계획을 실행했다.

코헤이는 미리 찍어두었던 짧은 영상을 사람들이 가장 빈번하게 사용하는 사이트에 올렸다. 그가 '신주쿠역 폭발사건 범인 동영상'이라는 제목으로 파일을 올리자 순식간에 접속자들이 늘어나기 시작했다. 아직 사용 시간이 남았지만 코헤이는 계획된 모든 일을 마치고 네트카페를 나왔다. 이제 그가 의도한 일은 모두 끝났다. 이제 남은 일은 일주일 동안 윤하가 돌아오기를 기다리는 것뿐이다. 네트카페를 나온 코헤이는 정처 없이 걸었다. 긴 기다림을 버티기 위해 그는 자신의 존재를 숨기고 어둠 속에 머물 것이다. 길거리를 가득 메운 인파를 헤치며 코헤이는 걷고 또 걸었다. 더 이상 걷지 못할 그 순간까지.

  신주쿠역 폭발사건이 벌어진 후 온종일 뉴스에서는 폭발사건과 관련된 보도가 이어졌다. 범인에 대한 온갖 추측이 난무하는 사이 다시금 아나운서들을 분주하게 만드는 사건이 벌어졌다. 포털 사이트와 SNS에 폭발사건의 범인이 직접 올린 동영상이 공개된 것이다. 그 동영상은 곧 TV 화면을 통해 일본 전역에 방영되었다. 거실에 앉아 빨래를 개며 TV를 보고 있던 시노하라는 우연히 튼 채널에서 그 동영상을 보았다. 동영상 속 남자는 모자와 마스크로 얼굴을 가렸지만 그 실루엣이 낯설지 않았다. 말하는 어투와 고개를 움직이는 모습까지 영상 속 남자는 코헤이와 닮아 있었다. 아니 그는 코헤이가 틀림없었다.
  TV 화면 속 코헤이가 차분하게 말했다.
  "저는 지난 새벽 신주쿠역 서쪽 출입구 근처에 폭발사고를 일으킨 범인입니다. 제가 그런 불미스러운 사고를 일으킨 이유는 저의 급박한 사정을 사람들에게 알리기 위함이었습니다. 한 달 전 김윤하라는 한국인 여성이 저를 찾아왔습니다. 그녀는 몇 주 동안 저의 집에 머물게 되었고 한국으로 돌아가기로 한 날 집에서 흔적도 없이 사라졌습니다. 그리고 얼마 후 애국회 회원을 통해 그녀가 '일미회'라는 조직에 의해 납치되었다는 사실을 알게 되었습니다. 그 일미회라는 단체가 어떤 일을 하며 누구에 의해 조직되었는지 자세히 알려진 바는 없습니다. 일미회는 저에게 강복순이라는 사람을 찾으면 김윤하를 풀어주겠다는 제안을 해왔습니다."

코헤이는 자신이 저지른 일을 밝히면서 불안감에 손을 마주 잡았다. 그러고는 짧게 심호흡을 하고 다시 말하기 시작했다.

"제가 폭발사건을 일으킨 이유는 오로지 '일미회'라는 조직이 김윤하라는 여성을 납치한 사실을 알리기 위함입니다. 저는 납치된 김윤하 씨가 조속히 풀려나길 바랍니다. 만약 일주일 내로 김윤하라는 여성이 자신의 나라로 돌아가지 못한다면 2차 폭발이 일어날 것입니다. 처음보다 더 강하게."

코헤이는 첫 번째 폭발은 사람들의 주목을 끌기 위한 전시용이었고 그가 바라는 일이 성사되지 않을 경우 두 번째 폭발이 일어날 것임을 경고했다. 뉴스에서 아나운서와 패널들은 공개된 동영상에 대해 이런저런 추측을 늘어놓으며 요란법석을 떨었다. 몇 년 전 중학생이 신주쿠역에서 벌인 예고 살인 사건과 비교 분석하면서. 범인이 어떤 인물인지 알아내기 위해 각 분야의 전문가들이 긴 토론을 벌였다. 흥분한 뉴스 진행자의 멘트를 듣고 있던 시노하라는 TV를 꺼버렸다. 그들이 떠드는 말을 듣지 않아도 그녀는 폭발을 일으킨 범인이 누구인지 알고 있었으니까.

정말 코헤이가 원하는 대로 일미회가 김윤하라는 여성을 풀어 줄지는 알 수 없는 일이었다. 시노하라가 알고 있는 과거의 그 일미회가 지금 코헤이가 말한 그 일미회가 맞는다면. 일미회라는 조직은 국가라는 대의를 위해 행동하는 조직이긴 하지만 그 내면을 살펴보면 지극히 개인적인 영달을 위해 모인 이들에 불과했다. 자신들이 원하는 것을 얻기 위해서 정치를 조작하고 다른 이의 생명쯤은 아무렇지 않게 생각했다. 그들이 이끈 전쟁으로 수많은 사람이 죽고 다쳤지만 그들은 아직도 살아남아 영원한 부를 누리고 있었다. 그런 그들이 코헤이의 이런 돌발적인 행동으로 무너지지는 않을 것이다. 다만 그들은 자신들의 정체가 사람들에게 알려지는 것이 부담스러울 것이다. 누구보다 은밀히 숨어 있던 그들의 모임이 TV 전파를 타고 전국적으로 드러났으니. 사람들은 일미회를 궁금해할 테고 그들이 무엇을 하는 단체인지 알고 싶어 할 것이다.

그들이 하는 일이 무엇인지 시노하라는 정확히 알지 못했지만 그들이 자신을 원한다면 그 이유는 한 가지뿐이었다. 그녀의 몸에서 일어나고 있는 이상한 현상을 알아내기 위해서.

그녀의 아들이 죽던 날, 그녀의 유전자 분석 결과지도 사라졌다. 만약 일미회가 그 내용을 알고 있다면 그들에게 필요한 건 단 한 가지, 실험체다. 살아있는 검체가 있어야 그들이 알고자 하는 것을 실험할 수 있을 테니까. 그들은 언제나 코헤이의 주변을 맴돌며 호시탐탐 기회를 엿보고 있었다. 코헤이를 압박할 구실이 필요했던 그들에게 윤하는 너무나 알맞은 먹잇감이었다. 솔직히 말해 그들은 코헤이가 복순을 찾아낼 거라고 믿지 않았을 것이다. 그들의 정보망으로 찾아낼 수 없는 인물을 코헤이가 찾아낼 리 만무하니까. 그들이 노리는 것은 단 한 가지 복순이 스스로 정체를 드러내는 것이었다. 코헤이의 주변 어딘가에 복순이 있을 것이라고 짐작하면서.

두 번째 이름을 얻으면서 복순은 자신의 얼굴도 바꾸었다. 그녀의 외모는 더 이상 이전 모습이 아니었다. 마네키라는 인물을 알고 있는 이들도 그녀를 알아보지 못했다. 그녀는 새로운 사람이 되어 코헤이 주변으로 돌아왔다. 시노하라는 새로운 인물이 되어. 전혀 다른 인물이 되어버린 그녀가 과거에 강복순이었다는 사실을 알고 있는 사람은 이 세상에 단 한 명도 없었다.

세상 속에서 그녀의 존재를 알아낼 수 없기에 그들의 마지막 단서는 오직 코헤이뿐이었다. 코헤이는 소중한 미끼였고 그 미끼를 이용해 그들은 복순을 찾아낼 방법을 찾고 있었다. 그러다 새로운 등장인물과 함께 기회가 찾아온 것이다. 그들은 코헤이의 삶을 송두리째 흔들어놓았다. 복순은 어딘가에서 코헤이를 지켜보고 있을 테니 코헤이의 삶이 망가질수록 복순도 함께 불안해질 것이라 여긴 것이다. 그들은 복순이 스스로 코헤이에게 자신의 정체를 드러내길 바랐다. 그들의 계획은 그들이 바라는 예상과 어느 정도 맞아 들어갔다. 코헤이는 애국회를 찾아가 행패를 부렸고 오사카에서 복순을 찾는 것도 실패했다. 그런데 복순이 스스로 나타나길 기다려야 할 그때 그가 예상 밖의 행동을 벌이고 만 것이다. 신주쿠역에 폭발사고를 일으키는 것으로. 비밀유지를 위해 항상 조심하던 일미회에게 보기 좋게 뒤통수를 친 격이었다.

  신주쿠역은 일본 열도에서 가장 많은 유동인구가 움직이는 도심의 심장이다. 그 심장에 폭탄을 던진 것이니 전국이 떠들썩하지 않을 수 없었다. 코헤이의 노림수가 그것이라는 것을 일미회도 단번에 간파했지만 폭발사고에 관한 관심이 너무나 광범위해 그들의 힘으로 여론을 막을 수 없었다. 아무리 TV와 인쇄 매체를 통제한다 해도 네트워크를 돌아다니는 동영상과 글들을 모두 걸러낼 수는 없었다. 순식간에 퍼진 신주쿠역 폭발사건 범인 동영상은 어쩔 수 없이 메인 언론에 등장할 수밖에 없었고 세상에 일미회의 정체도 드러나게 되었다. 목표를 달성할 때까지 비밀유지가 최우선 과제였던 일미회로서는 당황하지 않을 수 없었다. 코헤이는 자신이 이루어놓은 모든 것을 버렸다. 그들이 전혀 상상하지 못했던 방식으로. 이제는 오히려 그가 일미회를 압박하고 있었다. 새로운 폭발을 일으킬지도 모른다는 불안감을 조성하면서. TV 뉴스와 신문은 테러 예고에 벌써부터 갖가지 추측과 예상을 쏟아내었고 감이 좋은 프리랜서 기자들은 서서히 전 방위적으로 일미회의 존재를 캐낼 것이다. 일미회의 존재와 그들이 하는 사업이 무엇인지 알아내기 위해서.

패망 후 전쟁을 주도하거나 찬성한 세력들은 미국에 의해 전범으로 유죄를 선고받았지만 가장 강력한 제국주의 국가가 실현되었던 그 시대를 잊지 못한 이들은 여전히 남아 있었다. 제국주의를 옹호하는 이들의 정신은 어떤 외부 조건에서도 살아남는 강력한 곰팡이 포자처럼 어둠 속에서 숨죽이며 자신들의 존재를 유지해왔다.

일본 경제의 재부상과 버블시대의 넘처나는 부를 누리며 열도의 국민들은 전쟁을 잊었다. 아니 그들은 과거의 일에 관심조차 가지지 않았다. 1945년 패전 후부터 2000년까지 일본을 이끈 세력은 전쟁을 치른 세대다. 그들은 단 한 번도 정권을 놓아본 적이 없었다. 한 세력이 정권을 쥐고 놓지 않았던 시대가 반세기가 넘는다. 하지만 그들이 정권을 쥐고 있던 시대에는 미국식 민주주의 교육을 받은 세대가 사회를 주도하고 있었다. 둘 사이의 균형이 절묘하게 이루어지면서 일미회는 자신들의 정체를 교묘히 숨겨왔다. 하지만 이제 전쟁을 겪은 세대도 미국식 교육을 받은 반전 세대도 서서히 주도적 세력에서 밀려나고 있었다. 전쟁에 대한 부채의식이 없는 새로운 세대가 등장한 것이다. 전쟁과 상관없는 새로운 세대에게는 죄의식이 없다. 무지하기 때문에. 전쟁과 전후를 알지 못하기에 그들에게 옳은 것은 자신들에게 이익을 주는 것뿐이다. 새로운 세대는 갈림길에 놓여 있었다. 그들이 원한다면 제국주의도 전쟁도 가능하다. 수면 아래 숨어 있던 패전 전의 질서로 회귀를 바라는 의식들이 서서히 부활할 가능성도 있었다. 하지만 아직 일미회의 정체가 드러나는 것은 시기상조였다. 그들이 원하는 강한 국가를 이루기 위해 조금 더 기다릴 필요가 있었다. 진정한 부활을 위해서. 그 부활을 위해 그들은 결정을 내려야 했다. 그들이 벌인 납치 사건을 어떻게 마무리 지어야 할지.

　코헤이는 모든 것을 걸고 그들과 싸우고 있었다. 가만히 앉아 있을 수 없는 상황이었다. 이 어려움을 타개할 방법을 고민해야 했다. 애초에 그들이 원하는 이는 오직 복순뿐이었을 테지만 일은 이제 걷잡을 수 없이 커져 코헤이의 삶도 돌이킬 수 없게 되었다. 만약 일주일의 시간이 지난 뒤에도 윤하가 풀려나지 않는다면 코헤이는 또 다른 사건을 벌일 것이다. 복순은 더 이상 숨어 있을 수 없었다. 모든 것을 되돌려놓을 수 있는 열쇠를 쥐고 있는 사람이 그녀뿐이니. 복순은 자신이 쥐고 있는 열쇠로 자물쇠를 열 수 있는 사람을 찾아가야 했다. 그녀가 알고 있는 이 중에서 가장 높은 곳에 존재하는 사람에게.

　아사코. 그녀뿐이다. 이 모든 문제를 해결할 수 있는 사람은. 모든 사건을 곰곰이 돌이켜보면 코헤이에게 일어난 일은 우연이 아니었다. 코헤이에 대해 잘 알고 있는 이가 벌인 일이 분명했다. 코헤이의 아버지가 누구인지 알면서 복순에 대해 알고 있는 이가 이 사건과 관련되어 있는 것이다. 복순과 그녀의 가족사를 모두 알고 있는 사람, 복순이 후쿠오카 감옥에 갇혀 있다 방면된 후 그녀의 몸에 이상한 증후가 나타난 사실을 알고 있는 사람. 그런 이라면 이 세상에 단 한 사람밖에 없다. 그 사실을 모두 알고 있던 료헤이는 몇 년 전 노환으로 눈을 감았다. 그러니 남아 있는 이는 단 한 사람. 아사코뿐이다. 그녀는 복순에 대해 모든 것을 알고 있다. 복순이 신분을 바꾸기 전에 살았던 삶에 대해서. 코헤이와 관련된 일이 모두 일미회라는 조직에 의한 것이라면 그 일미회는 아사코와 깊은 관련이 있을 것이다. 아니 그 조직을 이끄는 이가 아사코일지도 모른다. 아사코는 대륙낭인의 후원을 받아왔고 아다치의 양녀가 되었다. 일미회의 수장인 아다치는 아사코를 수양딸로 삼으면서 그녀를 조직의 상징으로 만들었다. 아사코는 제국주의를 전파하는 여신이었고 그녀는 과거에도 일미회라는 조직에서 무시할 수 없는 존재였다. 그러니 복순은 아사코를 만나야 했다. 이 모든 일을 원래대로 되돌려놓기 위해서.

롯폰기힐스는 도시 재개발 프로젝트를 목적으로 건설된 건물 여덟 채가 모여 있는 주상 복합 단지로 그 자체가 하나의 도시였다. 복순도 시내를 다닐 때면 그곳을 여러 번 지나친 적이 있었다.

하지만 그 거대한 건물 안으로 들어가려 했던 적은 없었다. 미래 도시를 연상시키는 높고 깨끗한 빌딩들이 어우러져 있는 그곳은 푸른 정원으로 둘러싸여 있었다. 복순은 사람들이 많이 드나드는 모리빌딩을 지나 롯폰기힐스 레지던스로 향했다. 그곳은 사생활 보호가 철저하게 보장되고 외부인이 함부로 들어갈 수 없는 주거지였다. 철두철미한 보안으로 안정된 삶을 누릴 수 있는 그 빌딩에는 연예인들과 유력인사들이 살고 있었다. 일반인들의 출입이 완전히 통제되었기에 그 안으로 들어갈 수 있는 사람은 허락된 소수뿐이었다.

　복순은 고개를 들어 하늘 높이 솟은 빌딩을 바라보았다. 그곳 최상층에 그녀가 찾는 이가 살고 있었다. 전쟁 중에도 최고 인기 배우였던 아사코는 전후에도 인기와 부를 놓치지 않았다. 모든 것을 가진 아사코가 자신의 노후를 보내기 위해 선택한 곳으로 롯폰기힐스만 한 곳은 없었다. 복순은 몇 년 전 국민배우 아사코가 선택한 최고급 주택이라는 제목의 기사를 본 적이 있었다. 아사코의 근황은 복순이 알고 싶지 않아도 저절로 모든 매체에서 흘러나왔다. 그러니 복순이 아사코를 만나기 위해 롯폰기힐스를 찾아온 것은 당연한 일이었다.

　아사코는 평상시와 다름없이 거실 소파에 앉아 전면 유리창으로 도쿄 시내를 내려다보았다. 영국 여왕이 마신다는 홍차의 향기로운 향을 맡으면서. 그녀는 이렇게 조용히 혼자만의 시간을 가지면서 고민하던 문제들을 하나둘 해결하곤 했다. 근래에 머릿속을 어지럽히는 꽤 심각한 문제가 생겨 그녀는 그날도 어김없이 차를 마시며 자신만의 시간을 보내고 있었다. 그녀가 이렇게 혼자만의 시간을 보낼 때는 언제나 곁을 지키던 비서도 자리를 비운다. 푸른 하늘 아래 펼쳐진 도쿄 시내를 바라보자 작은 건물들이 장난감처럼 보였다. 그 오밀조밀한 곳에서 인간들이 살고 있다는 생각을 하면 아사코는 절로 미소가 지어졌다. 그 안에 살고 있는 인간들은 그녀가 이리저리 움직이는 인형과 같았다. 하루 벌이에 고단한 삶을 살아가는 가련한 인간들을 보며 아사코는 언제나 흡족한 기분이 되었다. 하지만 오늘은 아니었다. 신주쿠역에 폭발사고를 일으킨 범인이 저 안 어딘가에 숨어 있을지도 모른다는 생각이 들자 전혀 기분이 좋아지지 않았다.

   마츠모토 코헤이를 궁지로 몰아 강복순이 스스로 정체를 드러내게 하겠다는 애초의 계획은 그리 나쁘지 않았다. 복순은 정체를 숨긴 채 코헤이의 주변을 맴돌고 있을 테니까. 여태껏 조심스럽게 코헤이의 주변을 감시한 것은 복순의 아들을 죽음으로 내몬 사건의 전철을 밟지 않기 위해서였다. 준페이의 죽음은 명확히 사고였다. 그들은 그저 그의 행적을 미행하고 있었을 뿐이었다. 어떤 위해를 가할 생각은 가지고 있지 않았다. 준페이는 복순의 거처를 알아낼 수 있는 소중한 미끼였으니까. 그런데 그들의 정체를 알아챈 준페이가 너무 민감하게 반응하는 바람에 사고가 일어나고 말았다. 준페이의 죽음 이후 이제 남은 미끼는 코헤이뿐이었다. 그래서 더 조심스럽게 감시했다. 섣불리 코헤이를 건드렸다가는 마지막 남은 그까지 잃을 수 있을 테니까. 그래서 일미회는 기회를 엿보고 있었다. 코헤이에게 빈틈이 생기기를. 코헤이는 생각보다 철저하게 자신을 지켰고 좀처럼 기회는 찾아오지 않았다. 그런 와중에 윤하라는 여자가 코헤이를 찾아온 것이다. 여자를 납치하는 일은 그리 어려운 작업이 아니었다. 코헤이의 주변은 일미회의 감시망에 들어 있었으니까. 여자를 찾기 위해 코헤이가 고군분투할수록 주변에 있는 복순도 그 사실을 알게 될 것이다. 일미회는 그런 코헤이를 점점 더 궁지로 몰아갈 생각이었다. 복순을 찾기 위해 동분서주하는 코헤이의 모습을 지켜보던 복순이 스스로 모습을 드러내도록. 그런데 일이 예상하지 못한 방향으로 전개되고 있었다. 코헤이가 그들이 상상하지 못하는 방식으로 자신들을 공격하기 시작한 것이다. 이번 사건을 어떻게 마무리해야 할지 아사코는 아직 결정하지 못했다. 다음 정기회의 전까지 모든 사항을 결정해야 하는데.

고민에 쌓인 아사코가 향을 음미하며 차를 마시는 사이 비서가 조심스럽게 다가와 그녀에게 조용히 말을 전했다. 강복순이라는 여성이 아사코를 찾아왔다고. 찻잔을 들고 있는 아사코의 주름진 손이 미세하게 떨렸다.

강복순이 제 발로 찾아왔다. 아사코가 그토록 찾기를 염원했던 그녀가. 일이 잘못되었다고 생각했었는데 일미회의 계획대로 복순이 움직였다. 코헤이의 과감한 행동이 오히려 득이 된 격이었다.

비서와 함께 한 여인이 아사코가 앉아 있는 소파 쪽으로 걸어 들어왔다. 얼굴 생김새가 낯설다. 아사코가 알고 있는 얼굴이 아니었다. 속은 걸까, 하는 의문이 드는 순간 그녀 앞에 선 여자가 먼저 인사를 건넸다.

"오랜만이야. 아사코."

복순의 목소리였다. 젊었던 그 시절 그대로인. 그녀의 목소리는 젊은 시절과 거의 같았고 외모도 아사코보다 사십 년은 더 젊어 보였다. 갓 마흔을 넘긴 성숙한 여인의 모습이었다. 그녀의 피부는 아직도 탄력을 유지하고 있었고 눈가에 작은 주름만이 그녀의 나이를 짐작하게 했다. 복순은 아직도 왕성한 활동을 할 수 있을 만큼 젊어 보였다. 살집이 알맞게 붙은 몸매를 가지고 있었고 허리도 꼿꼿했다. 그에 반해 아사코의 얼굴은 굵은 주름이 얼굴 전체를 뒤덮고 있었고 사지는 메말라 있었다. 아사코와 복순의 사이에는 수십 년의 시차가 존재했다.

"전혀 몰라보겠군."

"다른 이들보다 천천히 늙어가는 건 좀 성가신 일이지. 몇십 년에 한 번씩 인생을 리셋해야 하니까."

"그래? 그런 난감한 점이 있었군. 그래도 부러워. 내가 너였다면 인생을 리셋한다 해도 젊음을 유지하며 사는 쪽을 선택하겠어."

"그렇게 다 가지고도 더 가지고 싶은 게 있다니 넌 어릴 때와 하나도 변한 게 없군. 사람들의 관심을 독차지하고 모든 걸 제 뜻대로 하지 않으면 직성이 풀리지 않는 점이."

"바로 그 점이 내가 성공한 이유지. 양아버지도 나의 그런 점을 좋아하셨거든. 오직 승자만이 살아남는 세상이니까. 그래서 양아버진 날 자신의 후계자로 삼으셨지. 그가 가진 돈과 권력을 모두 내게 남겨주기 위해. 난 그런 양아버지의 뜻에 따라 이 나라를 위해 내 젊음을 바쳤어. 봐. 보라고. 저 밖을."

아사코가 떨리는 손으로 유리벽을 가리켰다. 거대한 빌딩 사이로 작은 집들이 박물관 모형처럼 다닥다닥 붙어 있었다.

"어때? 내가 만든 세상이? 저 속에서 살 만했나?"

"흥, 네가 만들었다고? 착각이 너무 크군. 저 유리 너머 세상은 특별한 몇몇 인간에 의해 만들어진 곳이 아니야."

자신의 말에 항변하는 복순을 보고 아사코는 한쪽 입꼬리를 올리며 웃었다.

"정 그렇게 생각한다면 어쩔 수 없지. 그것보다 이쪽에 앉는 게 어때? 우리 긴히 할 이야기가 있지 않아?

"아니, 여기서 말하는 게 좋아. 이곳에 오래 머물고 싶지 않으니까. 너희들이 무슨 일을 벌이려고 하는지는 모르겠지만 잘못된 일은 모두 원래대로 돌려놔."

"돌려놓으라고? 뭘? 아, 그 한국에서 온 여자를 말하는 거군.

되돌려놓으라는 건. 뉴스에서 들은 것 같네. 그 납치사건."

"말 돌리지마. 너는 알고 있잖아. 누가 그런 짓을 저질렀는지. 대륙낭인의 조직들. 그들 짓이지?"

복순이 직접 일미회를 거론하자 아사코의 얼굴에 웃음기가 사라졌다. 복순이 짐작하고 있던 생각들이 사실인 것을 증명하듯이.

"아버지의 조직을 함부로 말하지 마. 그분은 국가를 위해 모든 걸 바친 위대한 분이라고."

아사코의 진지한 표정에 복순은 절로 웃음이 터져 나왔다.

"위대한 분? 그 위대한 분이 만든 조직이 겨우 한다는 게 사람 감시하고 납치하는 거야? 그건 범죄야. 그러니까 모든 걸 원래대로 돌려놔. 코헤이가 평범한 일상을 살았던 그때로."

"왜 그래야 하지? 내가 무엇 때문에? 그런 수고스러운 일을 하겠어?"

"해야 할 거야. 그렇지 않으면 너희들은 원하는 것을 잃게 될 테니까. 영원히."

"잃는다고?"

"무슨 말인지 몰라? 너희들이 원하는 실험체를 잃게 된다는 뜻이지. 다시 얻을 수 없는 이 세상에 단 하나밖에 없는 것을."

의미심장한 복순의 말에 아사코의 안색이 어두워졌다. 그녀가 소망하는 것은 단 하나. 젊음이었다. 아니 더 이상의 노화만이라도 막을 수만 있다면 그것만으로도 좋았다. 그것을 위해서 그녀는 복순이 필요했다. 그녀에게 젊음의 열쇠를 알려줄 실험체가. 그러니 그것을 잃는다는 것은 그녀의 소망을 모두 잃는 것과 같았다. 더 이상 나약하게 늙어가고 싶지 않았다. 자신이 가진 모든 것을 더 누리고 싶었다. 할 수만 있다면 영원히 누리고 싶었다. 죽음이란 끝을 회피하면서.

"무슨 소리야. 실험체가 사라지다니. 네가 어떻게 사라지지?"

"아주 간단하지. 죽음이란 끝이 있으니까. 내가 죽는다면 너희들은 내 몸의 비밀을 하나도 알 수 없게 될 거야. 지금 내 몸에는 서서히 독이 퍼지고 있어. 그러니까 대답해. 네가 가진 모든 힘을 동원해서 그 아이의 삶을 되돌려놓겠다고. 그렇게 하지 않는다면 난 해독제를 맞지 않을 테니까."

복순의 입에서 죽음이라는 단어가 흘러나오자 아사코는 정신을 차릴 수 없었다. 그녀에게는 복순의 행동이 전혀 이해되지 않았다. 누군가를 위해 자신의 목숨을 끊는다는 건 그녀 사전에 불가능한 일이니까. 게다가 영원한 젊음을 가진 유일무이한 몸을 가진 그녀가 아닌가.

"빨리 연락해. 할 수 있는 모든 사람에게. 네가 늦을수록 내 몸의 독은 더 많이 퍼질 테니까."

말을 끝낸 복순의 얼굴이 점점 창백해져 갔다. 통증을 참기 위해 그녀가 아랫입술을 깨물었다. 그녀의 말이 거짓이 아니라는 증거였다. 복순의 몸에는 반시뱀의 사독이 퍼지고 있었다. 반시뱀은

맹독성 독사로 그 독이 퍼지면 통증과 함께 출혈 증상이 일어나고 증상이 심해지면 쇼크로 사망에 이를 수 있었다.

아사코는 손을 벌벌 떨면서 비서가 가져다준 전화로 여러 사람과 통화했다. 신주쿠역 폭발사건을 무마시키고 김윤하라는 여자를 빨리 풀어주기 위해. 아사코의 말은 아주 다급했다.

"김윤하라는 여자를 빨리 풀어줘요. 이유는 묻지 말고 최대한 빨리!"

전화 속 상대가 아사코의 말에 토를 달자 아사코는 단호하게 다시 자신의 뜻을 전했다.

"지금 당장 그 여자를 풀어주지 않으면 당신은 해고야."

아사코의 확고한 의지를 전해 들은 상대는 알겠다는 대답을 하고 바로 전화를 끊었다.

"얕은수는 쓰지 않는 게 좋을 거야. 모든 상황이 제대로 해결되지 않으면 넌 내 시체를 만나게 될 테니까."

"그런 일은 없어. 약속하지."

아사코의 다짐을 받은 후 복순은 추후 결과를 지켜보겠다는 말을 남기고 그 자리를 빠져나왔다. 복순이 아사코의 집을 나서도 아사코는 그녀를 제지하지 못했다. 복순이 자신의 목숨을 버릴 수도 있다는 생각에.

복순은 유유히 아사코의 집을 나와 엘리베이터를 탔다. 그리고 건물 밖으로 나오자마자 떨리는 손으로 겉옷 주머니에 있던 작은 주사기를 꺼내 자신의 팔에 꽂았다. 주사액이 체내로 들어가자 복순은 그 자리에 주저앉아 버렸다. 항혈청 액이 혈관을 타고 서서히 온몸으로 퍼졌다. 지나가는 사람들이 길바닥에 앉아 고개를 숙이고 있는 복순의 모습을 흘깃거리며 피해간다. 복순은 조용히 눈을 감았다. 그녀의 몸이 바람에 흔들리는 갈대처럼 휘청거리더니 그대로 바닥에 쓰러졌다.

독이 전신으로 퍼질 위험을 감수한 까닭은 그녀 스스로도 죽음을 선택할 수 있다는 사실을 경고하기 위해서였다. 복순은 끝나지 않을 것 같은 자신의 시간을 끝내기 위해 오래전부터 사독을 구해놓고 있었다. 만약 스스로 죽음을 선택하고 싶은 날이 오면 그때 그 독을 주입하기 위해서.

아마도 아사코는 상상하지 못했을 것이다. 복순이 죽음을 각오하고 찾아오리라는 것을. 생각지 못한 복순의 공격에 당황해 그녀는 오늘 순순히 복순의 뜻대로 움직여주었다. 아사코의 의지가 오늘 복순의 갑작스러운 행동 때문에 꺾였지만 그녀의 패배는 오래가지 않을 것이다. 아사코의 욕망은 그 어떤 이보다 강하니까. 아사코는 오늘 일로 자신의 목적을 포기할 사람이 아니다. 그녀는 더 집요하게 복순을 파헤칠 것이다.

이제 그들은 복순의 얼굴을 알게 되었다. 얼마 지나지 않아 그들은 그녀가 어떤 사람인지 파악하고 복순을 찾아낼 것이다. 만약 그런 일이 벌어진다면 복순은 아무 저항도 하지 못하고 그들의 실험도구가 될지도 모른다.

　항혈청 액이 온몸에 퍼져 사독이 중화되자 복순은 서서히 의식을 되찾았다. 빌딩 사이를 둘러싸고 있는 아름다운 정원을 바라보며 그녀는 조용히 심호흡했다. 이제 자신의 몸은 어찌 되든 상관없었다. 그녀가 살아온 시간은 그것만으로 충분하니. 하지만 그녀에게는 마지막 소망이 있었다. 코헤이가 다시 평온한 일상으로 돌아가는 것이었다. 그 모습을 지켜보기 위해 그녀는 아직 죽을 수 없었다.

　복순이 아사코를 찾아간 이후 신주쿠역 폭발사건에 대한 언론 보도는 서서히 사라졌다. 사건 유발자가 체포되었다는 영상과 김윤하라는 여성이 대사관 직원들과 한국행 비행기에 탑승하는 과정이 TV를 통해 방영되었다. 모든 사건이 마무리되었고 폭탄은 다시 터지지 않았다.

　대부분의 시청자들은 자신의 눈으로 본 범인의 모습과 한국인 여성의 출국 장면을 진실이라 믿었다. 그렇게 온 나라를 떠들썩하게 만들었던 폭발사건은 점차 사람들의 관심에서 멀어져 갔다. 누구도 동영상 속 남자가 외쳤던 말에 신경 쓰지 않았다. 마스크로 얼굴을 가린 남자가 폭로한 일미회라는 조직에 대해 알려고 하지 않았다. 그런 조직이 있든 없든 대부분의 사람과는 아무 상관이 없었으니. 일미회를 언급한 최초의 사건은 그런 식으로 마무리되었다. 사건이 일어나기 전의 평화로운 때로.

세상은 다시 평범한 일상으로 돌아갔다. 잠이 덜 깬 몸을 이끌고 사람들은 일터로 나갔고 하루 종일 자신에게 주어진 일들을 해나갔다. 신주쿠역에는 매일 300만이 넘는 사람들이 지나다녔다. 작은 변화가 있다면 서쪽 출입구 근처 철도 아래에 버려져 있었던 물건들이 모두 말끔히 사라지고 밝은 조명등이 설치되었다는 점이다. 불안감을 망각한 사람들은 무심히 그곳을 지나다녔다. 이제 철길 아래에 누군가 폭탄을 설치할 일은 전혀 없을 것이라 생각하며.

오로지 두 사람에게만 이 사건의 흔적이 깊은 상처로 남았다. 후추 시라는 평화로운 작은 도시에서 평범한 일상을 살아가던 젊은이가 행방불명되었고 그가 운영하던 병원은 문을 닫았다. 그리고 그곳에서 성실하게 일했던 시노하라라는 간호 조수가 감쪽같이 사라졌다는 사실도 사람들은 알지 못했다. 굳게 닫힌 마츠모토 의원은 신주쿠역 폭발사건이 일어난 후 한참이 지나도록 다시 문을 열지 않았다. 그 후로도 오래도록 마츠모토 의원에는 사람이 살지 않았다. 일 년 가까이 시간이 지나자 사람들은 그곳을 그냥 빈 집이라고 불렀다. 그 집이 병원이었다는 사실을 기억하는 사람도 점점 사라졌다. 그리고 폭발사건과 관련되었던 한국인 여성 김윤하가 그곳을 방문했다는 사실은 애초에 존재하지 않았던 일처럼 시간 속에 묻혀 망각되었다.

12
201X, 윤하

　윤하는 알아들을 수 없는 소리를 반복해서 중얼거렸다. 분명 어떤 의미를 지닌 말을 하려고 하는 것 같았으나 그녀의 말은 웅얼거리는 소음으로밖에 안 들렸다. 그녀는 아직 의식을 완전히 회복하지 못한 채 침대에 반듯이 누워 있었다. 두 사람이 침대 옆에 서서 그녀가 깨어나는 모습을 주시하고 있었다. 젊은 쪽은 단발머리를 한 여자였고 다른 한 명은 정장 차림을 한 중년의 남자였다. 그들은 윤하에게서 시선을 떼지 않고 작은 움직임까지 세세하게 살피고 있었다.

　윤하가 몇 번 몸을 움찔거리더니 양미간을 찡그리며 가늘게 눈을 떴다.

　"정신이 드세요? 김윤하 씨?"

침대 옆에 앉아 있던 두 사람 중 단발머리 여자가 먼저 윤하에게 다가와 물었다. 천장에서 퍼지는 밝은 빛에 윤하는 눈을 몇 번 깜박이다 자신에게 말을 걸어오는 여자를 응시했다.

"누구세요?"

오랫동안 말을 하지 못한 터라 윤하의 목소리에는 거친 쇳소리가 섞여 있었다. 윤하 스스로도 자신의 목소리가 낯설 정도로.

"우리는 김윤하 씨를 돕기 위해 대사관에서 나온 사람들입니다. 여기는 공항 근처 호텔이에요. 김윤하 씨는 빠른 시간 안에 한국으로 돌아가야 합니다. 모든 출국 과정은 이미 준비되어 있습니다."

단정하게 머리를 묶은 여자가 윤하를 향해 간단하게 상황을 설명해주었다.

"그게 무슨 말이죠? 좀 자세히 설명해주세요."

윤하는 아직 무거운 몸을 일으키며 그녀의 답을 다시 들으려 했다. 파악할 수 없는 상황에 처해 있다는 사실이 그녀를 불안하게 만들었다. 윤하를 지켜보던 남자는 그녀의 두려움을 이해했지만 전혀 동요하지 않는 얼굴로 차분히 대화를 이어나갔다.

"자세한 이야기는 나중에 들려드리겠습니다. 지금은 시간이 없으니 이해가 되지 않더라도 우선 저희 말에 협조해주십시오."

남자의 말이 끝나기가 무섭게 옆에 앉아 있던 여직원이 윤하의 팔을 잡고 그녀의 몸을 일으키려 했다. 대사관 직원들은 윤하를 되도록 빨리 이동시키라는 명을 받았고 그들에게는 시간적 여유가 없었다.

"싫어요. 난 여기서 한 발짝도 움직이지 않을 거예요!"

윤하가 자신의 팔을 잡고 있는 여직원을 강하게 밀쳤다. 자신도 모르는 사이에 납치를 당하고 오랜 시간 감금되어 있었던 윤하의 심리는 지극히 불안한 상태였다.

"협조를 못 하시겠다면 어쩔 수 없군요."

차분하던 남자의 눈빛이 잠시 날카롭게 번득였다. 그리고 바로 작은 주사기가 윤하의 팔에 꽂혔다. 몇 초 지나지 않아 윤하의 몸은 다시 힘을 잃고 늘어졌다. 이제 그녀는 중얼거리는 말조차 하지 못했다. 무의식에 갇힌 윤하의 몸은 주인의 의지와 상관없이 두 사람이 이끄는 대로 움직였다. 두 사람은 윤하의 양팔을 부여잡고 그녀의 몸을 휠체어에 앉혔다. 의식을 잃은 윤하의 머리가 휠체어 바퀴가 움직일 때마다 고개를 숙인 채 끄덕였다. 남자가 휠체어를 밀고 여자가 그 뒤를 따른다. 호텔 방을 나서는 두 사람의 걸음이 점점 빨라졌다.

지끈거리는 통증이 윤하의 의식을 깨웠다. 누군가 작은 침으로 머릿속을 콕콕 찌르는 것 같았다. 눈꺼풀은 접착제로 붙여놓은 것처럼 떨어지지 않았고 사지는 물에 젖은 솜처럼 무거웠다. 도대체 얼마의 시간이 흐른 걸까? 호텔 방에서 두 사람을 봤던 기억은 꿈이었던 걸까?

두통으로 미간을 찡그리며 윤하는 자신에게 일어난 일을 이해하려 애썼다. 눈을 감은 채 눈동자를 움직이다 겨우 눈을 떴다. 처음 깨어난 장소보다 더 삭막한 공간이었다. 그녀가 몸을 움직이며 부스럭거리는 소리를 내자 그녀 가까이 중년의 여성이 다가왔다.

"김윤하 씨, 안심하세요. 여기는 대한민국입니다. 윤하 씨의 안전한 이동을 위해 약간의 마취제를 사용했습니다. 몇 분 정도 지나면 몸은 정상으로 회복될 거예요. 아주 긴박한 상황이라 윤하 씨에게 상황을 자세히 설명할 수 없었던 점 양해해주시기 바랍니다."

하얀 시트 위에서 눈만 동그랗게 뜨고 있는 윤하에게 그녀는 물 한 컵을 권했다.

"마시겠어요?"

윤하가 작게 고개를 끄덕이자 그녀가 윤하의 상체를 일으켜 세웠다. 차가운 물이 목구멍을 타고 흐르자 바싹 말라있던 입안이 촉촉해졌다.

"그런데 누구시죠?"

중년 여성의 정체를 묻는 윤하의 질문이 조심스럽다. 비슷한 상황을 두 번이나 겪은 탓이다. 윤하는 다시 마취제를 맞고 싶지 않았다.

"외교부 소속 공무원이라고만 밝히죠. 제가 누구인지는 중요하지 않으니까요. 저희는 한 시간 뒤 김윤하 씨의 행적에 관한 기자회견을 할 예정입니다. 질문에 성심성의껏 대답해주시기 바랍니다."

"기자회견을요? 제가요? 왜요?"

"이 기자회견은 김윤하 씨가 무사히 대한민국에 돌아온 것을 알리기 위해서입니다. 다른 의도는 없으니 걱정하지 않으셔도 됩니다. 당신이 가만히 앉아 있기만 해도 소기의 목적은 달성하는 것이니까. 다른 세부적인 질문들은 저희가 알아서 답변할 예정입니다."

그녀는 기자회견 따위는 전혀 걱정할 일이 아니라는 듯 미소를 지었다. 그 노련한 미소 속에 어떤 의도가 내포되어 있는지 알 수 없었으나 윤하는 그저 고개만 끄덕거렸다. 무슨 일이 벌어졌고 지금이 어떤 상황인지 이해할 수는 없었지만 그녀의 지시를 거부할 수는 없었다.

한 시간 뒤 뉴스에서나 보던 장면이 눈앞에 펼쳐졌다. 윤하와 공무원이라고 밝힌 중년의 여성이 함께 단상 위에 착석했다. 수많은 카메라가 아무것도 모르는 인형처럼 앉아 있는 윤하의 모습을 찍어댔다. 소란스러운 셔터 소리에 눈을 찡그리는 그녀의 모습이 동영상으로 전송되고 각종 매체에 올라왔다. 그리고 그녀의 동영상과 사진 아래에는 이런 내용의 글들이 달렸다.

'일본에서 납치되었던 김윤하 씨가 건강한 모습으로 귀국하였음'이라고.

그 기사들에는 왜 그녀가 납치되었는지 어떤 과정으로 돌아오게 되었는지에 대해서는 자세히 쓰여 있지 않았다. 오직 그녀가 무사히 대한민국으로 돌아왔다는 사실만을 알리고 있었다. 누군가에게 그녀의 귀국을 알리는 것처럼.

여행에서 돌아온 이후 한동안 윤하는 자신이 겪은 사건에 대한 후유증으로 정상적인 생활을 할 수 없었다. 정체를 알 수 없는 이들에게 납치되어 모든 것이 차단된 공간에서 며칠씩이나 갇혀 있었으니까. 폭력적인 위협과 협박을 당한 것은 아니었으나 아무것도 알지 못한 채 갇혀 있다는 사실이 그녀를 극도로 불안하게 했다. 그 안에서 그녀가 스스로 할 수 있는 일은 없었다. 무기력했고 언제 밖으로 나갈지 알 수 없었기에 희망도 가질 수 없었다. 하루 종일 홀로 갇혀 지내는 것 자체가 고통이었다. 혼잣말을 하다 노래도 불러보고 이런저런 생각을 해보기도 했지만 시간조차 알 수 없는 공간에서 그녀는 지극한 공포를 맛보았다.

무력감은 절망을 낳고 절망은 그녀를 우울하게 만들었다. 감옥 같은 그곳에서 벗어나 호텔에서 처음 눈을 떴을 때 윤하는 자신이 꿈을 꾸고 있다고 여겼다. 그녀의 이름을 부르는 사람들조차 꿈속 인물일거라 생각했다. 호텔을 나와 한국행 비행기를 타고 서울로 돌아와서도 한동안 그녀는 잠에서 깨어날 때마다 극심한 공포를 느꼈다. 자신이 존재하는 곳이 아직도 그 감옥 같은 병실일 것만 같아서.

윤하를 괴롭히던 증상들은 시간이 흐르면서 서서히 호전되어

갔다. 몇 달의 시간이 지나자 잠을 자다 가위에 눌리지 않게 되었고 잠에서 깬 후에도 아무렇지 않게 일어날 수 있게 되었다. 평범한 일상생활이 반복되면서 그녀는 자신의 집에서 살아가는 생활이 꿈이 아닌 현실이며 변하지 않으리라 확신하게 되었다. 부모님이나 친구들의 보살핌과 걱정으로 그녀는 일상을 되찾았고 서서히 고통스러웠던 과거의 기억을 잊어갔다.

건강을 회복한 윤하는 그만둔 일을 다시 시작하기 위해 여러 곳에 입사지원서를 쓰고 면접을 보러 다녔다. 원하는 직장과 일자리에서 몇 번의 쓴잔을 마신 후 조건을 낮춰 급여가 그리 좋지 못한 일자리를 얻었다. 그렇게 2년이라는 시간을 보내는 사이 윤하는 단 한 번도 자신이 지난 여행에서 겪었던 사건들을 되돌아보지 않았다. 풀리지 않는 의문과 미심쩍은 점이 너무나 많았지만 그녀는 그것들을 애써 외면했다. 알고 싶지 않았다. 아니 생각조차 하기 싫었다. 의문을 해결하기 위해서는 가장 기억하기 싫은 기억들을 떠올려야 했고 그 기억들을 넘어서기가 그녀에게는 너무나 두려운 일이었다. 그 두려움이 점차 흐려질 때까지 그녀는 오로지 자신의 일에만 충실했다.

그렇게 안정적인 생활과 권태감 속에서 하루하루를 보내던 어느 날 애써 잠재웠던 의문이 한꺼번에 몰려왔다. 왜 자신이 납치되고 지하철역 부근에 폭발사고가 일어난 것인지. 폭발사건의 범인이라고 잡힌 이는 도대체 누구인지. 미루고 미뤄왔던 의문이 터지기 시작하자 봇물 터지듯 수많은 질문이 떠올라 그녀를 괴롭혔다. 그녀의 기억에 비추어보면 뉴스 보도는 모두 거짓이었다. 연극처럼 꾸며진 영상은 진실을 감추고 있었다. 범인으로 잡힌 이는 진짜 코헤이가 아니었다. 그는 윤하가 본 적도 없는 이였다. 정확한 사실이 무엇인지 찾고 또 찾았지만 윤하가 한국에서 알아낼 수 있는 것은 아무것도 없었다. 더군다나 그 사건 이후 코헤이의 행방은 묘연했다. 연기처럼 공기 중으로 사라진 것도 아닐 텐데 그가 어디에 있는지 알아낼 수가 없었다. 그의 이메일로 여러 번 메시지를 보냈지만 전혀 답장이 오지 않았다. 궁금증은 점점 더 커졌고 한국에서는 그 의문들이 해결되지 않았다. 윤하는 다시 그곳을 찾아가기로 결심했다. 두 번 다시 가지 않으리라 여겼던 그곳으로.

2년 전 마츠모토 의원을 찾아갔던 그때를 떠올리며 윤하는 다시 똑같은 여정을 떠났다. 예전에 그녀가 그랬던 것처럼. 마츠모토 의원까지 가는 동안 하루해가 저물었다. 주택가 골목은 여전히 조용했고 지나다니는 행인도 드물었다. 오래전 모습 그대로 마츠모토 의원은 같은 자리에 존재했다. 나무간판도 그대로 달려 있었고 주택 외관도 변하지 않았다. 그런데도 윤하는 그곳이 예전에 자신이 찾아와 머물렀던 곳이 아님을 느낄 수 있었다. 아무도 살지 않는 빈집은 문이 모두 굳게 닫혀 있었고 인기척도 들리지 않았다. 마츠모토 의원은 사람이 살지 않는 황량한 사막 같았다. 따뜻함이 배제된 그곳에서 윤하는 자신의 의문을 풀어줄 어떤 단서도 찾지 못했다. 마츠모토 의원에서 아무것도 알아내지 못한 채 윤하는 호텔로 돌아왔다.

호텔은 예전에 투숙했던 곳이었다. 가구 배치와 공간이 익숙해 낯설지 않았다. 호텔 방 창문으로 시내 야경이 보였다. 소박한 부도심답게 화려한 변모는 보이지 않았다. 가로수들은 모두 어둠에 가려져 보이지 않았고 몇몇 상점들의 불빛만 거리를 밝히고 있었다. 짐을 풀고 역 앞으로 나가니 도쿄 도심에서 퇴근하는 사람들이 전철역 밖으로 쏟아져 나왔다. 먼 거리를 날아왔지만 역 주변 풍경은 별반 다를 것이 없었다. 이리저리 돌아다니느라 끼니를 챙기지 못한 탓에 허기가 느껴졌다. 윤하는 역 근처에 있는 조그마한 식당에 들어가 카레를 주문했다. 몇 분 지나지 않아 김이 모락모락 피어나는 식사가 나왔다. 천천히 한 숟가락씩 입에 넣고 오물오물 씹으며 맛을 봤다. 기계적으로 음식을 떠서 입에 넣고 씹었다. 아무 감정도 떠오르지 않았다. 무엇을 바라고 먼 이국의 땅에 와서 카레를 먹고 있는지 의문이 들었다. 누군가를 만나기 위해서지만 단서를 잃어버린 탐정처럼 맥이 빠져버렸다. 마츠모토 의원에 코헤이가 살고 있지 않다면 그는 어디에 있는 것일까? 아니 살아있기는 한 걸까? 그런 생각들에 빠져 있다 보니 어느새 카레접시가 말끔히 비어 있었다. 식당을 나와 호텔로 걸어오는 사이 편의점에 들러 맥주와 간식거리를 사 가지고 방으로 돌아왔다.

적막감에 TV를 켰다. 드라마를 보다 음악방송으로 채널을 바꿨다. 이름 모를 가수가 나와 심각한 표정으로 노래를 불렀지만 그의 노래에 전혀 감흥을 느낄 수 없었다. 결국 TV를 끄고 잠을 청했다. 피곤해 지친 몸은 휴식을 원했지만 잠자리가 바뀐 탓인지 쉽게 잠이 오지 않았다. 잠자는 것도 포기하고 윤하는 멍하니 커튼 사이로 보이는 창밖을 바라보았다. 어둠 때문에 아무것도 보이지 않는 공간을. 창문은 전원이 꺼진 검은색 모니터와 같았다. 처음 코헤이를 만나러 갔던 그때 그녀는 무슨 생각을 하고 있었을까? 다시 기억을 더듬어봤다. 간혹 메일을 주고받았지만 10여 년 동안 한 번도 만난 적이 없는 이를 그녀는 왜 찾아간 것일까? 지금이라면 그렇게 무모하게 그를 찾아가지 않았을 것이다. 그때는 그래야 할 것 같은 동기가 있었지만 지금에 와서 돌이켜보면 그 동기란 것이 꽤 모호했다. 그저 서울을 벗어나고 싶은 마음에 떠날 곳을 찾고 있었던 막연한 이유만 기억날 뿐. 윤하 자신도 스스로가 이상하긴 했지만 그녀를 맞아준 코헤이의 행동도 지금 와서 생각해보면 정상은 아니었다. 그는 그녀가 모르는 무언가를 알고 있었다. 2년 전 그녀는 그의 내면에 대해 궁금해하지 않았고 관심도 가지지 않았다. 자신의 삶에 불만만 가득했다. 한마디로 자신의 문제에 갇혀 주변을 돌아보지 못했던 것이다. 만약 코헤이를 다시 만난다면 묻고 싶다. 자신을 처음 본 그 순간 왜 그런 표정을 지었는지부터. 그리고 수많은 질문을 그에게 던지리라. 코헤이라는 사람을 이해할 수 있을 때까지.

 다음 날, 윤하는 묘원을 찾았다. 그곳은 그녀가 코헤이와 함께 외출했던 유일한 장소였다. 아름드리 가로수들은 여전히 울창했다. 긴 산책로를 걸어 코헤이의 부모님이 잠들어 있는 곳으로 향했다. 숲속에서 날아온 마른 낙엽들이 무덤 주위를 지키고 있었다. 바람이 불자 가벼운 잎들이 먼 하늘로 날아가버린다. 묘비들이 줄지어 서 있는 그곳에서 윤하는 아무것도 찾을 수 없었다. 사라진 사람의 흔적 같은 건 존재하지 않았다. 마음이 무거웠다. 이대로 아무것도 알아내지 못한 채 한국으로 돌아가야 할 것 같아서. 낙엽이 담요처럼 쌓여 있는 길을 걸었다. 대낮인데도 세상이 모두 잠든 것처럼 사방이 고요했다. 그 적막감을 벗 삼아 그녀는 버스정류장 쪽으로 걸음을 옮겼다. 정류장 근처에는 아직도 작은 카페가 영업을 하고 있었다. 그녀는 버스를 기다리는 무료한 시간을 달래기 위해 카페 안으로 들어갔다. 그곳은 코헤이와 함께 차를 마셨던 장소였다. 따뜻한 커피 한 잔을 시키고 버스를 기다렸다. 정해진 일정이 없기에 버스를 놓쳐도 그리 큰 지장은 없었다. 커피를 마시기 전에 버스가 와버리면 그냥 다음 버스를 타면 되었다. 서서히 식어가는 커피를 반쯤 마셨을 때 윤하는 부모님의 묘소를 방문할 때면 이 카페에서 쉬어가곤 한다는 코헤이의 말이 떠올랐다. 어쩌면 코헤이가 그사이 이곳을 다녀갔을지도 모른다. 윤하는 용기를 내어 카페 주인에게 다가갔다. 독서에 집중하고 있는 그에게 윤하가 조심스럽게 물었다.

"혹시 이곳에 서른 정도 나이에 키는 저보다 한 뼘 정도 큰 남자가 찾아오지 않았나요? 아마 혼자 왔을 거예요."

윤하의 질문에 카페주인은 고개를 갸웃거렸다.

"워낙 여러 사람이 찾아와서 일일이 기억하기 힘드네요. 그 사람에 대해 알 수 있는 건 더 없나요?"

"알 수 있는 거요? 제가 그에 대해 알고 있는 건 마츠모토 코헤이라는 이름뿐인데……"

"마츠모토 코헤이요? 그 사람을 찾고 있는 건가요?"

"네. 맞아요."

"그 사람이라면 알고 있습니다. 간혹 찾아오는 손님인데 명함을 주고 갔거든요."

카페주인이 건네준 명함에는 Coffee&Lunch라는 로고가 쓰여 있었다. 명함을 받아든 윤하는 주인에게 여러 번 고맙다는 인사를 건넸다. 코헤이를 찾아 헤맨 끝에 그에 관한 단서를 알게 되었다. 미스터리한 사건을 해결한 탐정처럼 뿌듯하고 설레었다. 코헤이는 윤하가 찾아오리라고 짐작했던 걸까? 윤하가 그를 다시 찾지 않고 영원히 타인으로 살아갈 가능성이 더 높았을지도 모르지만 그래도 그는 만약을 위해 자신의 단서를 이곳에 남겨두었다. 정말 만약을 위해. 그와 그녀의 접점은 마츠모토 의원과 이 카페뿐이니.

윤하는 명함에 쓰여 있는 장소를 찾아 떠났다. 처음 가보는 곳이었지만 쓰루하시라는 곳은 코리아타운으로 알려진 곳이라 찾아가는 길이 어렵지 않았다. 쓰루하시역에서 내려 지도를 보며 카페 위치를 찾았다. 물어물어 찾아간 쓰루하시 시장 골목은 한국의 시장과 닮아 있었다. 분주한 시장 골목을 지나 안쪽으로 들어가니 낡고 오래된 건물들 사이에서 그녀가 찾고 있던 간판이 보였다. Coffee&Lunch라는 문구가 쓰여 있는 오래된 간판이었다. 유리문을 열고 가게 안으로 들어서자 머리가 희끗희끗한 여인이 카운터를 지키고 있었다. 칸막이 사이사이에 나무 테이블이 놓여 있는 카페 내부는 시간이 정지한 공간 같았다. 윤하가 구석진 자리를 찾아 앉자 여주인이 메뉴판을 들고 왔다. 윤하는 메뉴를 고르는 척하며 그녀에게 물었다.

"혹시 마츠모토 코헤이란 사람을 아세요?"

주문을 기다리던 여주인은 윤하의 물음에 놀란 표정을 숨기지 않았다.

"아, 그 사람이요. 그 사람에 대해서는 나보다 우리 남편이 잘 알아요. 잠깐만 기다려봐요."

여주인은 그렇게 기다리라는 말만 남기고 카페 구석에 있는 계단 위로 올라가버렸다. 잠시 후 여주인은 그녀의 남편으로 보이는 노인과 함께 계단을 내려왔다. 그 노인은 여주인과 몇 마디 말을 주고받고는 윤하가 앉아 있는 테이블로 다가왔다.

"코헤이를 찾으십니까?"

"네. 그런데요."

노인은 윤하 앞에 앉으며 단도직입적으로 물었다.

"혹시 무슨 일로 찾는지 알 수 있을까요?"

"딱히 이유가 있거나 그런 건 아니에요. 2년 전 헤어진 후 그와 연락이 닿지 않아 찾아다니는 중이에요. 아마 김윤하라는 사람이 찾아왔다고 하면 코헤이도 저를 만나고 싶어 할 거예요."

윤하는 자신이 코헤이를 찾아온 이유를 노인에게 있는 그대로 털어놓았다. 코헤이와 자신이 친구이며 2년 전 그와 함께 지내다 어떤 사건들이 벌어졌는지. 노인은 윤하의 말을 처음부터 끝까지 집중해서 들어주었다.

"여기까지 찾아오느라 힘드셨겠습니다. 식사는 하셨나요?"

"아뇨. 아직."

그의 말을 듣고 보니 그녀는 아침으로 토스트 한 조각을 먹은 이후 아무것도 먹지 못했다는 사실을 깨달았다. 자신이 식사를 하지 않았다는 것을 인지하고 나자 갑작스럽게 때늦은 허기가 찾아왔다.

"근처에 단골 라멘가게가 있는데 가보지 않겠어요? 그 집 맛은 내가 보장하죠."

노인의 권유에 윤하는 공복감을 이기지 못하고 주저 없이 그를 따라나섰다. 라멘가게는 카페에서 멀지 않은 곳에 있었다. 낮은 건물 몇 개를 지나자 작은 라멘가게가 보였다. 그 안으로 노인이 성큼 들어서자 윤하도 그를 따라 가게 안으로 들어갔다. 손님들이 바 형태의 테이블에 일렬로 앉아 라멘을 먹고 있었고 좁은 주방에서는 두 명의 요리사가 분주하게 음식을 만들고 있었다. 주문을 하고 기다리자 몇 분 후 윤하 앞으로 김이 모락모락 피어오르는 라멘 한 그릇이 놓였다.

"맛있게 드세요." 어색한 발음이긴 하지만 정확한 한국어가 들렸다. 그 소리는 익히 들어본 적이 있는 낯익은 소리였다. 그녀가 며칠 동안 찾아다녔던 이의 목소리와 닮은.

윤하는 고개를 들어 자신에게 음식을 건넨 요리사를 바라보았다. 머리에 두건을 묶고 웃고 있는 젊은 남자는 덥수룩한 머리에 코밑과 턱에 수염이 거뭇거뭇 올라와 있었다. 너무도 달라진 외모 때문에 윤하는 코헤이를 알아보기까지 몇 초의 시간이 걸렸다. 빈틈없이 단정한 머리에 예민한 얼굴로 언제나 날이 서 있던 과거의 코헤이는 찾아볼 수 없었다. 게다가 그는 하얀 가운 대신 요리사 복장을 하고 있었다.

장난기 가득한 미소를 지으며 코헤이가 말했다.

"잘 찾아왔네요. 그런데 너무 오래 걸린 거 아닙니까? 여기까지 오는 데 2년이나 걸리다니. 그동안 계속 기다리고 있었는데."

"그게……"

윤하가 바로 대답을 하지 못하고 머뭇거리자 그가 소리 없이 웃고는 다시 일터로 돌아갔다. 손님들의 주문이 밀려 있었다. 윤하가 찾고자 했던 코헤이는 이제 예전의 코헤이가 아니었다. 가게 안에서 코헤이는 다른 이름으로 불렸다.

"진오야, 여기 주문 좀 받아."

단골손님들이 그를 진오라고 불렀다. 진오라고 불리는 그는 주문을 받고 땀을 뻘뻘 흘리며 면을 삶았다. 코헤이는 새로운 이름으로 전혀 다른 삶을 살고 있었다.

윤하는 예상치 못한 그의 변화가 혼란스러웠다. 그가 진짜 코헤이인지 아닌지. 그 의문은 오직 진오만이 풀어줄 수 있었다. 윤하는 그의 일이 끝나기를 기다려야 했다. 그는 2년을 기다렸다고 말했다. 그러니 이제 그녀가 그를 기다릴 차례였다. 윤하는 카페로 돌아와 그를 기다리면서 묻고 싶은 것들을 적었다. 그에게 물어야 할 질문을 하나도 빠트리지 않기 위해서.

어두운 밤, 카페에는 더 이상 손님이 찾아오지 않았다. 다른 가게들은 이미 문을 닫은 지 오래였다. 카페 주인 부부는 진오를 기다리는 윤하를 위해 아직 문을 닫지 않고 있었다. 자정이 다 되어갈 무렵 진오가 카페 안으로 들어섰다. 청바지에 야구점퍼를 입고 있는 그는 누가 봐도 시장에서 일하고 있는 청년으로 보였다. 가게에 들어선 그는 오래 기다리게 해서 미안하다는 말부터 했다. 그것도 따뜻한 미소를 지으며. 그는 윤하를 데리고 카페를 나와 시장 골목을 걸었다. 시장과 가까운 거리에 그가 머무는 집이 있다면서.

미로처럼 좁은 골목을 지나 조용한 주택가에 들어섰다. 오래된 다세대 건물 2층에 그의 보금자리가 있었다. 좁은 공간 안에 작은 부엌과 침실이자 거실인 방이 있었다. 그는 윤하를 작은 테이블 의자에 앉히고 냉장고에서 차가운 맥주를 꺼내 놓았다. 온종일 서서 면을 삶느라 지친 그가 벌컥벌컥 맥주를 들이켰다. 윤하가 마주한 진오는 예전에 그녀가 알고 있던 그와 너무도 달라져 있었다. 아무리 변신에 능한 이라 해도 그처럼 전혀 다른 사람이 되기는 쉽지 않아 보였다. 의아한 표정으로 아무 말 없이 앉아 있는 윤하를 보자 진오가 멋쩍은 표정을 지었다.

"이상해 보이나요?"

진오의 물음에 윤하는 말없이 고개를 끄덕였다.

"궁금하죠? 당신이 납치된 후 어떤 일이 있었는지."

이번에도 윤하는 고개를 끄덕였다.

"여러 가지 일이 있었죠. 아마 오늘 밤새 이야기해야 할지도 몰라요."

진오는 차분한 어조로 그녀가 사라진 후 겪었던 일들을 하나둘 이야기하기 시작했다. 애국회를 찾아가 난동을 벌인 일부터 이곳 코리아타운을 찾아오게 된 경위를. 그리고 조금 뜸을 들이며 그가 벌인 폭발사건까지 털어놓았다. 그가 쏟아낸 진실은 마치 영화에서나 나올 법한 이야기처럼 황당하기 그지없었다. 그 터무니없는 일은 모두 윤하가 갇힌 사이 그녀를 세상으로 나오게 하려고 벌인 일이었다. 그가 해준 모든 이야기 중에서 윤하가 가장 궁금해했던 것은 폭발사건이 일어난 후 왜 그가 완전히 새로운 삶을 살게 되었는가였다.

"도대체 어떻게 된 거예요? 왜 이름을 진오로 바꾸고 요리사가 된 거예요?"

"모두 강복순이라는 사람 덕분이죠."

"강복순?"

"제 친할머니요. 한 번도 만난 적은 없지만. 그들이 그렇게 이야기하더군요. 그녀가 저를 위해 자신들을 찾아왔었다고. 그리고 다시 사라졌다고 했습니다."

진오는 다시 윤하에게 폭발사건 이후 겪은 일들을 이야기해주었다. 그가 네트카페를 전전하며 숨어 지내던 사이 한국으로 돌아가는 윤하의 모습이 뉴스에 보도되었고 그가 저지른 모든 사건은 다른 이가 벌인 것으로 꾸며져 있었다. 사건이 왜 그렇게 진전되었는지 알지 못한 채 그는 얼마 후 일미회에 붙잡혔다. 그들은 코헤이를 경찰에 넘기지 않았다. 대신 그에게 마츠모토라는 성이 아닌 새로운 신분을 주었다. 아니다. 원래의 성을 되찾은 것이었다. 코헤이의 진짜 성을. 윤진오라는 이름을 갖게 된 후 그들은 코헤이에게 다시 마츠모토 의원으로 돌아가지 말라는 당부를 했다. 좋은 말로 당부였지만 실제로는 협박과 다름이 없었다. 그가 벌인 사건을 완전히 숨기기 위해서 그라는 존재도 지워져야 했으므로.

코헤이는 윤진오라는 새로운 이름으로 살기 시작했다. 의사라는 직업도 더 이상 가질 수 없어 새 일을 구해야 했다. 그가 이 시장 골목에 터를 잡기까지 카페주인 부부의 도움이 적지 않았다. 라멘가게에서 일을 배울 수 있게 해주었고 작은 보금자리를 마련할 수 있도록 도와주었다.

진오가 겪은 시간을 모두 듣고 나니 윤하는 조금씩 그의 모습이 친숙해졌다. 예전처럼 깔끔하고 정돈된 모습은 아니었지만 그래도 코헤이는 코헤이였다. 그의 진지한 태도는 예나 지금이나 변하지 않았다. 오히려 헝클어진 머리에 거뭇거뭇 수염이 나 있는 모습이 보기 좋았다.

"그럼 이제 여기서 이렇게 계속 지낼 건가요?"

"아마 당분간은."

"당분간이요? 그럼 다른 계획이 있는 거예요?"

"해야 할 일이 있어요."

"해야 할 일?"

"그 사람을 다시 찾아볼까 합니다."

"그 사람이요? 누구?"

"우리를 구해준 그 사람. 강. 복. 순."

그가 웃음기 없는 얼굴로 또박또박 하나의 이름을 말했다. 그리고 윤하에게 물었다.

"당신도 같이 찾지 않겠어요?"

그는 더 이상 아무 말도 덧붙이지 않았다. 그저 잠자코 윤하의 대답을 기다릴 뿐. 윤하는 그의 물음에 바로 대답하지 못했다. 그가 던진 물음이 어떤 의미인지 종잡을 수가 없어서. 하지만 아무리 시간을 끌고 심사숙고를 해봐도 결론은 하나였다.

"찾아요. 같이."

기다리던 대답을 듣자 진오의 얼굴에 미소가 번졌다. 이제 두 사람은 함께였다. 그 끝을 알 수 없는 시간까지.

참고문헌

야스다 고이치, 《거리로 나온 넷우익》, 후마니타스, 2013
송우혜, 《윤동주 평전》, 푸른역사, 2012
성호철, 《와! 일본》, 나남, 2015
백종원, 《조선 사람》, 삼천리, 2012
김명섭, 《한국 아나키스트들의 독립운동》, 이학사, 2008

신주쿠역 폭발사건

펴낸날   초판 1쇄 2018년 7월 11일

지은이 김은미
펴낸이 정현미
펴낸곳 제8요일
출판등록 2015년 10월 6일 제406-251002015000190호
일원화공급처 (주) 북새통
(03955) 서울시 마포구 방울내로7길 45 2층
전화 02)338-0117   팩스 02)338-7160
https://post.naver.com/8_day
8_day@naver.com

ISBN 979-11-87509-32-5 (03810)

- 책값은 뒤표지에 표시되어 있습니다.
- 잘못된 책은 구입하신 서점에서 교환해 드립니다.

책임편집 서지영

* 제8요일은 일주일에 하루, 당신만의 책읽기 날을 응원합니다!

> 여러분의 원고 투고를 설레는 마음으로 기다리고 있습니다. 책으로 엮기를 원하는 이야기가 있으신 분은 이메일 8_day@naver.com 로 간단한 개요와 취지, 연락처 등을 보내주세요. 머뭇거리지 말고 문을 두드리세요. 길이 열립니다.